KB232196

오버 더 센츄리
Over The Century

오버 더 센츄리 6
이영호 판타지 장편 소설

초판 1쇄 찍은 날 § 2002년 12월 12일
초판 1쇄 펴낸 날 § 2002년 12월 22일

지은이 § 이영호
펴낸이 § 서경석

편집장 § 문혜영
편집 § 장상수 · 박영주 · 권민정 · 이종민
마케팅 § 정필 · 강양원 · 이선구 · 김규진

펴낸곳 § 도서출판 청어람
등록번호 § 제1081-1-89호
등록일자 § 1999. 5. 31
어람번호 § 제1-0328호

주소 § 경기도 부천시 원미구 심곡1동 350-1 남성B/D 3F (우) 420-011
전화 § 032-656-4452 팩스 § 032-656-4453
http://www.chungeoram.com
E-mail § eoram99@chol.net

© 이영호, 2002

값 7,500원

ISBN 89-5505-535-8 (SET)
ISBN 89-5505-557-9 04810

이영호 판타지 장편 소설

오버 더 센츄리
Over The Century

6
증오의 역사

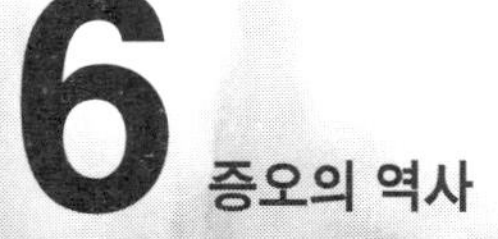

제1장 **슬픈 소식들**

잠시 화살의 비가 멈춘 틈을 타서 퍼쿵이 재빨리 말했다. 지금 이 순간에도 인간족 병사들은 다시 활에 화살을 걸고 있을 것이 분명했다.

"지금이야! 치요, 유코, 어서 우레를 타고 위로 올라가!"

"알았어."

두 아이가 우레와 함께 재빨리 날아올랐다.

바닥에 엎드린 피코가 속삭였다.

"화살과 폭탄을 조심해야 해."

퍼쿵도 말했다.

"그건 유코가 처리해 줄 거야."

보보가 물었다.

"인간족이 왜 우릴 포위한 거죠?"

"아까 싸우는 소리를 듣고 몰려왔을 거야. 그들도 들개족을 잡으려고 안달이 났으니까."

피코가 빈정대는 투로 말했다.

"서로 못 잡아먹어서 안달이로군."

속삭이던 퍼쿵이 가만히 고개를 들어 하늘을 바라봤다. 예상대로 나무 꼭대기에 희미한 불빛이 보였다. 치요가 마법의 불을 이미 준비하고 있다는 뜻이었다.

또 보이지는 않았지만 유코도 경험에 의해서 정령을 불러내 인간족의 활을 망가뜨릴 준비를 하고 있을 것이다.

시간이 좀 지나자 보보의 귀에도 사람들이 마른 풀과 나뭇가지를 밟으며 접근하는 소리가 들렸다. 상당히 가까이 온 모양이었다.

가만히 귀를 기울여 보니 인간족 병사들이 속삭이는 소리가 들렸다.

"뭐가 보이나?"

"아직은 잘… 하지만 피비린내에 섞인 노란내로 판단할 때 들개족의 것이 분명합니다."

"음, 잘 살펴봐."

"여기 들개족의 시체가 있습니다."

"뭐? 몇 명이야?"

"아직 잘 모르겠습니다. 너무 어두워요."

"궁수들! 활을 준비해! 그리고 횃불을 이리 가져와! 폭탄도 준비하고!"

"옛!"

퍼쿵이 속삭였다.

"또 활을 쏠 모양이야. 이러고 있으면 안 되겠다."

보보가 말했다.

“우선 우리가 들개족이 아니란 것을 알리는 게 좋겠어요.”

“음…….”

피코가 말했다.

“우리라고 공격하지 않겠어?”

“모르지. 너희들, 가만히 엎드려 있어.”

동생들에게 엎드리도록 지시한 후 퍼쿵이 소리쳤다.

“기다려! 우리는 인간족이다!”

퍼쿵의 목소리를 들은 인간족 장교가 말했다.

“손을 들어! 그리고 천천히 모습을 보여라!”

“우선 활을 거두면 일어서겠다!”

“헛소리 말고 일어서! 너희는 완전히 포위되었다. 반항하면 고슴도
치를 만들어주겠다!”

그때 하늘에서 유코의 목소리가 들려왔다.

“오빠, 걱정 마세요! 활은 절대 쏘지 못해요! 폭탄도 마찬가지고요.”

퍼쿵이 그 말을 듣고 위쪽을 향해 소리쳤다. 이미 유코의 정령들이
준비를 끝낸 모양이었다.

“그래, 고맙다.”

그제야 안심한 퍼쿵과 피코, 보보가 거침없이 일어섰다. 그리고 말
했다.

“나는 퍼쿵이다. 너희들과는 싸우고 싶지 않으니 므기를 거둬라.”

퍼쿵이라는 말에 인간족 병사들은 상당히 동요하고 있었다. 여기저
기서 술렁대는 소리가 들려왔다. 인간족 병사치고 지난번 싸움을 목격
하지 않은 사람이 거의 없었기 때문에 퍼쿵 일행에 대한 두려움은 무
척 큰 것이었다. 지금 포위하고 있는 병사들은 모두 그때 죽지 않고 겨

우 살아남은 사람일 것이기 때문이다.

"퍼쿵? 퍼쿵이래."

"뭐, 뭐야? 퍼쿵?"

"큰일인데?"

"소대장은 어쩔 셈이지?"

"싸울 셈인가?"

"안 돼. 퍼쿵 일행은 너무 위험해."

잠시 후 소대장의 목소리가 들려왔는데 그 역시 좀 전과 달리 음성이 떨리고 있었다. 말을 더듬는 것을 보면 상당히 긴장한 것 같았다.

"퍼, 퍼쿵? 사냥꾼 퍼쿵? 네, 네가… 이곳에는 무슨 볼일이냐?"

"너희들의 성에 볼일이 있어서 왔다가 마침 들개족 병사들을 만나 싸움이 붙었다. 그들은 우리가 죽였다."

"그, 그런……?"

소대장은 옆에 있는 부하에게 성에 달려가 보고하라고 지시를 내렸다. 그리고 나서 어찌해야 할지 고민하는 것 같았다. 잠시 후 결심한 듯 말했다.

"유감이지만 성에는 들어갈 수 없다. 그냥 돌아가는 게 좋을 것이다. 대신 공격하지는 않겠다."

그러자 피코가 콧방귀를 뀌었다. 그녀의 음성에는 비웃음이 가득했다.

"흥, 공격하지 않는 게 아니라 못하는 거겠지."

그녀의 목소리는 굉장히 커서 주변 병사들이 모두 들을 수 있었다. 덕분에 소대장의 체면이 영 말이 아니게 되었다. 어두워서 그의 표정이 자세히 보이지는 않았지만 얼굴이 새빨갛게 달아서 당황하는 것이 눈에 선했다.

소대장이 떠듬거리며 말했다.

"무, 무슨 소리냐? 지, 지금 너희는 완전 무장한 수십 명의 병사에게 포위되어 있다는 걸 모르나? 내 명령 하나면 고슴도치가 될걸?"

피코가 다시 킥킥거리며 말했다.

"킥킥, 그럼 어디 한 번 쏴보시지."

"뭐, 뭐야? 정말 죽고 싶나?"

옆에서 다른 병사 하나가 말리는 소리가 들렸다.

"소대장님, 안 됩니다. 퍼쿵 일행과의 전투는 피하라는 명령을 잊었습니까?"

"그, 그렇지만 저놈들이 우릴 비웃고 있잖아?"

"쿠르 장군이 직접 하신 명령입니다. 어기면 항명죄입니다."

"음……."

피코가 다시 비웃기 시작했다.

"킥킥. 이봐, 소대장! 허세는 적당히 부리고 이제 길이나 열지? 괜히 덤벼들었다가 체면 구기지 말고 말야."

퍼쿵이 피코를 말렸다.

"피코, 너무 자극하지 마. 괜히 시비 걸 필요는 없어."

"흥, 저놈이 먼저 시비를 걸었잖아! 말이 났으니 말인데 방금 해치운 들개족과 싸움이 붙었다면 인간족 병사들 꽤 많이 죽었을걸? 바보 같은 놈이 고맙다고는 하지 못하고……."

"됐다니까! 그만 해!"

"알았어."

퍼쿵이 소대장에게 소리쳤다.

“이봐, 소대장! 우리와 싸우지 않을 거면 길을 열어라. 우린 돌아갈 생각 없으니까. 성으로 들어가야겠다.”

“뭐, 뭐라고⋯⋯?”

소대장은 자존심이 상해서 어쩔 줄을 모르면서도 더 이상 뭐라고 하지는 못했다.

그때였다. 성문이 열리며 누군가 나오더니 이들이 대치하고 있는 곳으로 달려오며 소리 질렀다.

“퍼쿵? 퍼쿵이냐?”

“누구시오?”

“나다, 카르티! 이봐, 모두 무기를 거둬!”

퍼쿵이 왔다는 보고를 받고 달려오는 모양이었다. 그의 목소리를 듣고 퍼쿵과 소대장이 동시에 소리를 질렀다.

“형!”

“장군님!”

카르티는 정신없이 달려왔다. 그리고 병사의 횃불을 빼앗아 들고 퍼쿵 앞으로 와서 서로의 얼굴을 확인했다.

“정말 퍼쿵이구나. 피코랑 보보도 잘 지냈나?”

“예, 오랜만이에요.”

“그래, 다른 아이들은? 치요랑 유코, 자리코는 어디 있어?”

카르티의 목소리를 확인한 우레와 아이들이 내려왔다.

치요와 유코가 소리쳤다.

“카르티?”

“아저씨!”

“오, 너희들, 어떻게 하늘에서 내려오는 거냐? 하하, 정말 신기하구나.”

카르티는 우물쭈물 서 있는 소대장에게 명령했다.

"이봐, 퍼쿵 일행과의 싸움을 금한다는 쿠르 장군님의 명령을 잊었나? 이 명령은 왕이 직접 내리신 거야. 전시에 항명죄는 사형이라는 거 몰라?"

"죄, 죄송합니다!"

"어서 병사들을 제자리로 돌려보내. 여기서 시간 보내는 동안 들개족이 침투하기라도 하면 어쩔 셈이냐?"

"예, 알겠습니다."

소대장은 병사들을 이끌고 급히 성문으로 돌아갔다.

카르티가 말했다.

"자, 어서 들어가자. 왜 여기서 시비를 하고 있어? 곧장 성문으로 와서 나를 찾지 않고."

"그게……."

퍼쿵 일행은 아무 말 하지 않았다. 웅가를 들여보내려고 했다는 말을 할 수는 없었다. 주위에 다른 병사들이 있기 때문이었다. 물론 비밀 출구를 알고 있으며 그리로 들어가려 했다는 얘기는 더욱더 할 수 없었다.

"오다가 들개족과 마주쳐서 싸움이 벌어졌거든."

"그래? 다친 곳은 없어?"

"응."

유코가 자랑스러운 듯이 조잘거렸다.

"호호, 다치긴요? 아저씨만 아니었어도 저 사람들 아주 혼줄을 내줄 참이었는걸요?"

그러자 카르티가 유코를 바라보며 장난스러운 표정을 지었다.

"거참 이상하다. 내가 퍼쿵에게 형이면 너에게는 오빠가 되어야 하는 거 아니냐? 왜 나를 아저씨라고 부르지? 그러고 보니 보보도 내게 아저씨라고 부르더구나. 이거 도대체 우리 관계가 어떻게 되는 거지?"

그 말에 보보와 유코가 얼굴을 마주 보았다. 맞는 말이기 때문이었다. 퍼쿵에게 형이면 자신들에게 카르티도 형이나 오빠가 되어야 옳았다. 그러나 둘 모두 아저씨라고 부르고 있었다. 게다가 피코와 치요의 경우는 형이니 아저씨니 다 생략하고 그냥 카르티라고 이름을 부르고 있었으니 그 관계가 더욱 모호했다.

그때 유코가 뽀로통해서 말했다.

"아무리 그래도 어떻게 오빠라고 해요? 퍼쿵 오빠보다 열 살이나 많다면서……. 그럼 우리보다는 스무 살 정도 많다는 건데 아버지뻘 되는 오빠 봤어요?"

그 말에 카르티가 멋쩍어하며 웃었다.

"그, 그런가? 내가 그렇게 늙었나? 하하!"

어두운 숲이라 잘 보이지 않아서인지 카르티는 아직 자리코가 없다는 것을 눈치 채지 못하고 있었다.

"마음대로 불러라 그럼. 일단 안으로 들어가자. 너희는 잘 모르겠지만 왕이 앞으로 너희들의 통행을 자유롭게 허락한다는 명령을 내렸어."

"그래? 그런데 아까 그 소대장이란 놈은 왜 못 들어가게 했지?"

"글쎄? 그러고 보니 저 녀석은 나와 반대 의견을 가진 장군의 직속 부하로군. 그래서 그런 모양이야."

"완전히 의견이 갈린 모양이네?"

"뭐, 좀 그래. 하하, 신경 쓰지 마."

성문이 열리자 퍼쿵 일행 여섯 명과 카르티 장군은 성안으로 들어갔다. 카르티의 직속 부하들이 주위를 둘러싸고 걸음을 옮기자 성문을 지키던 소대장과 그 부하들이 곱지 않은 시선으로 흘깃흘깃 바라보았다.

웅가는 이미 보이지 않았다. 혹시 웅가와 퍼쿵 일행이 나타난 시간이 비슷해서 의심을 사지 않을까 염려가 되었지만 다행이 아무도 그런 생각을 하는 것 같지는 않았다.

성 안쪽의 모습은 전에 없이 살벌한 분위기였다. 지난번 전쟁을 하던 때와 그리 다르지 않았다. 성벽을 빙 둘러 홰가 밝혀져 있었고 일정한 간격으로 보초를 서고 있었다.

퍼쿵이 말했다.

"아직도 꽤 살벌하네? 요즘도 상황이 심각한 모양이야?"

"그래, 주변 종족이 다 들개족에게 점령되었어. 이 근방에서 점령되지 않은 곳은 이제 우리 성밖에 남지 않았다. 들개족이 언제 또 쳐들어올지 알 수 없는 상황이야."

"휴~"

퍼쿵 일행은 이미 다 아는 얘기였으나 모르는 척 시치미를 떼고 있었다.

"걱정 마. 이제 너희를 붙잡아둘 사람은 없으니까."

"그나마 그거 하나는 다행이군."

"일단 내 막사로 가자."

"참, 샤링 아저씨는 잘 계시지?"

"으, 응……. 그, 그건 나중에 얘기하고 우선은 내 막사로 가자, 피곤할 텐데……. 나 요즘 비상이라 사령부에 따로 방을 마련해 놓고 지내."

갑자기 카르티가 말을 더듬었다. 퍼쿵은 뭔가 이상하다는 생각이 들었으나 카르티가 서둘러 걸음을 옮기는 통에 더 묻지 못하고 그의 뒤를 따라 걸었다.

“응? …그래.”

“쿠르 장군에게도 연락을 하자. 무척 반가워하실 거야.”

“됐어, 그 사람은 뭐 하러……. 나중에 봐도 되잖아?”

“너무 그러지 마, 퍼쿵. 그분이 그래도 네…….”

“형!”

퍼쿵이 급히 카르티의 말을 막았다.

“…아, 알았다. 그만두자, 그 얘긴.”

성벽을 따라 한참을 걸어가자 병사들이 거처하는 곳으로 보이는 크고 넓은 막사가 나왔다. 양쪽 출입구에 보초가 서 있었고 그 한쪽 끝에 몇 개의 작은 오두막이 보였으며 그중 몇 개의 방에 불이 켜져 있었다.

“저기 두 번째 불 켜진 곳이 내 방이다.”

“멋진데?”

카르티가 다가가자 보초를 서던 병사가 차려자세를 취하며 경례를 했다.

“좋아, 수고한다.”

“예!”

그 병사는 퍼쿵 일행을 흘낏 곁눈질로 바라보다가 눈이 마주치자 얼른 눈을 돌렸다.

방에 들어서서 문을 닫자 피코가 말했다.

“우릴 바라보는 눈이 그리 곱지는 않네. 예상했던 일이긴 하지만…….”

카르티가 말했다.

“꼭 그렇지는 않아. 반반이지. 한동안 너희를 무슨 원수처럼 생각하던 사람들도 지금은 많이 돌아왔어. 아무래도 때가 때이니만큼 너희가 필요하다는 것을 느끼는 모양이야."

피코가 퉁명스럽게 물었다.

"그게 무슨 소리야? 우리가 필요하다니?"

치요가 알겠다는 듯이 말했다.

"필요한 일이 있겠지. 다시 전쟁이 일어날 것 같으니까."

보보가 고개를 저었다.

"저는 싫어요. 이제 더 이상 전쟁에 관여하지 않을 거예요."

유코도 말했다.

"그래요. 그것 때문에 우리가 얼마나 고생했는데 또 무슨……. 사람들이 우릴 무슨 원수처럼 여기잖아요. 부탁도 자기네들이 먼저 한 거고 약속도 자기들이 어겨놓고는……. 진짜 이상한 사람들 아니에요?"

카르티가 미소를 지었다.

"너무 걱정하지 마라. 아까 얘기했듯이 이제 너흐를 잡아둘 사람은 아무도 없어. 왕이 직접 명령을 내린 데다가 대부분의 사람들이 너희들을 무서워하니까 시비 걸 일은 절대 생기지 않을 거야."

퍼쿵이 물었다.

"우리가 떠난 후 샤링 아저씨나 형에게 무슨 피해는 없었어? 우리와 친하게 지냈다는 것 때문에 말이야."

카르티의 표정이 약간 굳어졌다가 이내 펴지며 다시 미소를 지었다.

"그건… 별일없었어. 걱정하지 마."

그러나 퍼쿵 일행의 눈에는 그의 미소가 왠지 씁쓸해 보였다.

"무슨 일이 있었군?"

"별일 아니라니까."

카르티는 무슨 일인지 얘기하지 않으려 했다. 순간적으로 그의 얼굴에 약간 당황하는 듯한 표정이 비쳤다. 아이들은 모두 의아한 눈초리로 카르티의 표정을 살폈다.

치요가 물었다.

"카르티, 솔직히 말해 줘. 샤링 아저씨는 지금 어디 계셔? 인사드리러 가야겠어."

카르티가 고개를 저었다.

"지금은 너무 늦었어. 자정이 지났잖아? 내일 아침 일찍 인사드리러 가자."

피코가 말했다.

"우리가 언제 시간 따지고 아저씨를 뵈러 갔었나? 샤링 아저씨는 언제 어느 시간이나 우릴 반겨주시잖아."

퍼쿵이 일어섰다.

"형, 말해 줘. 무슨 일이야?"

피코도 일어섰다.

"그래, 어서 말해 봐. 안 그러면 우린 그냥 떠날 거야."

유코도 나섰다.

"그래요, 아저씨. 우리 그동안 많은 일을 겪었어요. 우리 때문에 더이상 다른 사람이 피해 보는 거 싫어요."

평소 장난만 치던 유코까지 그렇게 진지하게 말하고 나서자 카르티는 잠시 말을 잃고 탁자 위만 바라보고 서 있었다.

잠시 후 한숨을 내쉰 카르티가 천천히, 나지막이 입을 열었다.

"휴, 아버지는 돌아가셨다."

퍼쿵 일행의 눈이 동그랗게 떠졌다.

"뭐?"

“혀, 형!”

“아, 아저씨가?”

“…흑!”

“그, 그런…….”

저마다 소스라치게 놀라 한마디씩 내뱉은 퍼쿵 일행은 입을 떡 벌리고 움직일 줄을 몰랐다.

카르티가 가만히 눈을 들었다.

“그래, 돌아가셨어.”

퍼쿵은 제 귀를 의심했다.

“그, 그런……. 왜? 아저씨가 왜 돌아가셔? 그렇게 건강하시던 분이…….”

“어, 언제?”

카르티가 미소를 지었다. 그러나 그의 미소에서는 슬픔이 뚝뚝 묻어 떨어지고 있었다.

“그 얘기는 나중에 하자. 배고프지? 먹을 것 좀 준비할게.”

그러자 피코가 버럭 소리를 질렀다.

“지금 먹을 게 문제야? 아저씨가 언제 어떻게 돌아가셨느냔 말이야?!”

그러자 퍼쿵이 손을 들어 목에 핏대를 세우고 달려드는 피코의 팔을 잡아 앉혔다.

“피코, 그만 하자. 나중에, 나중에 하자, 그 얘기는. 카르티 형 말 듣는 게 좋겠어.”

“무슨 말이야? 우리 때문에 돌아가신 거야. 샤링 아저씨는 우리 때문에 돌아가신 게 틀림없다구! 그런데 어떻게 그 얘기를 나중에 들어?”

치요가 조용한 음성으로 말했다.

"피코, 진정해. 가장 맘이 아픈 것은 카르티 본인일 거야."

그 말에 비로소 피코가 입을 다물고 자리에 앉았다. 그러나 피코의 입술은 바르르 떨리고 있었다. 그녀는 심한 분노에 휩싸여 있었다. 자신들로 인해서 성에서 쫓겨난 자리코가 죽은 지 며칠 되지도 않아서 아버지와 마찬가지인 샤링의 죽음을 또다시 접하니 몹시도 충격이 큰 모양이었다.

카르티가 입을 열었다.

"아니야. 얘기해 줄게. 그건… 너희가 떠난 지 열흘쯤 지난 뒤였어. 한동안 온 성안이 뒤숭숭했지. 들개족과의 전쟁도 있었고, 또 그보다 훨씬 피해가 컸던 너희들과의 싸움 때문에."

보보가 말했다.

"우리 때문이겠죠. 들개족과의 전쟁에서는 거의 피해가 없었잖아요."

"그래, 맞아. 솔직히 말하면 너희들 때문이었지. 많은 사람이 죽고 다쳤으니까."

퍼쿵이 말했다.

"그래서?"

"아버지는 사람들의 원성이 하도 자자해서 장사도 못하고 가게문을 걸어 잠근 채 집 안에서만 지내셨지."

"그런데?"

"한밤중에 아버지의 가게에 불이 났어. 밖에서 출입문을 막아놓은 것을 보면 누군가 불을 지른 것이 틀림없었지. 불은 집의 여기저기서 동시에 붙었는데 아버지는 빠져나오지 못하셨어. 문과 창문을 막고 있는 불이 붙은 쓰레기 더미 때문에……."

"그, 그런……!"

퍼쿵 일행은 침을 꿀꺽 삼켰다. 모두의 눈에 경악하는 빛이 가득했다.

"누, 누가? 형은 어디에 있었는데?"

"난 그때 왕궁에 있었어. 소식을 듣고 달려왔을 때는 이미 집은 전소된 후였고, 아버지는… 새까만 재로……."

카르티의 눈에서 눈물이 뚝뚝 떨어졌다.

퍼쿵이 말했다.

"그만. 그만 해, 형. 무슨 말인지 알겠어."

카르티가 두 손가락으로 뺨에 흘러내리는 눈물을 닦아냈다.

"다 지난 일이야. 너희 잘못도 아니고……."

피코는 뒤로 돌아서 버렸다. 떨고 있는 모습을 보면 충격이 심한 것 같았다.

"피코……."

그녀를 바라보는 보보의 눈에 눈물이 잔뜩 고였다.

피코의 뺨에서도 눈물이 주르르 흘러내리고 있었다. 우는 모습을 보이기 싫어서 돌아서 있는 것이다.

치요가 고개를 숙인 채 말했다.

"미안해, 카르티."

"아니, 너희 잘못이 아니라니까. 애초에 우리 왕과 군부에서 너희를 잡아두려 했던 것이 잘못이었어. 그 때문에 너희와 싸움을 하게 된 것이었으니까. 단지 아버지는 운이 나빠서 돌아가신 거야."

보보와 유코는 말을 잃어버렸다. 풀이 잔뜩 죽어서는 고개를 숙이고 있었다.

아이들의 눈에 다정하고 유쾌하던 샤링 아저씨의 모습이 선하게 떠올랐다.

퍼쿵과 피코는 더했다. 처음 샤링을 만났을 때의 기억이 아직도 생생했다. 그들이 인간족 장사꾼들에게 속고 있을 때 그가 불러서 세상 물정을 가르쳐 주고, 밥을 먹이고, 재우고… 그리고 친자식처럼 정을 주고…….

피코와 치요는 마지막으로 자신들이 샤링을 식당 구석에 묶어두고 떠나던 모습을 떠올렸다. 자신들과 한패가 아니라는 것을 증명하기 위해 연극을 했던 일 말이다.

그런 그가 자신들과 친하다는 이유로 그렇게 불에 타 죽었다니 도저히 참을 수 없는 분노가 모두의 가슴속에 활활 타오르고 있었다.

피코가 생각했다.

'이럴 줄 알았으면 마지막 떠날 때 인사라도 하고 갈걸. 어차피 샤링 아저씨와 우리가 가족이나 마찬가지라는 것은 세상 사람이 다 아는데…….'

한참 시간이 흐른 뒤 퍼쿵이 감정을 억누르며 또 물었다.

"그 외에 우리 때문에 피해 본 사람은 또 없어?"

카르티가 한숨을 내쉬었다.

"휴, 크고 작은 여러 가지 일이 있었지. 장터의 소금 가게 주인이 몰매를 맞고 한동안 자리에 누웠었고 대장간 하나도 불탔어. 아, 그리고 자리코가 있던 병원 말이다. 그 병원이 주민의 난동으로 다 부서졌다더라."

병원 얘기를 하던 카르티가 고개를 갸우뚱했다.

"어? 그리고 보니 자리코가 보이지 않네? 어떻게 된 거냐? 자리코는 어디 있어? 함께 오지 않았니?"

카르티의 질문에 퍼쿵 일행은 아무도 대답을 하지 못한 채 고개만 숙이고 있었다.

뭔가 심상치 않다는 것을 느낀 카르티의 표정이 굳었다.

"왜? 무슨 일이야? 자리코가 어떻게 되었어?"

그때였다.

똑똑똑!

누군가 세차게 문을 두드렸다.

갑작스런 소리에 깜짝 놀라 대화를 멈춘 퍼쿵 일행과 카르티가 흠칫 고개를 돌렸다. 느닷없이 들려오는 그 노크 소리는 왠지 모르게 방 안의 모든 사람에게 불안함을 증폭시켜 주고 있었다.

마치 가슴이 철렁 내려앉는 그런 기분이었다.

카르티가 문을 향해 소리쳤다.

"누구야?"

카르티의 질문에 밖에서 한 남자의 목소리가 들려왔다.

"예, 장군님. 저 자라목 분대장입니다. 잠시 드릴 말씀이 있어서요!"

"자라목?"

'자라목이라고? 그렇다면… 자리코의…….'

퍼쿵 일행은 동시에 소스라치게 놀라며 서로의 얼굴을 마주 보았다. 자리코가 귀에 못이 박히게 자랑을 하고 그리워하던 그 이름, 그녀의 오빠가 문밖에 서 있는 것이다.

퍼쿵 일행의 얼굴이 새하얗게 질렸다.

밖에서 면담을 요청하고 있는 목소리는 무척 상기되어 있었다. 아니, 엄청나게 들떠 있다는 것을 분명히 느낄 수 있었다.

그는 동료들로부터 퍼쿵 일행이 찾아왔고 지금 카르티의 숙소로 갔다는 소식을 듣고 부리나케 달려온 것이 틀림없었다. 말도 없이 떠나 버린 제 여동생, 세상에 단 하나뿐인 혈육인 자리코를 만나기 위해 모든 일을 제치고 달려온 것이 분명한 것이다.

그런데 자리코는… 이미 죽었다!

카르티가 놀란 얼굴로 퍼쿵을 돌아봤다.

그의 눈은 묻고 있었다. 자리코는 어디 있느냐고…….

카르티 역시 자라목이 왜 찾아왔는지 잘 알고 있기 때문이었다.

유코가 얼굴을 감싸면서 울음을 터뜨리자 보보의 눈에서도 눈물이 주르르 흘렸다. 피코와 치요는 고개를 푹 숙였고 우레마저도 시선을 피하며 고개를 돌렸다.

"저… 장군님, 자라목입니다. 들어가도 되겠습니까?"

다시 문을 두드리며 자라목이 카르티를 부르자 더 기다리지 못한 카르티가 퍼쿵에게 물었다.

"자리코는? 퍼쿵……!"

퍼쿵이 고개를 숙이며 나지막이 말했다.

"자, 자리코는… 죽었어."

"뭐?!"

순간 카르티의 눈동자가 크게 흔들렸다. 그는 너무 놀라 입을 떡 벌렸다. 그리고 문과 퍼쿵을 여러 차례 번갈아 바라보며 서 있었다.

그때 세 번째로 노크 소리가 들렸다.

"장군님, 주무시면 내일 아침 다시 들르겠습니다."

이번 목소리는 실망하는 기색이 역력했다. 바로 동생을 만날 수 있을 줄 알고 달려왔는데 장군이 아무 대답을 주지 않아 돌아서야 하는 오빠의 심정이 이해가 갔다.

'하지만 사실을 알게 된다면… 동생이 죽었다는 것을 알게 된다면…….'

퍼쿵 일행은 도저히 말할 자신이 없었다. 문밖에서는 아직도 인기척이 났다. 돌아간다고 말은 했지만 자라목은 계속 밖에 서서 장군의 대답을 기다리고 있었던 것이다. 하긴 그대로 돌아가기가 쉽지 않았을 것이다. 발이 떨어지지 않을 테니까 말이다.

잠시 고민하던 카르티가 퍼쿵에게 눈짓을 보내더니 문을 향해 걸어갔다.

그리고 문을 열었다.

"들어오게, 자라목 분대장."

"옛! 감사합니다, 장군님."

자라목이라는 병사는 벌겋게 상기된 얼굴로 성큼성큼 방으로 들어섰다. 나이는 퍼쿵 정도 되었고 그리 큰 키는 아니었으나 단단한 체격에 야무지게 생긴 인상이었다. 자리코와 상당히 닮은 얼굴로 미남이었다.

그는 우물쭈물 용건을 얼버무리며 방 안을 이리저리 두리번거렸다. 자리코를 찾고 있는 중이었다.

"저… 장군님, 퍼쿵 일행이 왔다는 소식을 듣고 달려왔습니다. 그, 그게… 혹시……."

카르티는 착 가라앉은 음성으로 조용조용 말했다.

"자리코를 만나러 왔나?"

"예, 그 애의 소식이라도 좀……. 아! 저, 저분이 퍼쿵입니까?"

퍼쿵 일행은 모두 자리에서 일어서 있었으나 자라목의 얼굴을 똑바로 쳐다보지 못했다. 모두 시선을 돌리거나 바닥만 바라보며 외면하고 있었다.

카르티가 고개를 끄덕였다.

"그래, 저 친구가 퍼쿵이야. 그리고 그 일행들이지."

"자, 장군님, 제가 저분과 따로 인사를 나누어도 될까요?"

"그러게. 당연히 그래야지."

"감사합니다."

자라목은 성큼성큼 다가오더니 저보다 머리 하나는 더 키가 큰 퍼쿵에게 손을 쑥 내밀었다.

"안녕하세요? 저는 자라목이라고 합니다. 자리코의 친오빠입니다. 지난번에 제 동생과 함께 이 성을 떠나셨다고 들었습니다만……."

퍼쿵은 주저주저 그 손을 마주 잡고 떠듬거렸다.

"예, 아… 그, 그렇습니다."

퍼쿵이 침을 꿀꺽 삼켰다. 그 소리가 어찌나 큰지 주위에 서 있는 사람들이 모두 들을 수 있었다. 피코와 보보는 고개를 돌리고 있었고 유코는 눈물이 멈추지 않아 아예 돌아서서 우레를 안고 얼굴을 감추어 버렸다. 치요는 안타까운 시선으로 손을 마주 잡은 두 사람을 바라봤다. 얼마나 흥분해 있는지 자라목은 퍼쿵의 손을 놓을 생각을 하지 않았다.

"저, 자리코는 같이 오지 않았습니까? 아, 뭐, 아무래도 괜찮습니다. 건강하게 잘 있기만 하다면… 저……."

아무리 살펴도 자리코의 모습이 보이지 않자 자라목의 표정이 약간 불안해졌다. 그러나 애써 미소를 잃지 않으려고 노력하는 것 같았다. 그러면서 계속 동생의 소식을 물었다. 자라목의 눈에 눈물이 그렁그렁 고였다.

"그 애는 잘 있죠? 어디 아프다든지, 또 울거나 그러지는 않습니까?"

그때 퍼쿵의 눈에서 눈물이 주르르 흘렀다. 굵은 눈물이 퍼쿵의 손을 잡은 자라목의 손등에 떨어졌다.

"어? 이, 이런……. 저… 저……."

자라목의 목소리가 순식간에 떨려오더니 말을 더듬거렸다. 뭔가 묻고 싶은데 도저히 입 밖으로 꺼낼 수 없다는 표정이었다. 또한 퍼쿵의 입술도 조금씩 들썩거리기만 할 뿐 아무 소리도 내지 못하고 있었다.

옆에서 바라보던 치요가 나지막한, 그러나 또렷한 음성으로 천천히 말했다.

"죄송합니다. 자리코는… 죽었습니다."

웬만해서는 존댓말을 하지 않는 치요였지만 자라목에게는 정중히 존대를 했다. 그럴 수밖에 없는 상황이었기 때문이다.

"예? 예?"

퍼쿵이 대답이 없자 자라목은 피코와 보보에게 고거를 돌렸다.

"예? 무, 무슨 말을……. 예?"

자라목의 눈이 동그래졌다. 입을 떡 벌리고 무슨 말인지 잘 못 알아듣 겠다는 듯 이 사람 저 사람에게 연거푸 '예' 만 되풀이하며 묻고 있었다.

퍼쿵이 고개를 푹 숙이며 무릎을 굽혔다.

"죄송합니다, 지켜주지 못해서……."

"이, 이런……. 이, 이, 이게 무슨 말이죠, 장군님? 이게 무슨 말입니 까? 자, 자리코가 죽다니요? 예? 장군님?"

자라목은 이제 퍼쿵의 손을 놓고 카르티에게 매달렸다.

"장군님, 설명 좀 해주십시오. 정말 자리코가 죽었슴니까?"

"……."

그러나 카르티 역시 아무 대답을 할 수가 없었다. 그 역시 이제 방금 자리코가 죽었다는 말을 들었고 왜, 어떻게 죽었는지 모르기 때문이었다.

다만 부하의 슬픔에 자신도 같이 슬퍼할 뿐이었다.

한참 동안 방을 왔다 갔다 하며 미친 사람처럼 이 사람 저 사람에게 매달리던 자라목이 드디어 사실을 인식한 듯 제자리에 멈추어 섰다.

그리고 두 팔을 축 늘어뜨린 채 멍하니 퍼쿵 일행을 바라봤다.

자라목이 떨리는 음성으로 중얼거렸다.

"자, 자리코가 죽다니……. 그럴 리가 없어. 거짓말이야, 이건……. 흐흑! 흑!"

자라목은 그대로 무너져 흐느끼기 시작했다.

아무도 얘기를 못했다. 카르티도 무거운 표정으로 벽만 바라보고 있었다. 그렇게 모두가 침묵하는 가운데 반 시간쯤 지나자 드디어 자라목이 울음을 그치고 고개를 들었다. 그리고 냉정을 찾은 듯 퍼쿵 일행을 둘러보고는 천천히 입을 떼었다.

"그 애가 어떻게 죽었는지 알고 싶습니다. 설명해 주실 수 있겠습니까?"

이제 그의 음성은 상당히 침착해져 있었다. 방금 전 실성한 사람처럼 보이던 모습과는 완전히 다른 모습이었다.

"괜찮습니다. 그 애가 어떻게 죽었는지, 그것만 얘기해 주십시오."

자라목의 표정에는 체념 비슷한 것이 담겨져 있었다. 분노는 보이지 않았다.

"예, 알겠습니다."

카르티가 자라목을 향해 의자를 내어주며 말했다.

"자라목, 우선 앉게. 앉아서 얘기하지."

"예, 감사합니다."

카르티의 안내로 모두 탁자에 둘러앉자 퍼쿵이 설명을 시작했다.

"자리코는 다섯 달 전 우리가 싸움을 끝내고 떠날 때 함께 배에 탔습니다. 마을에 남아 있으면 죽임을 당할 위험이 있었기 때문에……."

퍼쿵 일행은 돌아가면서 자리코와 지낸 다섯 달간의 생활을 설명했다. 아주 상세히 설명했다. 그녀가 자라목이 죽었는 줄 알았던 것부터 퍼쿵이 독을 먹고 쓰러졌던 얘기, 웅가가 퍼쿵을 구하기 위해 왔다가 방금 전에 헤어졌던 것까지. 그리고 그녀가 들짐승에게 죽임을 당한 것 같다는 얘기를 마지막으로 설명이 끝났다.

"…죄송합니다, 자리코를 지켜주지 못해서……. 하지만 저희는 모두 자리코를 사랑했습니다. 이것만은 믿어주십시오."

퍼쿵 일행은 들개족을 만난 것과 부르크가 독을 주었다는 얘기만 빼고 모든 것을 다 얘기했다. 부르크 얘기는 일부러 하지 않았다. 자라목이 제 동생을 죽이려 한 부르크에게 당장 복수하러 갈지도 모르기 때문이었다. 자라목이 부르크에게 복수하러 간다면 그건 자살 행위였다.

설명이 계속되는 내내 아무 말 없던 자라목이 입을 열었다. 보보를 향해서였다.

"당신이 보보?"

"예……."

"혹시… 당신, 우리 자리코와 결혼했소?"

"아, 아니요. 못했습니다."

"왜? 자리코는 당신을 사랑한다고 했었는데 왜 결혼하지 않았소?"

"그, 그건……."

보보가 말을 흐렸다. 지금에 와서 자리코의 소원을 한 번도 들어주지 못했던 것이 너무나 마음 아파서였다. 자유혼이 싫었고 피코를 좋아하고 있어서였다고는 도저히 설명할 수가 없었다.

보보가 말을 못하자 자라목이 고개를 끄덕였다.

"됐소, 사정이 있었겠지. 이건 알고 계시오. 자리코에게는 당신이 첫사랑이었소. 그 애가 누굴 사랑한다고 말한 것은 당신이 처음이었소."

“……."

보보는 고개를 푹 숙이며 눈물을 흘렸다.

자라목이 자리에서 일어났다.

“고맙습니다, 모두들. 그동안 우리 자리코를 돌봐준 데 대해서 늦었지만 감사드립니다.”

자라목이 카르티에게 경례를 붙였다.

“얘기 나눌 수 있도록 배려해 주셔서 감사합니다. 전 제자리로 돌아가겠습니다.”

“자라목, 나도 정말 맘이 아프다.”

“위로해 주셔서 고맙습니다, 장군님. 그럼……."

나가려는 자라목의 어깨를 카르티가 급히 잡았다.

“이보게.”

“예?”

“내일 하루 외박을 주겠네. 웅가 원장에게 다녀오게. 가서 얘기도 나누고 맘도 좀 정리하고 돌아오게.”

“하지만 비상시라 외박은 금지 아닙니까?”

“괜찮아. 그건 내가 처리하겠네. 걱정 말고 다녀와.”

“예, 그럼 모레 아침에 뵙겠습니다. 감사합니다.”

그 말을 끝으로 자라목이 방문을 닫고 어둠 속으로 사라졌다.

그가 나가고 나자 카르티의 방은 침묵에 싸였다. 아무도 더 이상 말을 할 수 없었다.

퍼쿵 일행은 서로 다른 곳을 바라보며 회한에 젖은 표정을 하고 있었고 카르티 역시 팔짱을 낀 채 어두운 창밖만 바라보았다. 그렇게 어색한 침묵이 계속되자 이제는 누가 먼저라도 움직이거나 말을 꺼내지 않으면 도리어 답답해서 미칠 것 같다는 생각이 들었다. 그러나 섣불리 말을 꺼내지 못한 채 서로의 눈치만 보고 있었다.

결국 치요가 입을 열었다.

"그만 쉬는 게 좋겠어. 오랜 여행에 모두들 너무 지쳤어."

카르티가 기다렸다는 듯 말을 받았다.

"그래, 그게 좋겠다. 모두들 피곤하겠구나. 자세한 얘기는 나중에 더 하고 이만 눈 좀 붙이도록 해라."

그러자 퍼쿵이 말했다.

"피곤하기야 형도 마찬가지일 테지. 그건 그렇고 너무 우울하네. 정말 면목이 없어, 자리코의 오빠를 만나고 나니……. 그 사람, 자라목 말야. 엄청 충격받았을 텐데 용케도 화를 내지 않고 돌아가는군."

피코도 고개를 끄덕였다.

"그러게 말이야. 멱살이라도 잡고 달려들었으면 오히려 속이 편했을 것 같아. 솔직히 몇 대 맞아주고 싶었어, 나는……."

카르티가 고개를 저으며 말했다.

"그런 생각 하지 마라. 너희 잘못이 아니잖아? 자리코가 죽은 것은 우연한 사고였을 뿐이야. 자라목도 그걸 알고 있으니까 화를 내지 않았던 것이고. 그 친구 나이는 젊지만 고생을 많이 해서 속이 아주 깊어. 난 그 친구가 처음 나를 찾아왔던 열네 살 때부터 보아왔지."

카르티가 의자를 빼어내 걸터앉더니 말을 잇기 시작했다.

"그때가 아마 퍼쿵 네가 우리 성에 처음 들어왔던 시기보다 몇 년 빨랐을 거야. 다른 소년들이 대개 열여섯에 의무적으로 군 복무를 하는 것과는 달리 처음부터 스스로 직업 군인이 되겠다고 지원해 왔어. 당시 아마 삼산의원에서 여동생과 같이 생활한 지 몇 년 되었을 때일걸?

고아가 된 것을 삼산의원 원장이 남매를 다 데려다가 글을 가르치고 의원 일을 가르치며 키워왔으니까. 그런데 그 병원 원장이 좀 말썽이 있어서 먹고 살기가 어려웠거든.”

퍼쿵 일행은 피곤한 것도 잊고 카르티에게 다가앉아 그의 얘기에 귀를 기울였다.

보보가 물었다.

“병원을 하면 대충 먹고 살 만하지 않나요?”

카르티가 고개를 저었다.

“보통은 그렇지. 하지만 응가가 원장은 그렇지가 못했어.”

“왜요? 얘기 듣기로는 성안에서 실력이 최고라고 하던데요.”

“실력으로야 최고지. 하지만 워낙 고집도 세고 또 제 나름대로 무슨 신념인가가 있어서인지 왕과 중신들의 정책에 불만이 많았거든. 환자도 제가 봐서 필요없다고 생각하면 치료도 해주지 않고 그냥 돌려보내는 괴팍한 성격이었지.”

치요가 물었다.

“왕한테 반대를 하고도 용케 살아남았군.”

카르티의 얼굴에 슬쩍 씁쓸한 미소가 스쳤다.

“거의 죽을 뻔했었지. 감옥에 갇혀서 처형 날짜만 기다리고 있었으니까.”

“언제?”

“한 십이 년 되었나 보다. 자라목이 지금 스물여섯이니까.”

피코가 말했다.

“그럼 퍼쿵과 동갑이네.”

카르티가 고개를 끄덕였다.

“그래, 그럴 거야.”

유코가 다그쳐 물었다.

“그래서요? 그래서 어떻게 되었는데요?”

“응, 응가가가 원장이 감옥에 투옥되고 나니까 남겨진 어린 남매가 먹고 살길이 있어야 말이지. 그래서 직업 군인이 되겠다고 날 찾아온 거야.”

보보가 감탄하는 표정으로 말했다.

“아아, 대단한 오빠였군요. 동생을 먹여 살리려고 남들 다 회피하는 군인이 되겠다고 하다니.”

카르티가 고개를 끄덕였다.

“그래, 자리코에 대해서는 끔찍했지. 오빠가 아니라 엄마, 아빠나 마찬가지였으니까.”

퍼쿵 일행의 표정이 감동에 젖어들어 흐물흐물해졌다.

“음…….”

카르티의 말이 계속되었다.

“하지만 나이가 너무 어려서 군에 들어올 수 없었어. 몇 번이나 먹을 것을 쥐어줘서 돌려보냈는데 그 친구는 포기하지 않고 매일 해만 뜨면 내게 찾아와서 매달렸지. 시키지도 않은 심부름을 해가면서 말이야. 가만히 보니까 그냥 충동적으로 하는 짓이 아니더라고. 그래서 내 전령으로 특별히 입대를 시켰어. 체구는 작지만 일도 아주 잘하고 용감하고 싸움도 잘했어.”

피코가 말했다.

“아까 보니까 단단하고 야무지게 생겼더라고.”

“응, 그렇게 그 친구는 직업 군인이 되었어. 군대에서 나오는 급료로 어린 동생을 먹여 살리고 응가 원장의 옥바라지까지 했지. 사식을 넣어가면서 말야."

퍼쿵이 고개를 끄덕였다.

"그랬었군. 자리코에 대한 애정이 남다르겠어."

"그럼. 저 친구, 동생을 위해서라면 목숨도 아끼지 않을 사람이야.
그 뒤로 이 년쯤 지나서 응가 원장이 구사일생으로 사면이 되어 다시
병원으로 돌아가자 내가 의무 군인으로 전향할 의사를 물었는데 싫다
고 하더군. 그냥 군인으로 남겠다고. 어차피 그 병원은 너무 가난해서
자리코 하나 신세지는 것도 미안하다고 말야. 사실 그 말이 맞긴 맞았
어. 자라목이 급료를 받아서 병원에 도와준 적이 많았으니까. 요즘도
마찬가지고."

유코가 눈물을 글썽였다.

"그런 오빠였는데……. 흑, 그런데… 자리코 언니가 죽었으
니……."

유코가 울음을 터뜨리자 다른 사람들도 숙연해졌다.

퍼쿵이 중얼거렸다.

"우리 때문에 피해 보는 사람이 너무 많구나. 어쩌다 일이 이렇게…
되었지……."

피코가 말했다.

"다 지난번 전쟁 때문이야. 그때 우리가 나서지만 않았어도……."

카르티가 고개를 저었다.

"그렇지 않아. 너희가 그때 도와주지 않았다면 우리는 들개족에게
패해서 다 죽었을걸? 퍼쿵은 잘 알고 있지? 직접 겪었으니까 누구보다
잘 알 거야. 이십여 년 전 전쟁에 패했을 때 어떤 일이 있었는지 말야."

퍼쿵이 다시 중얼거리듯 말했다.

"응, 그런 일은 다시는 일어나지 말아야 해."

피코와 다른 아이들도 전쟁을 직접 겪진 않았지만 퍼쿵에게 여러 번 얘기를 들었기 때문에 무슨 뜻인지 잘 알고 있었다.

카르티가 축 처진 아이들을 달래며 말을 마무리했다.

"그러니까 너희 탓이라는 생각은 하지 말아라. 분명히 너희 탓이 아니야. 너희는 우리 인간족에게 있어서 생명의 은인이야. 그리고 자라목이 너희에게 고맙다고 말한 것, 진심일 거야. 자리코를 잘 돌봐줬다는 것을 진심으로 믿고 있을 거야, 그 친구는."

"……."

"알겠어?"

대답이 없어서 다시 묻는 카르티를 슬픈 눈으로 바라보던 퍼쿵이 말했다.

"형에게도 미안해, 샤링 아저씨의 일……."

카르티가 굳은 표정으로 말했다.

"아냐. 그 얘기도 그만 하자. 난 전혀 그렇게 생각하지 않아, 너희 탓이라고는……. 모든 것은 우리 왕과 부르크 일당의 잘못이지. 그들이 일을 그 방향으로 틀어버린 거야. 더 이상 다른 생각은 하지 마. 약속해라, 퍼쿵. 어서. 그렇지 않으면 나 더 이상 너희들 보지 않을 거다."

카르티의 강경한 말투에 퍼쿵 일행이 아무 말 없이 고개를 끄덕였다.

달빛만이 환하게 비치고 있는 산길을 한 무리의 사나이들이 걸어가고 있었다. 모두 이십여 명 정도 되는 들개족 사나이들은 저마다 강철로 된 활과 묵직하고 긴 칼을 허리에 차고 있었다.

몇 사람씩 조를 이루어 걷고 있었는데 각 조마다 어깨에 굵은 밧줄을 걸고 무엇인가 한 덩어리씩 끌고 가는 중이었다. 자세히 보면 그들의 어깨에 걸려 있는 굵은 밧줄의 끝에는 수십 발의 화살이 박힌 채 피범벅이 된 크고 작은 짐승들이 각각 붙들어 매어져 질질 끌려가고 있었다.

그리고 그들과 다른 방향의 산에서도 또 한 무리의 들개족이 비슷한 모습으로 내려오고 있었다. 그들 역시 이십여 명 정도 되었는데 비슷한 수의 짐승들을 끌고 성을 향해 난 길로 모여드는 중이었다. 성 앞에 다다르자 거의 사십여 명이 열 마리에 가까운 짐승들을 끌고 가니 그 모습이 장관이었다.

사나이들이 몇 개의 언덕을 넘어서자 멀찌감치 통나무 말뚝을 죽 박아서 만들어놓은 울타리가 눈에 들어오기 시작했다. 곧 이어 울타리의 한 귀퉁이가 열리자 그들과 끌려가는 짐승들은 울타리 너머로 사라졌다.

그 뒤로 대여섯 시간이 지나 동이 틀 무렵 들개족의 성에 도착한 나리는 이미 안면이 익은 경계병들과 몇 마디 얘기를 주고받은 뒤 별로 지체하지 않고 울타리 안으로 들어섰다.

울타리 안으로 들어서자 바로 옆 좌측으로 가파른 언덕이 있었고 그 경사진 면에 십여 개의 토굴 입구가 뻥 뚫려 있었다. 반면 우측으로는 조금씩 낮아지면서 평평한 벌판이 펼쳐져 있었는데 그 벌판 위에 통나무와 가죽을 이용해 만든 움막이 빽빽하게 서 있었다.

그리고 야산 꼭대기에는 굵은 통나무와 돌을 이용해 만든 제법 웅장한 건물이 여러 채 있었다. 그곳이 바로 왕인 푸치와 터치 등 권력의 수뇌부가 살고 있는 왕궁이었다.

나리는 성안을 둘러보며 제가 며칠 만에 돌아온 것인지 따져 보았다.

'보름 만인가? 아니, 그보다 좀 더 되었나?'

지금 나리가 서서 바라보고 있는 그곳이 바로 들개족의 성안 풍경이었다. 강의 삼각주 섬에 세워진 인간족의 성을 빼앗아 거주한 지 십칠 년 만에 대홍수를 만났다. 그 홍수로 인해 성이 통째로 무너져 버렸기 때문에 이곳 가까운 야산으로 이주해 새로 만든 들개족들의 본거지가 바로 여기인 것이다.

그가 들어선 이 야산성은 왕인 푸치와 터치 장군, 그리고 군의 수뇌

부들이 자리 잡고 있는 본 성이었다. 그리고 나머지 들개족들은 가까운 산 여기저기에 제각기 무리를 짓고 수만 명이 흩어져 살고 있었다.

들개족들은 전통적으로 백 명 이상 무리를 짓지 않았지만 커우의 들개족이 주변 들개족을 정벌하기 시작하면서 점차 그들을 중심으로 이 지역 대부분의 들개족이 복속해 들어왔다. 그래서 지금에 와서는 총 삼만에 가까운 들개족이 푸치, 아니, 터치의 권력 아래 수하 노릇을 하고 있었다.

나리가 주위를 둘러보며 생각했다.

'요즘 들어서는 잠깐씩 나갔다가 돌아와도 왜 이렇게 낯설다는 느낌이 드는 것일까? 몇 달씩 타지를 돌아다니다가 돌아왔을 때에도 이렇게 허전하지는 않았는데…….'

나리가 뒤를 돌아보았다. 울타리 너머로 넘실대는 바다와 그 한 귀퉁이를 갈라놓은 듯한 강줄기가 보였다. 근래에 들어서 나리에게는 한 가지 습관이 생겼다. 멀리 동쪽으로 이어져 있는 강줄기를 멍하니 바라보고 서 있는 습관이었다. 바로 퍼쿵 일행이 뗏목을 타고 거슬러 올라간 방향이었다.

'퍼쿵 일행 때문인가? 그들과의 며칠간이 내게 이렇게 감정의 변화를 준 것인가? 벌써 그들과 헤어진 지 보름이 다 되었구나. 잘 지내고 있으려나?

뒤를 돌아보며 마냥 서 있는 나리의 모습을 경계병 서너 명이 왜 그러냐는 표정으로 바라보고 있었다. 그러자 그들의 시선을 의식한 나리는 마을을 향해 걸음을 옮기기 시작했다.

'하긴… 인간족들과 그렇게 직접 맞대면하고 지내본 것은 처음이니까……. 항상 여기 포로들만 보다가 직접 자유로운 인간족과 친구가

되었으니 놀라기도 했겠지. 후후……'

　스스로 생각해도 대견한 듯이 나리가 빙긋 웃었다. 그리고 다시 우울한 본래의 표정로 돌아왔다.

　지금 나리는 지난번 퍼쿵과 헤어진 후 바로 왕의 전갈을 가지고 꼬치의 마을을 찾아갔다가 근 보름 만에 성으로 돌아오는 길이었다.

　마을에 들어서자 평소보다 좀 시끌벅적한 느낌이 들었다. 자세히 살펴보니 여기저기서 짐승의 가죽을 벗겨내고 있었고 고기와 내장을 처리하는 사람들로 북적거리고 있었다.

　'간밤에 사냥이 있었던 모양이군.'

　들개족은 일, 이주에 한 번씩 마을 남자들이 모여서 집단적으로 사냥을 했다. 보통 일주일 정도 먹을 분량을 한 번에 잡아오는데 바로 간밤에 그 일이 있었던 모양이다.

　나리가 마을 광장을 가로지르고 있는데 누군가 그를 불렀다.

　"어! 나리 아냐? 오랜만이군."

　부르고 있는 것은 한 동네에서 자란 친구였다. 그는 들개족 토종이었는데 어려서부터 유난히 나리와 친했던 착하고 낙천적인 성격의 친구였다. 대부분이 고아이고 혼혈 아이며 덩치도 작은 나리를 깔보고 멸시했지만 이 친구만은 남들 몰래 먹을 것도 나누어 주었고 시간만 나면 같이 산으로, 들로, 바다로 놀러 다니며 오랜 시간을 같이 보냈었다.

　"응, 잘 지냈어?"

　"그럼, 나야 잘 지내지. 너, 요즘 왜 그리 안 보이냐? 어딜 그렇게 돌아다니는 거야?"

　"나야 뭐 항상 돌아다니는걸. 내가 뭐 가족이 있냐 집이 있나?"

"하하, 그래도 이제 결혼할 때도 되었잖아? 언제까지 그렇게 혼자 떠돌아다니며 살 거야?"

들개족 친구들은 나리가 무슨 일을 하고 다니는지 전혀 몰랐다. 워낙 비밀 조직에서 일하고 있기 때문에 나리 역시 누가 자기와 같은 조직에서 일하고 있는지 거의 모를 정도였다. 고작 한두 명 정도만 얼굴을 알고 있을 뿐이었다. 이는 들킬 경우 본인만 죽고 끝나게 하기 위한 조직의 규칙이었다.

그러니 친구들은 그저 나리가 직업도 없이 떠돌아다니는 방랑자려니 생각하고 있는 것이다. 지금 아는 척을 하는 친구 역시 그렇게 알고 있었다.

나리가 시큰둥하게 대답했다.

"글쎄… 누가 나 같은 빈털터리하고 결혼해 주려 해야 말이지."

"무슨 소리야? 자넬 좋아하는 여자가 있다는 거 아는 사람은 다 아는데? 시치미 떼려는 건 아니겠지? 흐흐흐."

친구가 빙그레 웃음을 지었다. 그러면서도 바삐 가죽을 벗기고 고기를 손질하는 손은 멈추지 않았다.

"또 그 얘긴가? 그 얘기라면 그만두게. 언제 적 얘기를 가지고 아직도 나를 놀릴 셈이야?"

"놀리다니? 그 여자 아직도 결혼하지 않고 자넬 기다리고 있다는 거 몰라? 사람이 너무 그러면 안 되네. 아무리 자네 마음에 들지 않아도 한 번쯤 만나줄 수는 있잖아. 여자란 동물은 남자들과는 다르거든. 암~"

"됐어. 난 관심없어. 괜히 동정심에 여잘 만나줬다가 상처만 더 커지면 어쩌라고? 그럼 자네가 책임질 텐가? 어차피 내가 처자식을 먹여 살릴 처지도 못 되고……."

사실 나리에게도 죽자 사자 따라다니던 여자가 있긴 했다. 그가 어려서 고아로 이리저리 채이고 다니던 시절, 나리는 굶어 죽지 않기 위해 이 집 저 집 잡일을 하러 떠돌아다녔었다. 그녀는 그중 한 집의 딸이었는데 당시 열두세 살 정도 되었던 그녀는 나리에게 푹 빠져서 온 동네를 떠들썩하게 만들었었다.

천애고아로 가진 것 하나 없고 더군다나 혼혈아로- 들개족들이 은근히 멸시하는 신분이었던 나리로서는 뜻밖의 일이었다. 당연히 그녀의 집에선 난리가 났었고 부모는 딸애가 나리를 보지 못하도록 하기 위해 나리에게 일거리도 주지 않았다.

나리는 시답잖은 연애보다는 먹고 살 일이 급해서 그녀의 지대한 관심이 고맙기는커녕 부담스러웠다. 그래서 그녀의 집요한 프로포즈를 거절하다 못해 나중에는 아예 피해 다녔고, 결국 절망한 그녀는 음독자살을 시도했다가 부모에게 발각되어 실패했던 일이 있었다.

그 일 때문에 한동안 나리에게 일거리를 주는 사람이 아무도 없었다.

원래 부모란 것들은 누구를 막론하고 제 자식에게만 지나친 관심을 갖는 데다가 극단적으로 편파적인 생각을 하는 등 아무짝에도 쓸모없는 본능을 많이 가지고 있는 까닭에 혹시 자기 자식도 그녀의 전철을 밟게 되지나 않을까 염려해서 다른 부모들까지 그에게 일거리를 주지 않게 되었던 것이다. 같은 이유로 지금 앞에 있는 이 친구와도 한동안 만나지 못했었다.

아무튼 그 사건 때문에 아무런 잘못도 없이 일거리를 구할 수 없게 된 나리는 이 집 저 집 쓰레기통을 뒤져서 간신히 배를 채우거나 산이나 바닷가를 전전하며 벌레, 들쥐, 조개, 새알 따위로 연명하며 겨우 목숨을 이어 나가야 했다. 나리는 그때의 배고픔과 절망을 아직까지 생생하게 기억하고 있었다.

그가 작은 배 한 척을 훔쳐서 처음 바다로 나갔던 것도 그때의 일이었다. 당시에는 인간족에게서 빼앗은 성에 살고 있었고 그들이 남겨놓은 배가 상당수 남아 있었다. 당시 바닷가를 헤매고 다니며 조개를 줍던 나리는 이판사판으로 물고기라도 잡아먹어야겠다고 마음먹었다. 덕분에 어족의 섬을 발견했고, 지금은 그들과 절친한 친구가 되었지만 당시에는 목숨을 건 모험이 아닐 수 없었다.

그렇다고 그 여자가 그렇게 못생겼다거나 마음에 들지 않았던 것은 아니었다. 단지 그때는 두 사람 모두 너무 어렸고 여자를 사귀는 것보다는 먹고 사는 것이 훨씬 더 시급했던 시절이었을 뿐이다. 물론 그렇다고 해서 관심이 있었던 것도 아니었지만 말이다.

그런데 그녀가 아직도 결혼을 하지 않고 기다리고 있다니……. 그 생각을 하니 저절로 웃음이 나왔다.

"훗, 그때를 생각하니… 정말 우습군."

친구가 말했다.

"웃기는……. 지금 바쁜가?"

나리가 고개를 저었다.

"아니, 그냥 왔다 갔다 하는 거야."

"그럼 잠시만 기다려. 어디 가지 말고."

"왜?"

"나 거의 다 끝났거든. 조금 있다가 나와 함께 우리 집에 가서 식사나 하자고."

친구의 초대에 나리가 가볍게 사양을 했다.

"고맙긴 하지만 괜찮아. 나 지금도 굶고 다니지는 않아."

그러자 친구가 퉁명스럽게 말했다.

"누가 너더러 굶고 다닌다고 했냐? 그냥 오랜만에 만났으니 이런저런 얘기나 좀 하면서 놀자는 거지. 왜? 나랑 밥 먹기 싫으냐?"

"아니… 그런 뜻이 아니라……."

"그럼 가지 말고 기다려. 넌 친구랑 밥 먹는 데도 뭐 따지는 게 그리 많아? 그냥 아무 생각 없이 따라가서 열심히 먹어주면 되는 거지. 마침 할 얘기도 있고……."

"할 얘기?"

"있다가 집에 가서 얘기해 주지."

"알았어. 그럼 내가 도와줄 일 뭐 없어?"

"없어. 다 끝났어."

잠시 후 일을 끝낸 친구와 함께 그의 집으로 가니 그의 아내가 맛있어 보이는 아침을 준비해 놓고 기다리고 있었다.

"어머? 나리 씨 아니에요?"

"응, 당신도 알고 있지? 오랜만에 만났길래 데리고 왔어."

"그럼요, 잘 알죠. 잘 오셨어요. 마침 식사 준비해 놓았는데 함께 드시면 되겠네요."

"예, 아침부터 실례가 아닌지 모르겠군요."

"이 사람이 또 그런 소릴……. 친구 집에 오면서 별 소릴 다 해. 어서 앉아. 배고프지?"

"고마워."

잠시 부인이 식탁을 차리는 동안 이곳저곳을 둘러보던 나리가 물었다.

"오늘은 일 나가지 않나?"

"응, 오늘은 쉬어. 밤새 사냥했거든. 내일 아침에 부대로 들어가면 돼."

"다행이군."

"뭐가 다행이냐?"

그 말에 나리가 비꼬듯이 말했다.

"너는 군인이잖아. 난 또 군대란 곳이 사람 쉬지도 못하게 하고 밤 낮으로 계속 부려먹기만 하는 곳인 줄 알았거든."

친구가 피식 웃었다.

"무슨, 군인은 사람 아니냐? 밤낮으로 일만 하고 어떻게 살아? 하루 일하면 하루 쉬고, 낮에 일하면 밤에 쉬고 그러는 거지. 그건 그렇고, 넌 요즘 뭐 해서 먹고 사는 거냐? 괜찮은 일거리라도 찾은 거야?"

둘이 얘기하는 사이 식탁을 다 차린 부인이 의자를 하나 더 가져와 옆에 앉자 세 사람은 식사를 시작했다.

"괜찮은 일은 뭐, 내가 어디 붙박이로 붙어 있는 거 봤어? 난 갑갑해 서 그렇게 못 살아."

"그럼 뭐 먹고 사는데? 듣자 하니 너 요즘 아무 일도 하지 않는다며?"

"누가 그래?"

"애들이 다 그러던데? 요즘 들어서는 너랑 같이 일했다는 놈들도 아 무도 없고."

"그냥 돌아다니면서 사냥도 하고 물고기도 잡아먹고 그런다. 왜?"

"그러지 말고 너도 이번에 군대에 들어와라. 군대란 곳이 생각보다 그렇게 힘든 곳이 아냐. 아무 생각 없이 그냥 시키는 일만 하면 평생 먹고 사는 데는 아무 지장이 없거든."

"싫어. 난 자유롭게 돌아다니는 게 더 좋아."

"너 장가도 가야 할 거 아냐?"

그 친구의 부인도 웃으며 동조했다.

"그래요, 나리 씨. 그렇게 돌아다니면 어떤 여자가 함께 살아주겠어요?"

"하하, 전 여자 필요없습니다. 귀찮기만 하지요 뭐."

"어머! 무슨 말씀이세요? 귀찮게 하는 것은 남자들이죠. 이거 해달라, 저거 해달라. 어린애도 아니고 제 힘으로 할 수 있는 것이 아무것도 없다니까요, 남자들은."

그녀의 말에 친구가 편잔을 주었다.

"이 여자가 무슨 말을 그렇게 하나? 내가 뭘 귀찮거 했다고? 사실 말이야 바른 말이지, 귀찮기로 하면 당신이 더하잖아? 먼날 잔소리에다가 힘든 일은 뭐가 그렇게 많은지, 해달라는 건 여자들이 훨씬 더 많다고."

"그야 남자는 힘이 세고 여자는 힘이 약하니까 힘든 일을 부탁하는 것은 당연한 거죠. 안 그래요, 나리 씨?"

부인이 나리에게 편들어줄 것을 요청하자 나리는 마지못해 그렇다고 대답했다. 친구와는 싸울 수 있지만 친구 부인의 비위를 건드릴 수는 없으니까.

"그, 그렇죠. 당연히……."

그러자 친구가 말했다.

"그건 나리 자네가 잘 몰라서 하는 소리야. 여자랑 살아보니까 말이야, 이 여자라는 것들이 힘이 없는 게 아니더라고. 힘이 더 세요, 남자들보다. 허허, 특히 밤에는 말이지, 자기가 동하기만 하면 잠을 못 자게 해요, 잠을… 허허허."

"어머, 여봇! 무슨 그런 말을!"

"어~ 내가 뭐 틀린 말 했남? 당신은 한번 시작했다 하면 끝도 없잖아? 응? 허허허!"

친구가 놀리는 말에 부인은 얼굴이 새빨개져서는 식탁에서 발딱 일어나 옆방으로 가버렸다. 그러면서 덧붙였다.

"하여튼 남자들이란… 제 마누라를 무슨 이상한 여자인 것처럼 얘기해 망신이나 주고……. 그렇게 힘들어서 남자들은 마누라를 서너 명씩이나 두고 또 그것도 모자라 인간족 여자들까지 잡아와 데리고 살아요? 별 희한한 족속들이라니까……."

그의 부인이 계속 종알거리는 소리가 들려왔다. 친구는 계속 허허거리며 웃고 있었지만 들개족 토종인 그 부부와는 달리 나리의 속마음은 입맛이 썼다.

나리 자신이 바로 들개족이 잡아온 인간족 여자에게서 나온 사생아이자 고아 출신이었기 때문이다.

어차피 어머니가 일찍 죽어서 누구인지도 모르지만 만일 알고 있다 하더라도 아버지는 정말 알 수가 없었다. 인간족 여자들은 하도 여러 들개족에게 강간을 당하다 보니 아이 아버지가 누구인지 전혀 알 수 없는 경우가 대부분인 것이다.

나리의 기분을 전혀 눈치 채지 못한 친구 부부는 계속 토닥거리며 말다툼을 하고 있었다.

그러다가 싫증이 났는지 친구가 부인의 종알거리는 소리를 무시하고 나리에게 시선을 돌렸다.

"참, 깜박 잊을 뻔했네. 말이 났으니 말인데, 너 혹시 인간족 여자에게 관심있냐?"

"인간족 여자?"

나리가 무심코 그의 질문을 되풀이했다. 마침 기분이 상해 있던 터라 무슨 말을 해도 관심이 끌리지 않았으나 문득 자리코 생각이 떠올라 되물은 것이다.

"글쎄?"

친구가 의자를 바싹 당겨 앉더니 아까와는 달리 조금 진지해진 눈빛으로 말했다.

"실은 지난번 사냥 때 숲에서 인간족 여자를 하나 데려왔거든."

"언제?"

"글쎄… 그때가 한 보름쯤 전인가 그럴 거야."

"보름 전?"

나리가 가만히 날짜를 꼬집어보았다.

'음, 보름 전이면 퍼쿵이랑 헤어질 때쯤인데?'

그런 사실을 알 리 없는 친구는 말을 계속 이어 나갔다.

"응, 그때도 마을 전체가 사냥을 나갔었는데 왕도가뱀에게 잡아 먹힐 뻔한 여자를 하나 발견했어. 그래서 도마뱀도 잡고 기절해 버린 여자도 데리고 왔지."

나리가 관심없다는 투로 말했다.

"에이, 그냥 놔두지 여자는 뭐 하러 데리고 왔어? 그 여자 가족들이 있다면 얼마나 걱정하겠어?"

"아냐, 주위에 인간족들은 아무도 없었어. 그때 우리가 온 산을 다 뒤져서 사냥을 했거든."

"그래도 요즘 들어서는 인간족 여자를 잡아오지 않는 것 같더니 어쩐 일이야? 어릴 적에 보고는 처음인 것 같은데?"

"처음이지. 원래는 그냥 두고 오려고 했었는데 가만히 생각해 보니 피투성이가 되어 기절한 여자를 그냥 두고 오면 어차피 들짐승의 먹이가 되겠더라고. 죽게 내버려 두느니 데려오는 것이 낫다고 생각했지 뭐."

말을 듣고 보니 그럴듯했다. 그대로 산에 놔두고 돌아왔더라면 필시 그 여자는 들짐승의 먹이가 되고 말았을 것이다.

"하긴… 그냥 두면 죽었겠구나."

"그래, 그래서 데려왔어. 그런데 몸매랑 얼굴이… 이야!"

친구는 마치 그 여자가 눈앞에 있는 것처럼 감탄사를 연발하며 허공을 바라보았다.

"왜? 어땠는데?"

"내가 업고 왔는데 난 살면서 그렇게 예쁜 여자는 처음 봤다니까. 한마디로 예술이었어, 예술! 가슴이 이따~만 하고 피부가 꼭 달빛 같은 게… 우아, 지금도 눈앞에 아른거린다."

나리가 눈살을 찌푸렸다.

"흥, 꼭 벗겨본 것처럼 말하는군. 너, 예전에는 안 그러더니 이제 별 짓을 다 하는 모양이구나."

"얌마, 우리가 일부러 벗긴 것이 아니라 도마뱀이 벌써 다 벗겨놓았더란 말이다."

"도마뱀이?"

"그래, 비명 소리를 듣고 달려갔더니 도마뱀이 날카로운 앞발로 막 휘저어서 그냥 옷이고 뭐고 다 찢어놓았었어. 그래서 그냥 화살을 막 날렸지. 우리가 그때 화살을 쏘지 않았더라면 마침 그 여자의 앞가슴이 놈의 발톱에 찢어질 참이었거든."

"그래서 그 여자는 살았어?"

"그래, 도마뱀 피를 뒤집어쓰고 기절했지만 다친 데 하나 없이 멀쩡했어."

"그래서?"

"그래서… 뭐… 몇 놈이 우선 맛을 보구 성으로 들쳐 업고 들어왔지 뭐. 그 도마뱀이랑 같이 말야."

나리가 역겹다는 표정으로 말했다.

"혹시… 너도 그 여자를… 그렇게 했냐?"

나리의 말에 그 친구는 소리를 낮추라는 듯 주방 쪽을 돌아보며 부인의 눈치를 살피더니 속삭였다.

"쉿! 사람을 어떻게 보고……. 안 먹었어, 나는. 그냥 구경만 했지. 너도 알잖아? 나 그런 짓 안 하는 거."

"잘했다. 여자를 강간하는 것은 진짜 나쁜 짓이야."

"그거야 나도 알고 있어. 그러니까 안 건드리는 거야. 하지만 다른 놈들은 그렇게 생각 안 해. 어차피 우리 덕분에 목숨을 건졌으니 그 정도 보답은 당연하다고 생각하지."

"어쨌든 네가 내 친구라면 앞으로도 그런 짓은 하지 마라."

"알았어, 알았어."

어느새 둘의 얘기를 들은 부인이 제 남편의 등 뒤에 다가와서 남편이 어떤 대답을 하나 엿들으며 서 있었다. 나리는 그녀가 걸어오는 것을 다 보았지만 남편인 친구는 얘기에 열중하느라 소리 죽여 다가오는 아내를 눈치 채지 못하고 있었다.

"당신, 그 여자 정말 안 건드렸죠?"

갑자기 들려오는 아내의 목소리에 화들짝 놀란 친구가 뒤를 돌아보았다.

"어? 언제 왔어, 자기?"

"아까부터 다 듣고 있었어요. 정말 아무 짓 안 한 거죠?"

“다 들었다면서 뭘 또 물어? 하여튼 질투는……. 쯧쯧, 여자는 저래서 안 돼.”

그 말에 부인이 휙 몸을 돌려 주방으로 돌아가며 말했다.

“하여튼 알아서 해요. 당신, 다른 여자랑 무슨 짓 하면 난 애 데리고 나가 버릴 거예요.”

“알았다니까 그러네. 자기, 나랑 몇 년이나 살았으면서 아직도 나를 못 느꼈어? 난 그런 짓 안 한다구!”

“알았어요. 호홍!”

남편의 거듭된 다짐에 부인이 기분이 좋아서는 콧소리를 내며 웃었다.

들개족이 일부다처제인 것을 감안하면 그녀는 남편을 아주 잘 만난 편이었다. 적어도 나리의 앞에 앉아 있는 이 친구는 보통 들개족 남자들과는 달리 다른 여자를 보지 않는 일편단심의 성격이었다.

나리가 물었다.

“그런데 그 인간족 여자가 어쨌다는 말인가?”

“응, 내가 보기에는 자네도 보면 반하지 않을까 해서 말이야.”

“반해서 뭘 하게?”

그러자 그 친구가 나리의 눈을 뚫어질 듯이 바라보며 속삭였다.

“어허, 참! 계속 이렇게 시치미를 뗄 텐가? 흐흥… 이 친구, 다른 사람은 다 속여도 나는 속일 수가 없어.”

“뭘 말야?”

“네가 여자에게 관심없는 이유를 난 알고 있단 말이야.”

“그게 무슨 소리야? 이유 같은 것은 없어. 그냥 내 처지가 결혼할 처지가 아닐 뿐이야.”

“거짓말!”

친구가 짓궂은 미소를 짓자 오히려 황당해진 나리가 웃음을 터뜨렸다.

"허허, 너, 도대체 무슨 말이 하고 싶은 거냐?"

"호호호, 너 털 많은 여자 되게 싫어하잖아? 그래서 들개족 여자들 싫어하는 거고."

"뭐? 그게 무슨 이유가 된다고……. 허허."

나리가 어이없다는 듯 웃어댔다.

그러나 사실이었다. 나리는 털이 많은 들개족 여자를 별로 좋아하지 않았다. 자신이 몸에 털이 별로 없어서인지 모르지만 왠지 털이 없는 인간족 여자에게는 성욕도 느껴지고 아름답다는 생각이 드는 반면 들개족 여자들을 보면 아무 생각이 없었던 것이다. 어쩌면 인간족의 피가 흐르고 있어서인지도…….

그 사실을 아무에게도 말한 적 없었는데 족집게로 집어낸 듯이 지적한 친구 때문에 적잖이 민망한 중이었다.

친구가 말했다.

"이실직고해. 내가 그 여자를 만나게 해줄 테니 어서! 부끄러워 말고."

그러자 다시 다가온 친구의 부인이 거들었다.

"그래요, 나리 씨. 실은 저이가 보름 전 그 인간족 여자를 데리고 오던 날부터 계속 나리 씨 얘기를 했었어요. 뭐, 둘이 잘 어울리게 생겼다나 뭐라나. 호호호, 아무튼 그래서 나리 씨가 오면 꼭 소개해 준다고 별러왔었어요."

나리가 친구에게 물었다.

"너, 할 얘기가 있다고 하더니 이 얘기였냐?"

"그래, 임마. 뭐, 다른 놈들이 좀 손을 대서 약간 그렇긴 하지만 이대로 두면 그 여자는 그냥 이리저리 굴러다니다가 돈이고 마음이고 다

버리게 될 거야. 누구보다 그 사정 잘 알고 있잖아? 아무리 생각해도 구해줄 방법은 이것밖에 없어. 그렇게 놔두기에는 너무 불쌍해."

표정을 보니 그 친구의 말은 진심이었다.

"……"

나리는 생각에 잠겼다.

'그렇다고 내가 여자를 데리고 살 수 있는 형편도 아닌 데다가… 누가 먼저 손을 대어서가 아니라 나는 항상 여기저기 먼 길을 돌아다니면서 비밀 임무를 해야 하고 또 항상 위험에 노출되어 있으니…….'

대답이 없는 나리를 보며 친구가 말했다.

"뭐, 꼭 네가 결혼해서 살라는 게 아니야. 사실 나도 그렇게 여러 놈들이 손댄 여자를 너한테 데리고 살라고 말하긴 그렇다. 휴~ 하지만… 그대로 놔두기에는 너무 가엾은데……."

나리가 친구를 바라봤다.

"그런 이유로 이러는 거 아냐. 사실 나 같은 놈에게는 그런 여자라도 함께 살아만 준다면 감지덕지지. 내가 꺼리는 이유는 그 여자가 과연 나를 좋아하고 믿고 살 수 있느냐는 거지. 사실 난 자신없어. 여자가 생긴다고 해도 계속 돌아다녀야 하니까."

"왜? 왜 계속 돌아다녀야 하는데? 무슨 이유라도 있어? 이제 정착할 때도 되었잖아? 나이가 몇인데……."

친구는 안타깝다는 듯이 말했다. 그러나 어떤 이유에서라도 나리가 자신의 속사정을 말할 수는 없었다.

"그냥… 난 선천적으로 방랑벽을 타고났나 봐."

그러자 친구가 물었다.

"도대체 넌 어디를 그렇게 돌아다니는 거냐? 솔직히 한번 말이나 해

봐라."

부인도 궁금한 듯 다가와 앉았다. 친구가 좀 답답해하는 것과는 달리 부인은 무슨 흥미있는 얘깃거리라도 기대하는 것 같은 눈빛이었다.

"그래요. 나리 씨는 안 가본 데가 없을 것 같아요. 재미있는 모험담 얘기 좀 해주세요."

친구는 자기 아내의 철없는 질문에 좀 어이가 없다는 듯이 흘깃 돌아보았지만 아무 말 하지는 않았다. 남성이 절대적 우위를 차지하고 있는 들개족답지 않은 배려였다.

나리가 잠시 머뭇거리다가 말했다.

"그저… 이 일대는 물론이고 좀 멀리까지 마음 내키는 대로 다니는 거지요 뭐."

부인은 그래도 뭔가 재미있는 일이 없나 묻고 있었다.

"무슨 특별한 모험 같은 것은 없었어요?"

친구가 자꾸 다가서는 부인을 뒤로 밀어내며 말했다.

"혹시 너… 인간족의 성에 가본 일 있나?"

"인간족의 성?"

"그래. 왜 소식 못 들었어? 작년 가을에 우리 터치 장군이 대군을 이끌고 원정을 갔다가 실패하고 돌아왔잖아? 천 명도 넘게 데리고 가서 다 죽이고 겨우 백 명도 못 돌아왔었어. 몰라?"

"글쎄, 처음 듣는데?"

나리는 모른다고 대답했다. 물론 왕의 일급첩보원인 그가 그 정도 사실을 모를 리는 없었다. 그 이외에 훨씬 더 많은 정보들을 수집하는 게 그의 임무였으니까. 그러나 그는 아무 일에도 관심이 없다는 듯 행동하고 있었다.

친구가 혀를 찼다.

"허. 쯧쯧쯧, 얘 이거 아주 먹통이네. 그렇게 돌아다니면서 도대체 뭘 보고 듣고 다니는 거냐?"

"음, 그리고 보니 들어본 것 같기도 하다. 난 통 관심이 없어서……."

한심한 눈으로 바라보던 친구가 말을 시작했다.

"좋아, 그럼 내가 요즘 상황을 다 얘기해 주지. 잘 들어. 어디 가서 실수하지 말고……."

친구는 들개족 원정대 일개 소대가 인간족의 성 근처에서 몰살당하고 한 명만이 살아 돌아온 얘기부터 시작해서 그 뒤 터치 장군이 직접 인솔했던 군대가 거의 다 죽고 친위대만 돌아온 것, 그리고 그 뒤로 인간족 주변의 종족들을 다 점령하고 지금까지 감시 중인 것과 고대 도시에 관한 것까지 모조리 장황하게 설명했다. 그리고 덧붙였다.

"이 정도는 알고 다녀야 한다는 거야. 공연히 말 잘못했다가 터치 장군의 패거리에게 걸리면 죽는다구 요즘은. 알겠어?"

나리는 이미 다 알고 있는 사실이었지만 놀라는 시늉을 해가면서 열심히 들어주었다.

"그런 일이 있었구나. 그런데 왜 난 하나도 몰랐을까?"

"하유~ 답답해. 그러니까 넌 사회생활이 안 되는 거야. 나 같은 친구라도 없었다면 넌 완전히 우리 마을에서 추방감이야. 알간? 나한테 고맙게 생각해라."

"그래, 하하! 너한테는 언제나 고맙게 생각하고 있어."

그 말은 사실이었다. 나리는 어려서부터 이 친구의 도움을 많이 받았다. 사실 이 친구가 없었더라면 어쩌면 어릴 때 굶어 죽었을지도 몰랐다. 그리고 다른 꼬맹이들의 구타와 차별 대우를 견딜 수 있었던 것 역시 단 하나라도 진정한 친구가 있기 때문이었다.

그런 고마운 친구가 다시 물었다.

"너, 솔직히 인간족들이 살고 있는 곳에 가본 적 있지?"

"응, 근처에는 많이 가봤어. 더 멀리까지도……. 하지만 인간족과 접촉한 적이 없어서 잘은 몰라."

"에이, 그거야 당연하지. 인간족들에게 들키면 당장 죽이려고 달려든다던데……. 그 녀석들, 요즘 옛날과는 달리 아주 강해졌대. 왜 전에는 우리한테 꼼짝도 못했었잖아? 그런데 지난번에는 무슨 불기둥인가 뭔가 하는 무서운 무기로 우리 군대를 싹 죽여 버렸다는군. 정말 무서운 얘기지?"

"그래?"

나리의 표정은 여전히 무관심해 보였다.

그러자 친구가 말했다.

"이렇게 하면 어때? 나 정말 그 여자가 불쌍해서 그러는데… 네가 그 여자랑 결혼한다 말하고 며칠만 데리고 사는 거야. 그리고 넌 인간족의 성에 가본 일이 있다고 했으니까 길을 잘 알 거 아냐? 네가 그 여자를 여기서 데리고 나가서 그 여자의 동족들에게 데려다 주면 어떨까?"

그러자 부인이 뽀로통하게 토라지며 눈을 흘겼다.

"당신, 왜 그렇게 그 여자한테 관심이 많아요? 정말 아무 일 없었던 거 맞아요?"

그러자 친구가 화를 버럭 냈다.

"이 사람이 무슨 말을 그렇게 해? 당신도 입장을 바꿔놓고 생각해 봐. 당신이 인간족에게 잡혀가서 그 사람들에게 매일 서너 명씩 돌아가며 강간을 당한다고 생각해 봐. 죽을 때까지 말야. 그럼 당신은 좋겠어? 사람이 그러는 게 아냐. 어떻게 자기만 알고 다른 사람 불행한 것을 몰라? 내 말이 틀렸어?"

"아, 아뇨. 제가 잘못했어요. 미안해요, 여보."

부인은 금세 찔끔해서 사과했다. 들개족들이 인간족을 싫어하는 것은 사실이지만 같은 여자로서 입장을 바꿔놓고 생각하면 분명 그것은 죽고 싶을 만큼 끔찍한 일이었다. 아니, 어쩌면 죽는 게 더 나을 수도 있었다.

정작 앞에 앉아서 그 얘기를 듣고 있는 나리로서는 이만저만한 감동이 아니었다. 친구라는 녀석이 저렇게까지 속이 깊은 줄은 처음 알았다. 그러고 보니 어릴 적 더러운 거지였던 자신에게 전혀 싫은 내색 한 번 하지 않고 다른 아이들의 구타를 말려주며 친구가 되어주었고, 부모 몰래 먹을 것을 가져다 주던 그의 마음이 비로소 이해가 갔다.

나리는 어릴 적 기억이 떠올라 감정이 뜨끈뜨끈하게 데워져 올라왔지만 애써 숨기고 물었다.

"너, 터치 장군의 부하 맞냐? 어떻게 그런 얘기를 망설이지도 않고 하는 거냐?"

그러자 친구가 대답했다.

"내가 뭐 군인이 되고 싶어서 된 거냐? 요즘 터치 장군이 인간족과 전쟁을 벌인다, 뭘 찾는다 하며 비상을 걸어놓았으니 할 수 없이 이 짓을 하고 있는 거지. 나도 싸우고, 죽이고 그런 거 정말 싫어. 그래서 맨날 사냥이나 나가고 식사 당번이나 자원해서 하고 더러운 변소 청소나 하잖아. 그게 다 전투병으로 착출되기 싫어서 그러는 거라고."

"그랬구나……."

나리는 그의 마음이 이해가 갔다. 그는 어린 시절부터 그렇게 인정이 많았다. 배운 게 전혀 없어 무식해서 그렇지, 만일 교육을 제대로 받았다면 자신이 그렇게 존경해 마지않는 하커 장군이나 꼬치 장군처럼 되었을 것이 분명한 놈이었다.

친구가 물었다.

"어때? 생각있어, 없어? 그 여자 구해주는 거 말야."

"지금 어디 있는데?"

"응, 지금 군 막사 옆의 쓰레기장에서 일하고 있을 거야."

"아니, 숙소가 어디냐고."

"아직은 군인들이 막사에 그냥 데리고 있어."

나리가 이해가 안 간다는 표정을 지었다.

"군 막사에? 군 막사에서 어떻게 여자를 데리고 있어? 그게 말이 되나?"

"응, 아직 정식 주인이 나타나지 않아서 그냥 임시로 거기 있는 거야. 겸사겸사 장교들도 데리고 재미 보면서 말이지. 그게 말야… 놈들이 여자 끼고 자는 재미에 아직 상부에 정식 보고를 하지 않은 거지 뭐."

나리가 고개를 끄덕였다.

"그랬구나. 임시로?"

"응, 그런데 정말 불쌍해서 못 봐주겠어. 밤에 자는 게 아니라 계속 장교들 이놈 저놈이 데리고 그 짓을 하는 거야. 돌아가면서 말이야. 글세, 저희들이야 잠깐 그 짓 하고 잠을 자지만 그 여자는 계속 돌아가며 여럿을 상대하느라 밤을 샌다니까. 쯧쯧, 그런 걸 아침에 또 데리고 나가서 일을 시키니… 보름 만에 몰라보게 말랐어. 어쩌면 오래 못 버티고 죽을지도 몰라."

"쯧쯧, 정말 끔찍하구나."

"그렇다니까. 그래서 내가 데리고 올까… 하고도 생각해 봤는데 우리 여편네가 그건 또 죽어도 안 된다는군."

"아무래도 싫어하겠지."

친구가 한숨을 쉬며 말을 이었다.

"내가 뭐 마누라 삼는다는 것도 아니고… 하긴 데리고 와도 정식으로 결혼하지 않으면 노예잖아? 그럼 이놈 저놈이 건드리는 것은 변함없을 거야. 인간족 여자 노예를 나누어 가지는 것은 관례니까. 위법도 아니고."

나리가 말했다.

"그럼 역시 정식으로 귀화하고 결혼하는 수밖에 없네?"

친구가 고개를 끄덕였다.

"그렇지 뭐. 그러니까 네가 좀 그 여자를 구해줘라. 너야 어차피 여기저기 돌아다니니까 제 마누라 데리고 같이 떠난다고 해도 누가 뭐라고 할 사람도 없고, 그러다가 네가 인간족의 성에 데려다 주고 나서 어디서 죽었습네 하면 알 게 뭐야? 다들 그런 줄 알겠지."

"그래, 좋아. 한번 해보자."

"정말? 정말 그렇게 해줄 거야?"

"그럼. 다른 사람도 아닌 네 부탁인데 들어줘야지. 게다가 불쌍한 여자 구해주는 것도 좋은 일이니까."

"고맙다, 정말. 하하하! 너도 그 여자 보면 마음에 들 거야. 정말 예쁘게 생겼거든."

"그게 무슨 상관이냐? 진짜로 결혼할 것도 아닌데."

"어쨌든 못생긴 것보다는 예쁜 게 낫잖아? 하하하!"

두 사람은 기분이 좋아져서 열심히 식사를 했다. 부인도 마음 착한 제 남편이 기분 좋아하는 것을 보고 흐뭇하게 웃었다.

식사 도중에 나리가 물었다.

"그런데 그 여자 내가 데리고 산다고 하면 군인들이 쉽게 내어줄까?"

"글쎄? 그건……."

나리의 질문에 친구는 멈칫하더니 조금 걱정이 되는 표정을 지었다.

"아, 그 문제를 생각하지 못했구나. 정말 여자를 내어주지 않는다면 어쩌지?"

"어떻게 할까? 돈이라도 주고 사와야 하는 거 아냐 이거?"

친구가 나리에게 물었다.

"너, 돈 좀 있나?"

"아니? 넌?"

"나도 모아놓은 거 없는데……. 매번 먹을 거 풍부하겠다, 뭐 그런 게 필요해야 말이지."

나리와 친구는 얼굴을 마주 보며 잠시 생각에 잠겼다가 이내 걱정을 털고 말했다.

"글쎄, 일단 가보자. 가보고 안 되면 그 다음에 어떻게 할지 생각해 보는 수밖에."

식사를 마치고 나자 친구가 당장 여자를 빼내러 가자는 것을 나리가 조금 미뤘다. 당장은 꼬치에게서 받아온 전갈을 숨겨야 하기 때문이었다. 아무 생각 없이 군부대로 들어갔다가 자칫 몸 수색이라도 당한다면, 그래서 꼬치에게 받은 문서와 여러 가지 비밀스런 물품들이 발각된다면 그런 낭패가 없었다. 그래서 밤에 왕에게 가져갈 물건들을 비밀 장소에 숨겨놓고 와야 했다.

"조금 있다가 점심때쯤 가자. 나 잠깐 급한 볼일이 있어서 좀 다녀와야 하거든.”

“그래? 그럼 점심때 꼭 와야 한다.”

“걱정 말고 잠이나 한숨 자고 있어. 그럼 있다가 보자.”

“응, 다녀와.”

친구의 집을 나선 나리는 마을 변두리에 있는 묘지 입구로 갔다. 그곳은 대낮에도 거의 사람이 없는 곳이었다. 나무로 얼기설기 만들어진 울타리가 세워져 있어서 성 밖과 경계를 짓고 있었는데 그 울타리를 빠져나가면 바로 공동묘지 숲이었다. 그곳에 있는 수백 개의 무덤 중 몇 개가 바로 왕의 침실 및 집무실, 그리고 터치의 집 안 곳곳과 거미줄처럼 연결되어 있는 좁고 긴 지하 터널의 입구였다.

아직 이른 아침이어서 숲에는 이슬이 채 마르지 않았다. 나리는 조심스레 주위를 살피며 한 시간 동안이나 공동묘지 주위를 걸어다녔다. 행여나 있을지도 모를 사람 때문이었다.

그가 맡고 있는 비밀 임무는 발각되는 순간 죽음과 직결되는 위험한 일이었다. 단지 나리의 죽음뿐 아니라 그와 관련되는 다른 동지들에게도 위험이 갈 수 있었다. 그래서 나리는 항상 오랜 시간 주위를 돌다가 제아무리 어린 아기라도 있으면 절대로 지하 터널로 접근하지 않았다.

만일 누군가가 자신이 비밀 터널에 들어가는 것을 목격하게 된다면 상대가 아무것도 모르는 바보나 갓난아기라고 해도 죽여야만 했다. 나리는 그런 일을 피하기 위해서 더욱 주의하고 있는 것이었다.

몇 년 전, 처음 이 임무를 맡아서 했던 시기에 나리는 주의 깊게 살피지 않은 탓으로 마침 근처를 지나가던 한 들개족 노인에게 입구로 들어가는 모습을 들킨 적이 있었다.

무덤을 들추어내던 순간 서로 눈이 마주친 그는 상대 노인을 죽여야 한다는 사실에 스스로 놀라서 이러지도 저러지도 못하고 망설이고 있었다. 그 노인이 아무런 의심 없이 지나가 주길 바라는 나리의 마음에 아랑곳없이 수상한 낌새를 챈 노인이 도망을 치기 시작했고 결국 나리는 노인을 뒤쫓아가서 죽일 수밖에 없었다. 날카로운 단검이 노인의 급소로 박혀 들어가던 그 섬뜩한 느낌은 지금도 나리의 가슴 깊이 새겨져 있었다.

임무를 수행하려다 그렇게 된 것이긴 하지만 적군도 아닌 죄없는 노인을 죽인 나리는 죄책감에 시달려 오랜 시간 고생했었다. 다시 그런 실수를 반복할 수는 없었다.

주위에 전혀 보는 눈이 없음을 확인한 나리가 익숙한 동작으로 무덤 속으로 사라졌다. 그리고 잠시 후 다시 모습을 나타냈다. 누가 보더라도 무덤가에 누워 낮잠이라도 자고 있던 사람이 자연스럽게 몸을 일으키는 줄 착각할 만한 동작이었다.

모든 소지품을 다 숨긴 나리는 낡은 문을 지나서 마을 쪽으로 접어들었다. 도중에 친구가 근무한다는 군부대 옆을 지나게 되었는데 아직 점심때가 되기에는 시간이 많이 남아 있는지라 나리는 쓰레기장이 있는 방향으로 발걸음을 옮겼다. 친구가 말했던 인간족 여자에 대해 궁금증이 느껴져 혹시 모습이라도 볼 수 있지 않을까 해서였다.

'흠, 그렇게 예쁘단 말이지? 어느 정도인지 한번 보고 갈까? 쓰레기장에서 일하고 있다 했는데…….'

나리의 입가에 미소가 떠올랐다.

'후후, 녀석……. 여자에게 별로 관심도 없는 놈이 그렇게 침을 튀겨가며 감탄할 정도면 보통은 아닌가 봐? 하여튼 착한 녀석이라니까……. 후후.'

잠시 후 군부대의 쓰레기장이 보이기 시작했다. 과연 몇 명의 군인들과 함께 한 명의 여자가 있는 것이 보였다. 멀리서 보더라도 덩치가 작고 피부가 하얀 것이 인간족이 분명했다. 들개족의 군복을 입혀놓았는데 무슨 코트를 입혀놓은 것처럼 소매며 바지가 질질 끌렸다.

'아, 왕도마뱀이 옷을 다 찢어버렸다고 했지?

그 큰 옷을 둥둥 걷어붙이고 긴 갈색 머리를 엉덩이까지 늘어뜨린 채 지저분한 쓰레기들을 정리하고 있었다. 여자는 고개를 푹 숙이고 일하는 중이었는데 무척 힘겨워 보였다. 가느다란 팔뚝과 발목이 건드리면 부러질 것처럼 애처로웠다.

'쯧쯧, 정말 불쌍하군. 나쁜 놈들……. 가녀린 여자에게 저런 힘든 일을 시키다니. 아무리 인간족 포로라고 해도 말야. 게다가 밤마다 그런 짓까지 시킨다면서……. 쯧쯧, 어?

멀찌감치 떨어진 곳에서 몸을 숨기고 가만히 여자를 바라보던 나리의 얼굴이 갑자기 굳어졌다.

'어라? 저 여자, 어디서 본 듯한 인상인데?

그때 그 여자가 나리가 선 방향으로 몸을 돌리며 고개를 들었다.

"엇?!"

나리는 자기도 모르게 소리를 지르고는 급히 입을 막았다. 그러나 제 손으로 막은 입에서 여전히 신음 비슷한 목소리가 새어 나오고 있었다.

"자, 자……!!"

제3장 자리코의 구출

나리는 자신의 눈을 의심하고 있었다.

'자리코! 저 여자는 자리코 씨가 틀림없어! 이게 어떻게 된 거지? 자리코 씨는 죽었다고 했는데……?'

나리는 혹시 상대편에서 자신을 알아보고 소리라드 지를까 봐 나무 뒤로 몸을 완전히 숨겼다.

'이, 이럴 수가……. 그렇다면 자리코는 죽은 게 아니라… 우리 들개족에게 납치된 것?'

나리의 이마에서 식은땀이 흘러내렸다. 아직 초봄이라 추운 날씨인데도 불구하고 그의 몸에서는 열이 나는 것 같았다.

'이, 이거 어떻게 하지? 저대로 둘 수는 없어.'

나리는 나무 뒤에 주저앉아 생각에 잠겼다.

'자리코 씨가 날 알아볼까? 물론 알아보겠지. 내가 인간족들과 친구

라는 것을 알릴 수는 없는데……. 음, 하지만 그녀를 저대로 둘 수는 더욱더 없어. 꼭 구해야 해.'

나리는 한편으로 너무나 긴장되고 두려운 생각이 들었지만 다른 한편으로는 알 수 없는 희열이 온몸을 감싸는 것을 느꼈다. 그의 온몸이 지금 정체를 알 수 없는 흥분으로 떨려오고 있었다.

'아, 자리코 씨가 살아 있었다니……. 그것도 이렇게 가까운 곳에……. 진작 알았어야 했는데…….'

그녀를 어떻게 구할까 한참 고민에 빠져 있던 나리가 벌떡 몸을 일으켰다. 그리고 친구의 집으로 재빨리 달리기 시작했다.

쾅쾅쾅!

"누구세요?"

"접니다, 나리! 어서 문 좀 열어주세요!"

나리의 다급한 목소리에 친구의 부인이 놀라서 문을 열었다.

"이 친구 어디 있습니까?"

"지금 자고 있는데요?"

"저, 지금 좀 깨워주십시오. 급합니다."

"왜요? 무슨 일 있어요?"

"아, 아니, 그런 것은 아니고……."

놀라는 친구 부인의 얼굴을 보고 문득 정신을 차린 나리가 애써 마음을 진정시키며 목소리를 가라앉혔다.

"아, 놀라실 건 없어요. 그냥 별일은 아니고요, 제가 좀 급한 일이 생겨서……. 아까 그 여자 얘기 있죠? 빨리 처리하고 가봐야 하거든요. 그래서요."

"예, 들어와서 잠시만 기다리세요. 곧 깨울게요."

“예.”

나리가 집 안으로 들어와 잠깐 기다리자 친구가 눈을 비비며 나왔다.

“벌써 점심때가 되었냐? 아함~ 금방 잠든 것 같은데 시간 빠르네.”

“아직 점심은 멀었어.”

“그런데 왜? 점심때 가자면서?”

“응, 내가 좀 급한 일이 생겨서 먼저 이 일을 해결하고 가려고.”

“그래? 그럼 서두르자.”

“그래.”

“여보, 나 좀 다녀올게.”

“예.”

나리가 친구 부인에게 인사를 했다.

“안녕히 계세요. 어쩌면 인사 못 드리고 가게 될지도 몰라서 미리 인사드릴게요.”

“어머, 나리 씨, 안 들르고 그냥 가시게요? 정말 급한 일이 있으신가 보네?”

“예, 좀 그렇게 됐어요. 다음에 또 들르겠습니다. 오늘 식사 잘 먹었고요. 다음에는 제가 멋진 선물 준비해서 올게요.”

“호호, 그런 거 필요없어요. 언제든지 들러주세요.’

“예, 안녕히 계십시오.”

나리는 어리둥절해하는 친구를 재촉하며 그의 집을 나섰다.

나리가 하도 흥분해서 날뛰자 친구가 물었다.

“어떻게 된 일이냐? 갑자기 뭐가 그렇게 바빠?”

“응, 설명하긴 좀 그런데 바빠.”

“정 바쁘면 네 일부터 보고 여자는 조금 나중에 구해도 되는

데……."

"아냐, 여자부터 구해야 해. 그게 제일 먼저야."

"뭐? 아까는 별로 관심없는 것 같더니……."

"아니, 생각이 바뀌었어. 이 기회에 아예 결혼을 해버릴지도 모르고."

"뭐? 그건 또 뭔 소리야?"

"아, 아까 쓰레기장에서 그 여자를 봤거든."

"이 자식, 너 반한 거구나? 그렇지? 하하하!"

"그렇다고 볼 수 있지."

나리는 대충 그 여자에게 반한 것으로 친구에게 설명을 했다. 이것저것 설명해 봐야 서로 골치만 아플 일이기 때문이었다. 하지만 순진한 친구는 평생 혼자 떠돌 것 같던 나리가 이제야 마음에 드는 여자를 찾았다 생각하고 좋아했다.

물론 아주 틀린 말은 아니었다. 나리는 이미 퍼쿵 일행과 지내던 시기부터 자리코를 눈여겨보고 있었던 것이다.

"거봐, 임마. 내가 뭐랬어? 엄청 예쁘다고 했지?"

"그래, 정말 기가 막히게 예쁘더라. 난 그런 여자 평생 다시 못 만날 것 같아."

"좋아, 결혼식 중인은 내가 서주지. 하하하!"

잠시 후 두 사람은 군 막사에 도착했다. 보초를 서던 병사가 아는 체를 했다. 나리가 아웃사이더이기는 해도 왕년에 온 동네를 주름잡고 다니던 거지였기 때문에 모르는 사람이 없었다.

"어? 너, 나리 아냐? 오래간만이네."

"그래, 잘 지냈어?"

보초를 보던 녀석은 갑자기 나타난 왕년의 거지와 말단 고문관을 의아한 눈초리로 바라봤다.

"응, 잘 지내지. 그런데 넌 또 왜 왔냐? 오늘 쉬는 날 아냐?"

"맞아, 쉬는 날이야. 그런데 잠깐 나리가 볼일이 있다고 해서 함께 왔어."

"그래? 들어가 봐."

보초는 별 의심 없이 두 사람을 건물 안으로 들여보냈다.

건물 안에는 근무 중인 군인들이 왔다 갔다 하고 있었고 장교로 보이는 자들도 간혹 있었다. 나리와 친구는 급히 쓰레기장으로 가봤지만 그곳에는 병사들만 몇 명 있었고 여자는 보이지 않았다.

나리가 말했다.

"어? 조금 전에 분명히 여기서 일하고 있었는데 어디로 갔지?"

그러자 친구가 쓰레기장의 한 병사를 붙잡고 물었다.

"야, 너 혹시 여자 못 봤어? 아까 여기에서 일하는 것 같더니 지금은 안 보이네?"

그러자 병사가 픽 웃더니 말했다.

"너, 웬일이냐? 여자한테는 전혀 관심없는 것 같더니 대낮부터 그 생각 나서 찾아온 거냐?"

"아니, 그런 게 아니라 좀 다른 볼일이 있어서 그래."

"하긴 우리 같은 말단까지 차례가 오려면 내년 이맘때까지는 기다려야 할 테니 가서 네 마누라 엉덩이나 두들기는 게 나을 거다. 킥킥, 장교실로 가봐라. 아까 소대장이 데리고 들어갔다. 지금쯤 바쁠 거야. 히히히!"

병사는 히죽거리며 손으로 이상한 시늉을 해 보였다. 아마도 소대장이라는 놈이 또 그 짓거리를 하려고 자리코를 데리고 들어간 모양이었다.

병사가 건물 밖으로 나가면서 덧붙였다.

“문 열 때 조심해. 방해했다가 날벼락 맞지 말고.”

나리와 친구가 한숨을 내쉬었다.

“들었지? 벌건 대낮부터 이 정도다. 정말 불쌍해서 못 봐주겠어.”

“진짜 그러네. 장교실이 어디냐? 어서 거기로 가보자.”

“그래.”

나리가 물었다.

“내년 이맘때까지 기다리라니, 그게 무슨 소리야?”

“응, 그 여자 너무 예쁘게 생겨서 장교들 사이에서 인기가 대단하거든. 그래서 아직까지 사병들은 손도 못 대본다는 얘기야.”

“그 정도야? 그럼 정말 쉽게 내어주려 하지 않겠네?”

“글쎄 말이야. 나도 그게 걱정이다.”

“가보기나 하자. 어차피 부딪쳐 봐야 아는 일이니까.”

친구가 고개를 끄덕이며 말을 이었다.

“그래도 그나마 다행이지. 사병들까지 손을 댔다면 아마 벌써 만신창이가 되었을걸?”

“그렇겠군.”

정말 친구의 말이 맞았다. 그나마 대여섯 명밖에 안 되는 장교만 상대하길 다행이었다. 수백 명이나 되는 사병들까지 손을 대었더라면 자리코의 몸은 그야말로 감당할 수도 없었을 것이다. 그 생각을 하니 나리의 어금니에 힘이 들어갔다.

‘하루라도 빨리 구해내야겠구나. 나쁜 놈들……’

친구가 방향을 바꾸며 멍하니 생각에 잠긴 나리의 팔을 당겼다.

“이쪽이야.”

“응? 으응……”

나리는 이미 그 건물의 구조에 대해 제 집 안마당같이 샅샅이 알고
있었지만 전혀 처음 보는 척 연극을 하며 친구의 안내에 따라 걸음을
옮겼다. 나리는 이 건물뿐 아니라 성 전체의 구조에 대해서도 빠삭하
게 알고 있었다.

장교실 문 앞에 도착한 두 사람은 심호흡을 했다. 문을 두드리기 위
해서 그 앞에 섰지만 정말 아까 그 병사의 말처럼 잘못 두드려 성 관계
를 방해하면 무슨 날벼락이 떨어질지 몰랐다. 친구는 말단 병사이기
때문에 뒷감당을 하기 힘들었던 것이다.

심호흡을 마친 친구가 문을 두드리려는 순간 나리가 그의 손목을 잡
고 제지시켰다.

"잠깐 기다려!"

"왜?"

"아무래도 넌 빠지는 게 낫겠다."

"내가 빠지다니? 그럼 넌 어떻게 하려고? 군인도 아니면서 이곳까지
들어온 것부터가 걸릴 수 있는 일이란 말야."

"내가 알아서 할게. 일단 넌 뒤로 빠져 있어라. 혹시 누가 걸고넘어
지거든 내 부탁을 받고 길을 안내해 준 정도로만 얘기해."

"왜?"

"나야 몇 대 얻어터지고 쫓겨나면 그만이지만 넌 앞으로도 여기서
계속 생활해야 할 처지잖아? 그러니 내 말대로 해."

"하지만 뭐라고 얘기하려고?"

"장가가려고 여자를 사러 왔다고 하거나… 대충 아무렇게나 둘러대
지 뭐. 나야 원래 거지 출신이니 아무도 결혼을 해주지 않아서 인간족
노예라도 사서 결혼하려고 말이야. 어때, 말 안 되냐?"

"하지만 너, 돈도 없잖아?"

"어차피 군 막사에서 여자를 데리고 있는 것도 잘못된 거잖아? 그 자체로 위법이라고. 돈 달라고 하면 상부에 찔러 버린다고 협박하지 뭐."

"그, 그게 통할까?"

"겁먹긴……. 먼저 하자고 한 것은 너잖아? 이제 와서 겁먹으면 어떡해? 자, 내가 다 알아서 할 테니까 넌 뒤로 빠져."

"나, 나리……."

친구는 감탄하는 표정으로 나리를 바라보았다.

"역시 너의 무뎃포 정신은 예나 지금이나 존경스럽다."

"그럼, 거지 출신인데. 뻔뻔하지 않으면 옛날에 굶어 죽었을 거라고."

사실 나리는 아까 그녀를 보기 전까지만 해도 그저 시도나 해봤다가 안 되면 어쩔 수 없다는 생각을 가지고 있었다. 그러나 상대가 자리코라는 것을 안 지금에는 목숨을 걸고라도 그녀를 구해야겠다는 생각밖에 없었다. 정 안 되면 왕에게 특별 요청이라도 해서 그녀를 빼낼 작정이었고, 만일 그것마저도 여의치 않으면 야간을 틈타 침투해서 이 부대의 장교 몇 명을 죽이고라도 자리코를 구출할 결심을 다지고 있는 그였다.

나리는 불안한 표정으로 바라보는 친구를 향해 씨익 웃어 보이면서 문을 두드렸다.

똑똑똑!

안에서는 아무런 대답 소리가 없었다. 나리가 가만히 문에 귀를 대어봤다.

"헉헉, 헉, 헉!"

남녀의 가쁜 숨소리가 들려 나오는 것으로 보아서 역시 소대장이라는 놈이 여자를 어찌어찌 하는 중인 것 같았다. 그 소리에 나리는 가슴이 타고 머리에 피가 곤두서는 느낌이 들었다.

'자리코 씨, 조금만 참아요. 곧 구해 드릴게요.'

나리가 다시 문을 세게 두드렸다.

똑똑똑똑!

"누구야?!"

안에서 신경질적인 목소리가 들려왔다. 무척 짜증이 나는 음성이었다.

나리가 큰 소리로 말했다.

"소대장님! 잠깐 드릴 말씀이 있습니다."

"나중에 얘기해!"

안에서는 계속 헐떡거리는 소리가 이어지고 있었다.

나리가 더 큰 소리로 소리쳤다.

"저기요, 장군님이……!"

"뭐? 장군님?"

갑자기 안에서 놀라는 소대장의 목소리와 함께 우당탕퉁탕 하며 무엇인가 무너지는 듯한 소리가 들려왔다. 장군이란 말에 엄청나게 놀란 것 같았다.

그러나 안의 소대장 못지않게 놀란 것은 뒤에 서서 지켜보던 친구였다. 그 친구는 얼굴이 새하얗게 질려서는 말도 못하고 나리의 얼굴만 쳐다봤다.

나리가 씩 웃으면서 친구에게 저리 가서 숨으라고 손짓을 했다. 멍청히 서서 움직일 줄 모르는 친구의 등을 떠밀어 다시 멀찌감치 보이지 않는 곳으로 보낸 나리는 절대로 나서지 말라 당부하고 나서는 문을 향해서 소리쳤다.

"소대장님, 아직 멀었나요? 빨리 옷을 입으셔야 할 텐데요?"

“기, 기다려! 다 입었다. 장군님이 오셨어?”

그런 외침과 함께 문이 벌컥 열렸다. 그리고 시뻘겋게 상기된 소대장이 숨을 헐떡거리며 채 옷깃을 다 여미지도 못하고 달려나오다가 나리와 정면으로 마주쳤다.

“너, 너는 누구야? 우리 부대원이 아닌데?”

“저 모르십니까? 저 나리예요. 왜 옛날에 소대장님 댁에서 잡일도 하고 밥도 얻어먹고 그랬었는데…….”

“나, 나리? 그 거지새끼 말이야?”

“예, 옛날 그 거지요.”

“네가 여긴 웬일이야? 여긴 군부대인데! 넌 군인이 아니잖아?”

“에이, 누가 저 같은 거지를 군인으로 받아주나요?”

“그런데 왜 여기 서 있냐고? 어떻게 들어왔어? 그리고 장군님은? 장군님이라고 얘기한 게 너였냐?”

“예, 제가 그랬어요.”

“이 자식!”

뻑!

“어쿠!”

나리는 소대장이란 놈이 내지른 주먹에 얼굴을 맞고 바닥에 뒹굴었다.

“여기가 어디라고 들어와서 거짓말이냐? 죽고 싶어?!”

그는 무척 화가 난 것 같았다. 한참 즐기던 중에 중단이 된 것도 화가 났고 무엇보다 장군이 온 줄 알고 놀랐던 것에 크게 화가 치미는 모양이었다.

“이놈, 함부로 군부대에 들어오면 어떻게 되는 줄 알아?!”

소대장은 쓰러진 나리에게 다시 발길질을 퍼부었다.

"억!"

잠시 동안 치고, 차고 하던 소대장이 식식거리며 구타를 멈추었다.

나리가 겨우 몸을 일으키며 말했다.

"죄송합니다. 실은 급히 드릴 말씀이 있어서요."

"할 말이 뭐야?"

"저기… 안에 있는 여자에 관한 얘기인데요."

"여자?"

약간 진정이 된 소대장이 뒤를 돌아 방 안에 남아 있는 여자를 보았고, 나리도 그의 등 뒤로 살짝 열려진 문틈을 통해 안을 들여다보았다. 한 여자가 알몸인 채로 우두커니 돌아앉아 있었다. 그 여자는 옷 입는 것도 잊은 것인지, 아무것도 모르는 바보인지 미동도 하지 않고 있었다.

나리는 소대장의 어깨 너머로 어떻게든 여자의 얼굴을 확인하려고 기웃거렸다. 알몸의 뒷모습만 봐서는 정말 자리코인지 아니면 아까 잘못 보았는지 정확히 확인이 되지 않았다.

"저 여자가 왜? 아는 여자야?"

"혹시… 제가 잃어버린 여자가 아닐까 해서요."

"너한테 여자가 있었나?"

"그럼요. 거지라고 여자도 없는 줄 아세요?"

소대장이 깔보는 듯이 피식 웃으며 말했다.

"하지만 저 여자는 인간족이야. 산에서 잡아왔다고. 네 여자일 리가 없지."

나리가 천연덕스럽게 입가의 피를 닦으며 말했다.

"그렇다고 소대장님의 여자도 아니잖아요?"

"뭐? 누가 내 여자라고 했냐? 그리고 인간족 여자가 누구 여자면 어때?"

"하지만 오 년 전 제정된 법률에 의해서 더 이상 새로운 인간족을 성안으로 데리고 오는 것이 금지되었다는 것을 잘 알고 계시죠?"

"그, 그런… 법이 있었나?"

"모르고 계셨어요? 더 이상 저 같은 혼혈아가 나오는 것을 막기 위해서 인간족 여자를 잡아다가 정액받이로 사용하는 것을 금지하는 법이 생겼잖아요?"

소대장은 금시초문이라는 듯 고개를 갸우뚱거렸다. 그럴 수밖에 없었다. 그 법이라는 것이 나리가 꾸민 거짓말이었으니 말이다.

"난 처음 듣는걸?"

"그러니 이런 실수를 하셨죠. 최근 몇 년 동안 인간족 여자를 잡아오는 일이 거의 없었잖아요? 아니, 한 번도 없었죠. 그게 다 그 법 때문이라고요."

"그래?"

"그럼요. 게다가 남의 여자를 허락도 없이 데려가는 것은 명백히 국법을 위반하는 짓이라고요."

소대장은 말문이 막혀 대답도 제대로 하지 못했다. 갑자기 들이닥친 유명한 거지가 여자를 자기 마누라라고 주장하는 데야 당황하지 않을 수가 없었다.

"그, 그건……."

소대장의 말문이 막힘에 따라 자신감을 얻은 나리는 입에 침을 튀겨가며 말을 이었다.

"그런데 더군다나 군부대에 여자를 데려다 놓고 이렇게 장교님들이 밤마다 즐기고 계시니 위에서 알게 되면 당장 장교님들 모두 목이 떨어질 일이에요."

"무, 무슨 소리야? 그걸 장군님이 어떻게 알아?"

소대장이 당황하는 표정을 지으며 물었다. 나리가 은근히 눈치 채지 못하도록 그의 표정을 살피며 말을 이었다.

"하지만 곧 아시게 될걸요? 장안에 벌써 모르는 사람이 없다고요. 저도 그 소문을 듣고 제 여자를 찾으러 온걸요?"

"뭐? 소문이?"

"그렇다니까요. 안 그러면 저 같은 떠돌이 거지가 그 사실을 어떻게 알았겠어요? 제 여자가 여기에 잡혀 있다는 것 말이에요."

"저 여자가 네 여자라는 증거가 어디 있어?"

"그러니까 한번 얼굴이라도 보여주세요. 만일 제 여자를 잡아다가 가두어놓고 돌아가며 그 짓거리를 하셨다면 아무리 장교님들이라고 해도 가만히 두진 않을 겁니다."

나리가 은근히 목소리를 내리깔며 강하게 말했다. 그러자 약간 효과가 있었는지 소대장이란 녀석이 조금 말을 더듬었다.

"뭐, 뭘 어떻게… 하겠다는 거야?"

나리는 목소리에 더욱 힘을 주었다.

"당장 터치 장군님을 찾아가서 이 사실을 다 고하겠습니다. 이 부대 장교님들이 국법을 어기고 남의 여자를 납치한 사실과 군법을 어기고 그 여자를 부대 내에 감금시키고 계속 강간해 온 사실을요!"

"뭐, 뭐라고? 안 돼, 그건!"

"그러니까 지금 당장 내 여자를 내어주세요. 저는 지금이라도 터치 장군님께 달려갈 참이라고요!"

나리는 정말 달려나갈 듯이 뒤로 돌아섰다. 그러자 소대장은 화들짝 놀라며 나리를 붙잡고 늘어졌다. 성질 급하고 사나운 터치 장군이 이 일을 알게 되면 정말 날벼락이 떨어질 일이었다.

"잠깐, 잠깐만 기다려!"

"왜요?"

"저 여자는 네 여자가 아니야. 산에서 잡아온 여자라고. 그러니 엉뚱한 생각 하지 말고 좀 진정해."

소대장은 나리가 터치에게 가는 것을 겁내고 있으면서도 섣불리 여자를 내주는 것을 아까워하고 있었다. 아마도 그녀를 데리고 즐기는 데 폭 빠진 모양이었다.

나리가 말했다.

"저 여자는 틀림없는 제 여자예요. 제가 늘 산으로 들로 떠돌아다니며 산다는 거 아시죠? 산에서 만나 같이 살던 제 마누라가 틀림없어요. 보름 전쯤 갑자기 없어져서 온 산을 다 헤매고 다녔단 말이에요."

나리의 목소리는 너무나 당당했다. 멀찌감치 뒤에 숨어서 듣고 있는 친구는 간이 콩알만해져서 나리가 큰소리를 칠 때마다 깜짝깜짝 놀라고 있었다.

'저… 저… 나리 녀석, 저러다가 거짓말이 탄로나면 어쩌려고 저런 말을……. 저 여자가 제 여자라니, 그걸 무엇으로 증명해!! 어휴, 큰일이네.'

그러나 나리는 자신이 있었다. 자리코가 자신을 몰라볼 리가 없는 것이다. 만일 자리코가 아니면 잘못 보았다고 하면 그만이고, 그렇다고 해도 어차피 여자를 군부대에 두고 위안부로 삼았던 것을 약점 잡으면 어렵지 않게 여자를 밖으로 빼낼 수 있으리라는 계산이었다.

소대장은 난감한 표정을 지으며 여자를 돌아보았다. 역시 그냥 보내주기가 아까운 모양이었다.

"자, 빨리 결정하세요. 안 그러면 전 터치 장군님을 찾아가서 소대장님이 제 여자를 납치해 가지고 위안부로 삼았다고 말할 거예요. 전 반드시 제 마누라를 찾을 거니까요."

나리는 뻔뻔스러운 표정으로 소대장을 정면으로 바라보았다. 키가 작은 나리가 커다란 덩치의 소대장을 정면으로 보려니 고개를 한참 들어야 했지만 그는 전혀 위축되지 않은 얼굴이었다. 조금 전에 먼지 나도록 두들겨 맞고도 말이다.

사실 어려서부터 항상 두들겨 맞는데 이골이 난 나리로서는 그런 구타 정도는 별로 두렵지도 않았다. 어떻게 맞으면 상대에게는 세게 때린 것 같은 착각을 주면서도 자신은 별로 아프지 않은지 이미 도사가 된 나리였다.

그러는 동안 소란스러운 것에 호기심을 느낀 병사들이 하나둘씩 모여들어서 기웃거리기 시작했다. 평소 성질 사나웠던 스대장이 거지 녀석에게 쩔쩔매고 있는 꼴에 신기하게 생각하지 않을 수 없었던 것이다.

나리는 얘기하는 중간에도 계속 문틈 안의 여자를 살피고 있었다. 그러나 밖의 소란에도 불구하고 여자는 미동도 않고 앉아 있었다. 그 모습에 나리가 걱정에 빠졌다.

'저런, 자리코 씨가 충격을 많이 받은 모양이네. 이렇게 시끄러운데도 돌아보지도 않다니……. 심지어 옷 입을 생각도 하지 않는군. 정신은 괜찮은 건지 몰라. 어서 끝내야겠는걸. 병사들이 모여들고 있어.'

마음이 급해진 나리는 시치미를 뚝 떼고 인상을 썼다.

"어서 저 여자와 저를 대면시켜 주세요. 저 여자가 날 알아보면 내 마누라라는 게 증명이 될 겁니다. 마침 증인이 될 병사들도 많이 있으니 딴소리는 하지 마시고요."

잠시 고민하던 소대장이 굳은 얼굴로 돌아섰다. 그리고 문을 열고 말했다.

"들어와. 대면을 시켜주지."

그로서는 달리 취할 방법이 없었다. 이미 십여 명의 병사들이 히죽거리며 구경을 하고 있었고 또 그냥 무시했다가는 나리 녀석이 당장이라도 터치에게 가서 이를 것이 분명해 보였으므로 어쩔 도리 없이 대면을 시켜야 했다.

솔직히 말해서 소대장은 이 여자를 나리에게 빼앗기기 싫었다. 너무 예뻤기 때문에 자신이 차지하고 싶었다. 만일 이 여자가 확실히 나리의 부인이 아니라면 어떻게 억지를 써서라도 제 집에 데려다 놓고 싶었다.

하지만 지금처럼 병사들이 다 보는 가운데 거지 놈이 모두가 다 들으라는 듯 제 마누라라고 고래고래 소리를 질러대는 데는 당할 재간이 없었다. 남의 여자를 가로채는 것은 분명히 국법에 어긋나는 일이었기 때문이다.

나리는 달려가고 싶은 것을 억지로 참고 서서히 소대장의 뒤를 따라 걸음을 옮겼다. 섣불리 행동해 일을 망칠 수는 없었기 때문이다. 들어가면서 다른 병사들이 다 볼 수 있도록 문을 활짝 열어놓는 것도 잊지 않았다. 숨어 있던 친구는 병사들이 문 앞에 모여드는 틈을 타서 달려와 제일 앞에 서서 구경을 하고 있었다. 방 안에는 소대장 이외에 다른 장교도 한 명 더 있었는데 자긴 모른다는 듯 등을 돌린 채 외면하고 있었다.

소대장이 말했다.

"자, 얼굴을 확인해 봐. 네 마누란지."

나리는 알몸인 채 우두커니 앉아 있는 여자의 앞으로 슬쩍 고개를 들이밀었다.

'아, 자리코 씨…….'

나리의 인상이 구겨졌다. 분명히 자리코가 맞았다. 그런데 몰라보게 수척해진 얼굴에 멍하니 초점없는 눈동자로 허공을 바라보고 있었다.

나리가 입을 열었다.

"여, 여보, 자리코! 나요. 나 모르겠소?"

그러나 자리코는 들리지 않는지 움직이지 않았다.

"자리코! 나요, 나리요. 알아보지 못하겠소?"

그래도 여자는 돌아보지 않았다. 그러자 소대장이 말했다. 득의의 미소를 짓고 있었다.

"자, 이제 네 여자가 아니라는 것을 알겠지?"

그러자 나리가 소대장을 쏘아봤다.

"무슨 소리예요? 분명히 내 아내란 말이에요. 도대체 이 사람에게 어떻게 했길래 사람도 못 알아보고 이렇게 멍하게 만들었어요?"

소대장이 못 믿겠다는 표정으로 말했다.

"난 믿어지지 않는데? 네가 거짓말을 하는지 어떻게 알아? 네 마누라라면 당연히 널 알아봐야지. 안 그래? 여기 모인 사병들이 다 봤어. 네 여자가 아니야. 이제 잔소리 말고 돌아가."

"안 돼! 난 터치 장군에게 가서 말할 거예요. 모두들 각오해요. 남의 여자를 강간해서 이 지경으로 만들다니, 가만두지 않을 겁니다!"

나리가 이를 부드득 갈며 소리쳤다. 그러자 소대장이 손을 내저으며 말했다.

"이봐, 이러지 말자구. 이 여자는 우리가 사냥하다가 죽을 뻔한 것을 구해서 데려온 여자야. 곧 부대에서도 내보낼 테니 더 이상 왈가왈부

할 거 없어. 네 여자도 아니라는 게 증명되었잖아?”

그때였다. 여자의 몸이 꿈틀 움직였다.

“어?”

“자리코!”

소대장과 나리, 그리고 구경하는 사병들의 눈이 모두 여자에게 주목되었다. 그녀가 하는 행동에 모두의 관심이 쏠렸다.

여자는 멍한 눈으로 나리의 얼굴을 바라보았다. 그리고 한참을 그대로 있었다.

나리가 자리코의 어깨를 잡고 흔들었다.

“이봐요. 나요, 나. 날 몰라보겠소? 당신을 데려 가려고 왔단 말이요.”

“…….”

여자는 여전히 말이 없었다. 병사들도 실망하는 표정으로 돌아서기 시작했다. 그러자 소대장이 미소 지으며 말했다.

“이봐, 다 끝났어. 어서 돌아가. 그리고 이 여자는 여기 올 때부터 전혀 말을 하지 않았어. 벙어리라고. 그러니까 포기해. 거짓말은 그만 하고.”

소대장은 그래도 군법을 어긴 것이 겁이 나서 그런지 나리에게 함부로 하지는 못했다. 그저 조용조용히 달래서 돌려보내려는 생각 같았다.

내보내려는 소대장과 버티려는 나리 사이에 가벼운 몸싸움이 있었고 구경하다 싫증난 병사들이 흩어지려는 순간이었다.

“나… 리?”

“……?”

“어?”

“자리코!”

“말했다. 여자가 말을 했어!”

나리와 소대장과 구경꾼들이 모두 놀라며 외쳤다.

"나리 씨? 여긴……?"

여자는 한동안 정신을 잃었다가 되찾은 사람처럼 나리의 얼굴과 주위 들개족들을 서서히 둘러보더니 갑자기 얼굴과 몸을 감싸며 울음을 터뜨렸다.

"흑! 흐흑! 왜… 이제 왔어요? 흐흑!"

"자리코!"

나리가 달려가 자리코의 몸에 담요를 덮어씌우며 안았다.

"…왜 이제야 온 거예요? 나리 씨. 흐흐흑, 흑."

자리코는 나리의 이름 이외에 다른 말을 더 하지 못하고 흐느꼈다.

이제 그가 나리의 여자라는 것을 의심하는 사람은 없었고 소대장은 쓴 입맛만 쩍쩍 다셨다. 돌아서 누워 있던 장교는 일어나더니 방을 나가 버렸다.

문에 몰려서서 바라보는 병사들은 재미있는 구경거리라도 본 듯이 흥미있는 표정을 짓고 있었고 그 틈에 끼어 있는 친구는 비로소 안심하고 안도의 한숨을 내쉬었다.

나리가 자리코에게 급히 옷을 입히자 자리코는 십여 명의 구경꾼들의 시선을 의식하면서도 나리가 입혀주는 군복을 받아 입었다.

아까 아무 생각 없이 앉아 있던 것과는 달리 이번에는 자신의 알몸을 바라보는 들개족의 시선을 상당히 거북하게 느끼는 것 같았다. 자꾸만 몸을 움츠리는 그녀를 나리가 제 몸과 옷으로 가려주자 겨우 옷을 입을 수 있었다.

옷 입는 것이 끝나자 나리가 뭔가 억울한 표정으로 바라보는 소대장에게 퉁명스럽게 내뱉었다.

"이제 가겠습니다. 더 하실 말씀은 없죠?"

이제 상황이 아주 바뀌어 소대장은 나리에게 쩔쩔매고 있었다.

"저… 나리, 미안하게 되었네. 자네 여자인 줄은 정말 몰랐어. 이 여자, 아니, 자네 부인이 자네 얘기를 하기만 했어도 이렇게 하지는 않았을 건데……. 하지만 자네가 인간족과 결혼했을 줄을 누가 알았겠나? 그런 사람은 거의 없잖나?"

나리가 말했다.

"어떤 들개족 여자가 저 같은 거지와 결혼을 해준답니까? 그래서 저는 인간족 여자와 결혼할 수밖에 없었어요. 왜요? 뭐 잘못됐어요?"

"아니, 그런 말이 아니고… 저… 터치 장군에게 이 말을 하지는 않을 테지? 오해는 풀기 바라네. 사실… 우리가 이 여자, 아니, 자네 부인에게 그런 짓을 많이 하지는 않았네."

"으흐흑!"

그 말에 자리코가 다시 울음을 터뜨리자 나리는 그녀를 감싸 안으며 소대장에게 말했다.

"그 얘긴 그만두세요. 어서 우릴 돌아가게 해주지 않으면 터치 장군에게 모든 얘기를 하겠어요."

"그, 그래, 어서 돌아가게. 미안하게 됐네. 어서 가봐."

"여보, 갑시다."

나리는 자리코에게 일부러 '여보'라고 부르고 있었다. 그러나 자리코는 그런 것은 따질 정신이 없었다. 나리가 자기를 구해서 데리고 나간다는 사실이 꿈만 같을 뿐이었다.

사실 그녀는 지금 이 순간도 무서웠다. 이 꿈이 깨질까 봐, 이 건물을 빠져나가기 전에 갑자기 누군가 달려들어 자신을 도로 끌고 방으로 들어갈 것 같은 두려움이 엄습해서 고개를 들고 들개족들과 눈을 마주칠 수가 없었다. 그저 열심히 걸음을 옮기려 애쓰고 있었다.

그러나 왜 이렇게 몸이 말을 듣지 않는지… 악몽이라도 꾸고 있는 것처럼 몸은 흐느적거리기만 했다.

자리코는 혼신의 힘을 다해서 걸으려고 했다. 이를 악물고 생각했다.

'어, 어서 빠져나가야 해. 다시 잡히기 전에… 지금 이 순간이 꾸, 꿈이라는 걸 알아버리기 전에……'

"흐흐흑!"

자리코는 설움이 복받치는지 다시 흐느끼기 시작했다. 옆에서 부축하던 나리가 더 이상 안 되겠는지 아예 그녀를 업었다. 나리가 내미는 등에 얌전히 업힌 자리코는 수백 명의 들개족 병사들의 시선을 받으며 무사히 건물을 빠져나올 수 있었다. 나리는 급히 발걸음을 공동묘지 쪽으로 옮겼다.

그 뒤로 한참 떨어져서 친구가 나리의 뒤를 따라왔다. 남들 눈을 의식해 전혀 일행이 아닌 척하면서도 나리를 놓칠세라 주의하며 계속 따라오고 있었다. 나리도 슬쩍슬쩍 뒤를 돌아보며 따라오는 사람이 없는지 확인하고 있던 터라 친구가 머뭇거리며 따라오는 것을 알고 있었다.

한참을 걷다 보니 흥미있게 바라보던 병사들도 더 이상 관심을 두지 않고 모두 제자리로 돌아갔다. 이제 따라오는 것은 보일 듯 말 듯 멀리 있는 친구 한 사람뿐이었다.

주위에 둘밖에 없다는 것을 확인한 나리가 등 뒤의 자리코에게 말했다.

"이제 괜찮아요. 제가 퍼쿵 일행에게 데려다 줄게요."

"흑, 흑흑……"

자리코는 대답없이 울기만 했다.

"조금만 참아요. 아직 들개족 지역이니까 안심할 수는 없어요. 당분간은 누가 뭐라고 물어도 내 아내인 척해야 합니다. 그래야 아무도 당신을 빼앗아가지 못해요. 아니, 꼭 그런 것은 아니지만 조금은 더 안전할 거예요."

"흑, 알았어요. 저……."

"예?"

"고마워요, 나리 씨."

"아, 아닙니다. 당연히 해야 할 일을 했을 뿐이에요."

"흑, 저… 정말 죽고 싶었어요."

"그런 말 하지 마세요. 살아 있으면 언젠가는 빠져나갈 수 있어요. 살아만 있다면 말이에요. 퍼쿵과 피코의 일 잊었어요?"

"흑, 그래서요… 그래서 참았어요. 언젠가는 저도 도망갈 수 있을 거라고……. 흑, 그런데 너무 무서웠어요."

"자, 여기서 잠깐만 쉬었다 갑시다. 만나야 할 사람이 있어요."

"예……."

나리가 밖에서 보이지 않을 만한 무덤 뒤에 자리코를 내려놓았다. 그리고 급히 나뭇가지들을 모아다가 자리코의 몸 위에 덮어서 보이지 않도록 가렸다. 자리코는 가만히 앉아 나리가 하는 것을 바라보았다.

나리는 그녀에게 절대로 몸을 움직이지 말라고 당부했다.

"바로 앞에 있을 테니 겁먹지 말고 있어요. 그리고 만일 누구에게 발견되면 가만히 있지 말고 소리를 질러요. 제가 지척에 있으니까 그런 일은 없겠지만 말이에요."

"예, 제발 멀리 가지 마세요."

"걱정 말아요. 바로 앞에 있을 테니까."

“예…….”

겁에 질린 목소리로 대답한 자리코는 나리가 덮어주는 마지막 나뭇가지로 인해서 완전히 감추어졌다. 잠시 후 친구가 두리번거리며 걸어오는 것을 보고 나리가 몸을 일으켰다.

“여기야!”

“아, 나리!”

“고맙다, 도와줘서.”

“도와주긴 뭘. 너 혼자 다 하고서는……. 그런데 너 정말 어떻게 된 거냐? 그 여자가 네 부인이라는 게 사실이야?”

“응, 그렇게 되었어. 실은 나 결혼했었거든.”

친구가 어이없다는 듯이 말했다.

“이 자식, 나한테 말도 안 하고 결혼을 했어?”

“미안해. 상대가 인간족이라서 말하기가 좀 그랬거든.”

“그래도 그렇지. 그리고 여자가 인간족이면 뭐 어떠냐? 너도 반은 인간족이면서. 난 그런 거 상관하지 않는다는 것 잘 알면서…….”

“정말 미안해. 아무튼 고맙다. 너 아니었으면 절대로 찾지 못했을 거야.”

“근데 좀 이해가 안 가는데……. 왜 아내를 잃어버렸다고 말하지 않았냐? 그렇게 찾고 있었으면서.”

“실은… 보름 전에 아내를 잃어버렸는데 숲을 찾아 헤매다가 피 묻은 채 찢어진 옷들을 발견했거든. 그래서 들짐승에게 잡아먹힌 줄 알았지 뭐. 죽은 줄 알고 포기했었던 거야.”

“그랬구나. 하긴 정말 우리가 아니었음 잡아먹혔을 거야.”

나리가 주위를 살피며 나지막한 목소리로 물었다.

“아무도 따라온 사람 없지?”

“없어. 나도 걱정이 돼서 계속 주위를 살피면서 빙빙 돌아왔거든. 너 놓칠까 봐 애먹었다 야.”

“이리 와. 들키면 안 돼.”

“응.”

나리는 친구를 데리고 자리코를 숨겨놓은 곳으로 왔다.

“여보, 나와요. 이 친구는 괜찮아. 이 친구가 내게 당신 있는 곳을 가르쳐 준 사람이야. 인사해야지.”

나리의 말에 자리코가 살며시 몸을 일으키더니 나리의 친구에게 고개를 숙여 인사했다.

“저, 정말 고맙습니다.”

“아, 아닙니다. 저야 뭐……. 그동안 고생 많으셨죠? 정말 미안하게 되었어요. 원래 남자들이 좀 흉악하고 못됐지 않습니까? 다 잊어버리세요. 앞으로가 중요한 거죠.”

나리가 자리코에게 말했다.

“여보, 이 친구가 당신이 왕도마뱀에게 잡아먹히려는 것을 화살을 쏘아 구했다는군. 그리고 그냥 놔두면 다른 짐승에게 죽을까 봐 업고 들어온 장본인이래.”

그러자 자리코가 다시 한 번 고개를 숙였다.

“고맙습니다. 저를 두 번씩이나 살려주셨군요.”

“아, 아니에요. 그 때문에 이렇게 고생을 하셨는데… 죄송합니다, 군부대에 그냥 두어서……. 저희 집에라도 모셨어야 하는 건데…….”

“됐어, 자네 같은 말단 병사가 장교들 말을 어떻게 거역해?”

“하긴… 나는 제일 졸병이니까. 히힛.”

친구는 부끄러운 듯이 머리를 긁었다. 그리고는 나리에게 물었다.

"이제 어떻게 할 거냐?"

"떠나야지."

"떠나다니? 너, 급한 일 있다면서?"

"그래, 그 일 하러 떠난다는 거야."

"무슨 일인데?"

"내 아내를 데리고 안전한 곳으로 가련다."

"안전한 곳?"

"이 근처는 안전하지 못해. 장교들이 언제 다시 이 사람을 빼앗으려 들지 알 수 없어."

"하지만 네 아내잖아?"

"인간족 여자를 누가 제대로 사람 취급 해주더냐? 혼혈인 나도 이렇게 천대받고 살았는데……. 그 소대장 말야, 아까는 말발이 달려서 얼떨결에 이 사람을 내게 내주었지만 조금 지나면 틀림없이 되찾으려고 무슨 짓이라도 할 거야. 아까 보니까 아까워서 죽으려고 하더라. 너도 봤잖아?"

"하긴 그렇더라. 아까워서 어쩔 줄 모르더군. 그럼… 앞으로 널 못 만나는 거냐?"

"만날 수 있어. 난 가끔 여기 들를 거니까. 대신 내 아내는 아마 평생 못 볼 거다. 지금 실컷 봐둬라."

나리의 말에 친구가 웃음을 터뜨렸다.

"하하하, 내가 네 아내를 뭐 하러 실컷 보냐?"

"이 자식, 시치미 떼기는……. 아까 예쁘다고 입에 침이 마르도록 떠들어놓고는……."

"뭐? 내, 내가 언제?"

"킥킥, 살면서 그렇게 이쁜 여자는 첨 봤다면서?"

"야! 말도 안 돼. 내가 언제 그랬어?"

친구는 나리의 농담에 얼굴이 빨개져서는 손을 휘저으며 부정했다. 부끄러운 모양이었다.

그러나 얼굴이 빨개지기는 자리코가 더했다. 예쁘다는 말보다는 수많은 들개족들 앞에서 알몸을 내보이던 일이 떠올라서였다. 나리의 친구라는 이 사람도 자신의 알몸을 보았겠거니, 그래서 예쁘다고 했을 거라 생각하니 수치스러워서 견딜 수가 없었다.

친구가 주머니에서 단검을 하나 꺼냈다.

"이거 가지고 가. 숲에서 다니려면 위험할 테니. 장검을 가지고 왔으면 좋았을걸. 조금 기다리면 내가 가져다 줄 수 있는데……."

"아냐, 그럴 시간 없어. 머뭇거리다가 무슨 일 생길지 모르니까. 그보다 너나 어서 돌아가. 나와 같이 있는 걸 누가 보면 너한테 해코지할 거다. 내가 다음에 오면 네 집에 들를 테니 지금은 어서 돌아가는 게 좋겠어."

"그래, 나 이만 돌아갈게. 조심해서 가라. 저… 고생 많으셨어요. 다 잊어버리고 행복하게 사세요. 그럼……."

친구는 자리코에게 인사를 하고 돌아섰다.

나리와 자리코는 돌아가는 친구에게 손을 흔들고 다시 무덤 속으로 몸을 숨겼다.

제4장 **반란**

친구가 사라지고 나자 나리는 자리코의 손을 잡고 조심스레 자리를 옮겼다. 행여나 보는 사람이 없을까 해서 주위를 경계했다. 평소보다 훨씬 더 긴장이 되었다.

얼기설기 돌을 쌓아놓은 무덤들 사이를 한참 지나 나리가 만들어놓은 비밀 통로로 접근했다. 겉으로 보기에는 여느 무덤과 다를 바 없었다. 자리코는 겁먹은 눈으로 주위를 두리번거리며 나리가 끄는 대로 열심히 따라갔다.

이윽고 비밀 통로에 도달한 나리는 다시 몸을 낮추어 자리코와 자신을 숨긴 후 잠시 기다리며 주위의 냄새를 맡고 소리를 들었다. 아무도 없다는 것을 확인한 후 조심스레 비밀 통로의 입구를 들어냈다.

전혀 그럴 것 같지 않은 무덤에서 한 사람이 통과할 만한 구멍이 나타났다. 나리는 먼저 자리코를 그 안으로 들여보냈다. 자리코는 겁이 났지만 나리 이외에는 아무것도 생각하지 않았다. 그만이 자신을 구해 줄 수 있는 유일한 구세주라 생각하고 무섭지만 나리가 시키는 대로 따랐다. 잠시 후 나리도 그 안으로 들어오더니 뚜껑을 닫았다. 그러자 무덤은 언제 그랬냐는 듯이 제 모습으로 돌아갔다.

자리코가 겁을 잔뜩 먹은 음성으로 물었다.

"나, 나리 씨, 여기가 어디예요?"

"쉿!"

"……?"

나리는 자리코의 손을 잡고 한참 동안 어둠 속을 걸어갔다. 걷는다 기보다는 거의 몸을 숙이고 기어간다는 편이 맞았다. 복도의 폭도 양쪽 어깨가 벽에 스칠 정도였고 조금만 허리를 펴도 머리가 천장에 닿았다. 나리는 한 손으로 자리코를 잡고 다른 손은 그녀의 머리 위에 얹어서 천장에 부딪치지 않도록 막았다.

자리코는 아무것도 보이지 않아 너무 무서웠으나 그가 이끄는 대로 조심조심 발을 옮겼다. 나리는 중간중간에 멈추어 서서 앞의 문을 열거나 뒤의 문을 닫는 것 같았다.

얼마나 걸었을까, 앞서 가던 나리가 걸음을 멈추더니 자리코를 가만히 앉혔다.

"이제 얘기하셔도 됩니다. 아까 거기는 소리가 새어 나갈 수 있기 때문에 밖에 누가 지나가기라도 하면 들킬 수 있어요."

"예에……."

자리코는 전에 나리가 했던 얘기를 떠올렸다.

'아, 나리 씨는 비밀리에 들개족 왕의 일을 하고 있다 했었지?

어둠 속에서 나리가 계속 부스럭거리며 무엇인가를 찾는 것 같았다.

그러나 자리코의 눈에는 여전히 아무것도 보이지 않았다. 나리는 아침에 숨겨놓았던 자루를 꺼내 들었다. 그리고 그 안에서 부싯돌과 작은 병을 꺼냈다.

탁! 탁!

곧 조그만 불꽃이 나리의 손바닥 위에 피어올랐다. 불빛은 아주 작았지만 그래도 서로의 얼굴 표정을 알아볼 수 있을 정도로 밝았다. 주위를 둘러보니 앞뒤로 작은 문이 꽉 닫힌 밀폐된 공간이었다.

터널 깊숙이 들어와 이젠 안전하다고 판단한 나리가 그녀에게 사과를 했다.

"정말 고생 많았어요. 제가 좀 더 일찍 알았어야 하는 건데……. 많이 놀랐죠?"

"예……."

"다시 한 번 미안해요. 그렇게 잡혀 계시다는 것을 알았더라면 진작에 구하러 갔을 텐데……."

"아, 아니에요. 지금도 너무 감사해요, 절 구해주서서……. 저는 그냥… 거기서 그렇게 살다가… 죽게 되는 줄 알았… 흐흑!"

그녀는 말을 채 마치지 못하고 다시 울음을 터뜨렸다. 여자의 눈물이란 그 양에 한도 끝도 없는 모양이었다. 울고, 또 울고, 언제까지 울어도 죽을 때까지 눈물이 마르지 않을 것같이 그녀는 계속해서 울었다.

나리는 더 이상 말을 이을 수 없을 것 같았다.

'괜히 말을 꺼냈나? 위로해 주려고 했는데… 차라리 아무 말 하지 않는 게 낫겠군.'

그는 웅크린 채 흐느끼는 자리코의 어깨를 끌어당겨 자신의 가슴에 얼굴을 묻어주었다.

순간 자리코가 외마디 소리를 내더니 흠칫 몸을 떨었다.

"헉!"

그대로 경직된 자리코는 살며시 눈을 들어 나리의 표정을 살폈다. 잠깐, 아주 잠깐이었지만 그녀의 얼굴에 정체 모를 두려움, 그리고 고민이 보이는 것 같았다. 그러나 곧 자리코의 얼굴은 표정을 잃고 눈을 감았다. 그리고 고개를 떨구었다.

'……?'

나리는 그녀가 왜 놀라는지 의아했다. 자신은 다만 가엾어서 울고 있는 그녀에게 기댈 가슴을 빌려주려 했을 뿐인데 순간적이지만 그녀의 얼굴에서는 소스라치듯 공포가 보였다.

나리가 의아해하고 있는 사이에 자리코가 가만히 나리의 가슴에 머리를 기댔다.

나리가 말했다.

"울어요. 울고 싶은 만큼 울어요. 여긴 아무도 없는 곳이에요. 아무도 찾을 수 없어요, 저밖에는……."

그러나 자리코의 입에서는 뜻밖의 말이 튀어나왔다.

"나리 씨, 절… 원하면 가지세요."

"옛?!"

이번에는 오히려 나리가 놀라서 자리코를 가슴에서 밀어냈다. 그리고 그녀의 얼굴을 유심히 살폈다.

그의 놀란 표정을 바라보다가 다시 고개를 떨군 자리코가 체념한 목소리로 말했다.

"괜찮아요. 이미 깨끗한 몸이 아닌걸요. 이런 저라도 탐나신다면……. 흑!"

목이 메어 말을 마치지도 못한 자리코는 얼굴을 감싸며 흐느껴 울었다.

"그, 그런… 말을… 도대체 왜……?"

잠시 아연한 표정으로 자리코를 바라보던 나리가 좀 격앙된 목소리로 말했다.

"그런 말 하지 말아요! 깨끗한 몸이니 뭐니! 당신은 누가 뭐래도 아름답고 깨끗해요! 그, 그리고 저는 당신의 몸을 원해서 데리고 온 게 아니에요. 왜, 왜 그런 생각을 하는 거죠?"

"모, 모르겠어요. 나도 몰라요. 흐흐흑!"

나리가 그녀의 어깨를 흔들며 소리치자 자리코는 고개를 세차게 흔들며 말했다.

"미안해요. 그냥 나도 모르게……. 그 사람들이 대일 저를 그렇게 했어요. 말 안 들으면 때리고… 매일매일 돌아가면서… 하루에도 여러 번씩… 흑흑… 그래서… 난 너무 무서워서……. 흐흑!"

"아……!"

나리의 눈에 눈물이 핑 돌았다. 그는 재빨리 고개를 들어 천장을 바라봤다. 눈물이 떨어지는 것을 들키고 싶지 않아서였다. 그리고 흐느끼는 자리코를 꽉 껴안았다. 그녀는 나리의 가슴에 얼굴을 묻은 채 아예 목놓아 울음을 터뜨렸다.

"엉엉엉… 어어엉… 엉!"

"……."

나리도 말을 잃은 채 눈물을 흘렸다. 그의 눈에서도 두 줄기 굵은 눈물이 줄줄 흘러내리고 있었다.

그는 이제야 깨달았던 것이다. 자리코가 느닷없이 왜 자신을 가지라고 했는지, 아니, 왜 그럴 수밖에 없었는지 말이다. 그녀는 들개족 남자들에게 매일같이 시달림을 당하며 살았다. 단 보름의 짧은 기간 동안이었지만 그 길만이 그녀의 생명을 유지시켜 주는 유일한 수단이었을 것이다. 그들이 원하는 것을 주는 것만이 말이다. 자신의 의지와는 상관없이…….

열 명이 채 안 되는 장교들만을 상대하고 있긴 했지만 다른 수백 명에 이르는 사병들의 음흉한 눈길과 저질스런 농담에 몸을 떨어가며 매일매일 얼마나 두려움에 떨었을까. 그리고 장교들이 다 즐기고 나면, 그들이 지겨워하게 되면 그 다음에 기다리는 순서는 수많은 사병들이라는 것을 왜 그녀라고 몰랐을까. 당연히 알고 있었을 것이다.

그런 자리코가 나리 역시 그들과 다르지 않으리라고 생각한 것은 어찌 보면 당연한 일이었다.

'그래서 그런 거야. 자리코는 그래서 나에게 그런 말을 할 수밖에 없었던 거야. 그 길만이 자신이 살아남는 유일한 방법이었으니까…….'

사실이었다. 그녀는 여기 오는 순간부터 절망했었다. 일행도 없이 혼자서 말로만 듣던 들개족의 성안에 잡혀와서 달리 무슨 생각을 할 수 있었겠는가?

아니, 정확히는 그것도 아니라 정체 모를 짐승에게 잡아먹힌다고 생각하는 순간 정신을 잃었고, 다시 깨어났을 때는 알몸으로 온몸이 들개족 사내들의 침으로 범벅이 된 채 그들의 배 아래 깔려 있었다.

아무 생각도 없었다. 그저 눈앞이 캄캄했다. 첫날 밤새도록 그 짓을 치러내고 다음날 아침에는 언젠가 퍼쿵이 하던 얘기, 전쟁에 패했던 이십 년 전의 그 상황이 귓가에 생생하게 돌아다닐 뿐 다른 생각은 떠오르지 않았다.

그리고 이어지는 또 하나의 생각은 치요가 마지막 날 밤에 들려주던 얘기였다. 무슨 일이 있더라도, 정말 죽고 싶다는 생각이 들더라도 희망을 버리면 안 된다는 그 말뿐이었다.

언젠가는 퍼쿵 일행이 꼭 자신을 구하러 올 거라는 희망만을 부여잡은 채 그저 그들이 끌면 끄는 대로, 밀면 미는 대로 움직였을 뿐이다. 옷을 벗기면 벗고, 입히면 입고, 다리를 벌리고 그들의 정액을 받아주고……. 죽고 싶은 생각을 이를 악물고 참아내며 그렇게 보름을 보냈던 것이다.

다른 생각은 하지 않았다. 만일 다른 생각을 하게 되면 자살을 하지 않고는 버틸 수 없을 것만 같았다.

"…흐흐흑."

'미안해요, 자리코 씨.'

두 사람은 그렇게 흐느끼며 오랜 시간을 껴안고 있었다.

마침내 어느 정도 흐느낌이 잦아들었다. 그리고 자리코는 딸꾹질을 하기 시작했다. 너무 울어서 생긴 딸꾹질이었다. 자신도 어쩔 수 없는 호흡 곤란이었다.

나리의 눈에서도 눈물이 멎었다. 나리는 가만히 자티코의 등을 토닥거렸다.

자리코가 말했다.

"미안해요, 오해해서……."

"아니, 그렇지 않아요. 당신 잘못이 아니에요. 그놈들이 나빴어요."

두 사람이 얼굴을 마주 보았다. 나리가 그녀의 눈가에 남아 있는 눈물을 손으로 닦아주었다.

"이제 다 울었어요?"

"헤, 나리 씨도 울었군요?"

"아, 아뇨. 제가 왜요?"

"거짓말, 여기 눈물이 묻어 있는데요?"

그러면서 자리코도 제 손으로 나리의 뺨에 묻어 있는 눈물을 닦아주었다.

그리고 두 사람은 미소를 지었다. 자리코는 자신이 얼마 만에 웃는지 기억도 나지 않았다. 물론 퍼쿵 일행의 방어진을 떠나기 전이겠지만 그녀로서는 태어나서 처음 웃는 것 같은 기분이 들었다.

나리가 물었다.

"배고프죠?"

자리코가 얼굴을 붉히며 고개를 끄덕였다. 이런 상황에서 배가 고프다는 것에 조금 부끄럽다는 생각이 들었다.

나리가 자루에서 마른 고기를 꺼냈다. 그리고 물도 꺼냈다.

"자, 어서 먹어요. 물부터 먹고. 자요."

"나리 씨도 함께 드세요."

"전 아까 그 친구 집에서 배 터지게 먹고 왔어요. 어서 자리코 씨나 먹어요."

나리는 자리코가 먹기 쉽도록 단단한 고기를 잘게 찢어주었다. 그가 찢어주는 조각난 고기를 자리코는 천천히 씹기 시작했다. 물도 한 모금씩 마셨다. 그러나 얼마 못 먹고 자리코는 고개를 저었다.

"왜요? 더 먹어요. 아직 조금밖에 안 먹었는데?"

"목이 메어서 못 먹겠어요. 나중에 먹을게요. 나리 씨랑 함께요."

나리가 미소를 지으며 자리코의 등을 살살 두드려 주었다. 그리고 말했다.

"그래요, 그럼……. 자, 물이라도 좀 더 마셔요."

그녀가 물을 먹는 것을 보다가 나리가 말했다.

"저… 그냥 나리라고 불러요, 이제."

자리코가 물을 먹다 말고 물끄러미 나리를 바라봤다. 그리고 빙그레 웃었다.

"그럼 나리 씨도 그냥 자리코라고 부를래요? 말도 놓으시구요. 저보다 오빠잖아요. 그럼 저도 그렇게 할게요."

그때 그녀의 미소가 얼마나 예쁘게 보였는지 나리는 너무 기뻐서 하마터면 소리를 지를 뻔했다.

"그, 그럴까요, 우리? 이제 말 놓을까요?"

"그래… 오빠."

"자, 자리코……."

시간이 얼마나 지났는지 몰랐다. 아니, 나리는 잘 알고 있었다. 조금 있으면 밤이 될 것이다. 그러면 나리는 왕을 만나러 갈 것이다. 꼬치로부터의 전갈을 전해주고 다시 성을 떠날 것이다. 이번에는 어떤 임무보다 먼저 자리코를 퍼쿵 일행에게 데려다 주러 갈 작정이었다.

자리코는 나리의 무릎을 베고 잠이 들어 있었다. 그녀의 얼굴을 들여다 보며 잠시 고민을 했다.

'자리코를 이대로 두고 왕에게 갔다 올까, 아니면 데리고 갈까?'

이대로 두고 갔다가 그녀가 깨어나면 얼마나 놀랄지는 보지 않아도 눈에 선했다. 그렇다고 왕을 만나는 데 데리고 갈 수도 없었다. 많이 늙어서 좀 후각이 둔해지긴 했지만 왕이 그녀의 냄새를 맡을 수도 있기 때문이다. 임무에 불필요한 인물을, 더구나 인간족 여자를 비밀 장소에 데리고 갈 수는 없는 일이다.

어떤 경우라고 해도 그것은 용납되지 않았다. 지금 이 자리에 숨어 있는 것은 물론 그녀에게 터널의 입구 위치를 보여준 것도 사실은 규칙 위반이었다.

그렇지만 나리에게 있어서 지금 그녀보다 더 중요한 일은 없었다. 그는 그녀를 꼭 안전하게 일행에게 보내줄 생각으로 머리 속이 꼭 차 있었다.

잠시 고민하던 나리는 자루에서 왕에게 전해줘야 할 문서를 꺼냈다. 그리고 작은 종이와 펜도 꺼냈다. 그는 급하게 메모를 해야 할 경우가 많아서 항상 먹물을 만들어서 작은 병에 넣어가지고 다녔다.

종이를 평평한 돌 바닥 위에 가만히 내려놓고 펜에 먹물을 찍었다.

'뭐라고 쓸까? 그녀가 깨어도 놀라지 않도록 잘 설명해야 하는데…….'

그는 자신의 무릎을 베고 잠들어 있는 자리코의 얼굴을 가만히 들여다 보았다.

'정말… 귀엽구나. 이렇게 예쁘고 귀여운 여자에게 그런 짓을 하다니…….'

잠시 자리코를 바라보던 나리가 시선을 종이로 돌리고는 급히 몇 자 적어 내려갔다.

자리코,

잠시 왕에게 다녀오마.

곧 돌아올 테니 아무 염려 하지 말고 기다려.

무서워할 것 없어.

돌아다니거나 소리 지르지만 않으면 아무도 너를 찾을 수 없어.

나 이외에는…….

나리.

나리는 그녀가 깨지 않도록 조심조심 머리를 들고는 무릎을 빼냈다. 그리고 자루를 잘 다듬어서 역시 조심스럽게 자리코의 머리 아래에 고였다. 그 다음 그녀의 손에 메모를 살며시 쥐어준 다음 등잔에 기름을 가득 채우고 부싯돌로 불을 붙였다.

살며시 몸을 일으킨 나리가 터널 옆에 달린 문을 열고 사라졌다. 그러나 몇 분이 못 되어 다시 문이 열리고 나리가 나타났다.

벌써 왕을 만나고 온 것일까? 그건 아니었다.

나리는 자리코에게 다가와서 그녀의 손에 쥐어놓았던 메모를 빼냈다. 그리고 그 종이를 등잔 바로 앞에 놓고 작은 돌멩이로 눌러놓았다.

'이제 안심이다. 어둠 속에서 자다가 깨어난 사람은 누구나 손보다는 등잔을 먼저 집어 드는 법이지. 후훗, 잠깐만 기다려, 자리코. 오빠 곧 다녀올게.'

나리가 미소 지으며 잠자는 자리코의 이마에 흘러내린 머리카락을 살짝 쓸어 넘겼다. 그리고 다시 문 너머로 사라졌다.

나리는 익숙한 걸음으로 어둠 속을 달렸다. 자리코를 혼자 두었다고 생각하니 조금이라도 더 빨리 임무를 마치고 그녀에게 돌아가야겠기에 마음이 조급해졌다.

아무것도 보이지 않았지만 나리는 앞을 더듬을 필요도 없었다. 그에게 있어서 이 터널이란 바닥에 구르는 작은 돌멩이 하나도 다 익숙했다. 직접 자신의 손으로 제작했고, 고치고, 다듬었다.

더군다나 이 터널이 아니라도 그는 어린 시절 대부분을 더러운 지하 하수구나 동굴에서 살아왔다. 그런 아무도 찾아오지 않는 곳에서 잠을 자고 먹을 것을 구하면서 자라났다. 오히려 이런 악조건이었기 때문에 그와 같은 천한 고아 거지가 죽지 않고 생존할 수 있었던 것이다. 그래서 그는 어둠 속에서는 누구보다도 익숙하게 움직일 수 있었다.

언젠가는 커다란 구렁이 한 마리가 이 터널을 제 집으로 삼으려고 들어온 적이 있었다. 그 구렁이는 사람 하나쯤은 그냥 삼켜 버리는 괴물이었다. 나리는 왕을 만나러 들어가다가 그 괴물과 딱 마주치고 말았다. 갑자기 뛰어들어 온 사람 하나를 잡아먹겠다고 눈을 빛내며 달려들던 그 구렁이에게는 나리가 이 세상에서 마지막 보는 사람이 되었다. 그날 그 구렁이는 그의 비상 식량용 훈제가 되고 말았던 것이다.

나리는 곧 왕의 침실 아래 웅크리고 앉았다. 그가 판단하기로 이 시간이면 곧 침실에는 왕만을 남겨두고 모두 나가게 될 것이다.

예상대로 사람들의 조심스러운 발자국 소리가 들리더니 문이 열리고 다시 닫혔다. 잠시 후 정해진 시간이 되자 왕이 발로 바닥을 두드리기 시작했다.

똑똑, 똑똑똑, 똑똑똑똑, 똑똑똑똑똑.

나리도 천장을 세 번 끊어서 두드렸다.

똑, 똑, 똑.

잠시 후 뚜껑이 열리고 왕의 모습이 보였다.

"왔느냐?"

"예, 그동안 편히 계셨습니까?"

"그래, 소식은? 꼬치는 어떻게 되었지?"

"예, 무사히 원정대를 속여 넘겼습니다. 원정대는 꼬치님의 동굴을 발견하지 못하고 인간족의 성으로 갔습니다."

"다행이군."

왕이 안도의 한숨을 내쉬었다.

"여기, 꼬치님으로부터의 편지입니다."

나리가 왕에게 잘 봉해진 편지를 건네주었다.

"수고 많았다."

왕이 그 편지를 읽어 내려갔다.

"음, 그래, 꼬치 쪽에서도 인간족과 접촉을 시도하기로 했군."

"예, 꼬치님의 생각은 그들과 접촉하지 않고 먼저 고대 도시를 찾아 내는 것은 불가능하다는 것입니다. 오히려 그들과 평화를 제휴하고 터치 장군을 제거하는 것이 미래를 보장할 수 있다고 하셨습니다."

"하지만… 그게 가능할까? 인간족이 그걸 수용하겠나? 어쩌면 터치 를 제거한 후에 나머지 들개족을 다 없애려고 할지도 모르지."

"아닙니다. 꼬치님은 이미 인간족들과 접촉하고 있었습니다. 일부 이긴 하지만 인간족들도 전쟁보다 타협과 교류를 원하는 부류가 있답 니다."

"정말인가?"

"예, 저도 만나봤습니다. 사실이었습니다."

"그러면 그들의 세력은 얼마나 되지?"

"아직은 미비합니다. 우리처럼 비밀결사대 수준입니다."

"그래? 음……."

왕은 고민했다. 군의 주력인 터치가 사라진 후에 잘못해서 오히려 인간족에게 몰살당하지 않을까 하는 걱정이 들었다. 그로서는 어느 쪽이 옳은 길인지 정확한 판단이 서지 않았다.

나리가 왕에게 말했다.

"꼬치님에게 전하실 말씀은 없으신지요?"

"글쎄… 왠지 좀 걱정이 되는구먼."

"너무 걱정하지 마십시오. 아무리 인간족이 강해도 그들의 수는 우리의 십 분의 일도 되지 않습니다. 전쟁을 통한 야욕만을 고집하는 터치를 제거하면 그들과 충돌할 일은 없을 겁니다. 어느 정도 힘의 균형을 이루기만 하면 말입니다."

"하지만 고대 도시는… 엄청난 힘을 가지고 있다면서?"

"꼭 그렇지 않을 수도 있습니다. 제가 조사한 바로는 요즘 인간족들 사이에서도 그것이 단순히 지어낸 전설일 수도 있다는 의견이 팽배해 있으니까요."

"그래?"

왕이 가만히 품 안에서 쪽지를 꺼냈다. 그리고 그것을 나리에게 전해주려는 순간이었다.

쾅!

갑자기 왕의 침실문이 부서질 듯이 열렸다. 그리고 터치와 그의 사병들이 쏟아져 들어왔다.

"멈추십시오, 아버님!"

"헉!"

"……?!"

마룻바닥에 몸을 구부리고 있던 왕은 너무 놀라서 소리도 지르지 못했다.

터치는 사병들에게 소리쳤다.

"어서 침대를 치워라! 그리고 왕을 이리로 모셔라!"

"옛!"

득의만면한 터치의 뒤에서 사병들이 쏟아지듯이 달려나와 왕을 양쪽에서 잡아 일으켰다.

왕이 대노하여 소리쳤다.

"이게 무슨 짓이냐?! 누가 나의 방에 허락도 없이 들어와 내게 무례한 짓을 할 수 있단 말이냐?!"

그러나 그들의 행동에는 전혀 거리낌이 없었다. 오히려 비웃는 듯한 터치의 목소리가 방에 울려 퍼졌다.

"이제 끝났습니다. 아버님은 더 이상 왕이 아닙니다. 이제 내가 왕이 되는 겁니다."

"뭐, 뭐라고? 네 이놈! 이건 반역이다!"

"흥! 어서 침대를 치워! 그리고 그 아래의 쥐새끼를 끄집어내!"

"예!"

사병들은 침대를 우악스럽게 밀어내더니 작은 구멍이 나 있는 마룻바닥을 도끼와 철퇴로 내려쳐 깨기 시작했다. 두꺼운 나무판자로 되어 있는 마루는 무지막지한 철퇴질에 그만 힘없이 내려앉아 버렸다.

그 아래로 뚫려 있는 좁은 터널이 모습을 드러냈다. 그러나 이미 나리는 흔적을 감춘 뒤였다.

"아무도 없습니다!"

터치가 소리쳤다.

"어서 따라 들어가, 바보들아! 놈을 잡아오는 자에게는 두 계급 특진과 함께 황금 열 냥을 주겠다!"

터치의 외침과 동시에 들개족 병사들이 줄줄이 좁은 터널로 기어들어 가기 시작했다.

나머지 병사들에게 두 팔이 잡힌 왕 푸치가 터치에게 소리쳤다.

“이놈! 이게 무슨 짓이냐? 감히 네가 나에게……. 넌 반역자야! 가만 두지 않겠다. 친위대! 친위대는 뭐 하고 있느냐?!”

그러나 들어오는 왕의 친위대는 아무도 없었다.

‘이, 이럴 수가……. 많은 친위대가 터치의 수하라는 것을 알고는 있었지만 이렇게까지…….’

친위대가 들어오는 대신 싸늘한 터치의 목소리만 왕의 노쇠한 몸을 훑고 지나갔다.

“이미 다 끝났습니다. 아버님이 반역자의 무리들과 비밀리에 내통하고 있다는 증거를 잡았습니다. 이제 아버님은 왕이 아니오. 부족의 배신자일 뿐입니다.”

“뭐라고?”

“그나마 내 아버님이라 더 심한 꼴을 당하지 않은 것을 고맙게 여기십시오.”

“이, 이놈이… 제 형들을 죽이더니 이젠 나마저……!”

터치가 밖을 향해 소리쳤다.

“그놈들을 데리고 들어와!”

“……?”

왕이 어리둥절해하는 가운데 문이 다시 열리더니 왕에게 정보를 전달해 주던 시녀와 터치의 부대에 심어놓았던 병사 쭈쭈, 그리고 배식을 담당하던 여자가 줄줄이 포박된 채 끌려 들어왔다. 모두들 심한 고문을 당한 듯 온몸이 시퍼런 멍과 핏자국투성이였다.

“이래도 더 거짓말을 하시겠습니까? 후후…….”

"이, 이건……!"

왕은 말문이 막혔다.

"이제 다 끝난 겁니다. 저는 오래전부터 아버님이 뭔가 종족을 배신할 흉계를 꾸미고 있다는 것을 눈치 채고 있었습니다. 지금 그 증거를 잡은 것이고요. 하하하!"

그때 차를 나르던 시녀가 소리쳤다.

"폐하, 속지 마십시오. 저희는 아무 말도 하지 않았습니다. 이놈, 터치! 이 반역자! 너는 지금 반역을 하고 있다는 것을 모르느냐?"

그와 동시에 다른 여자와 남자도 눈을 부라리며 터치에게 소리치며 욕을 하기 시작했다. 그러자 터치의 사병들이 몽둥이로 그들 세 사람을 때렸다.

"조용히 해! 이놈들이 누구에게 욕을 하는 거야?!"

"놔라! 너희들은 다 반역죄로 죽게 될 거야. 터치에게 이용당하는 것을 모르고 있느냐?"

그 소란을 못 들은 체하며 터치가 말했다.

"놔둬라. 어차피 고문실에 들어가면 다 불게 되어 있어. 후후후."

그러자 왕의 시녀가 바닥에 쓰러진 채 피를 흘리며 터치를 노려보았다.

"어디 네 맘대로 될 줄 아느냐? 읍!"

순간적으로 비명을 지른 그녀의 입에서 붉은 피가 흘러나오기 시작했고 그녀는 몸을 뒤틀며 경련했다.

터치가 소리쳤다.

"저년의 입을 벌려! 어서! 죽게 놔두면 안 돼!"

병사들이 급히 그녀의 몸을 일으키며 입을 억지로 벌렸지만 이미 그녀의 눈은 하얗게 뒤집혀 있었다.

혀를 깨물고 자살한 것이었다. 이어서 다른 여자와 남자도 혀를 깨물려는 것을 옆에 있던 터치의 병사가 급히 입 안에 몽둥이를 쑤셔넣어서 깨물지 못하게 했다.

그 모습을 보는 푸치 왕의 눈에 눈물이 고였다. 왕이 소리쳤다.

"그만! 그만 해라! 그들을 그냥 놔둬라!"

터치가 냉소를 띠며 말했다.

"무슨 말씀이십니까? 이들은 고문을 해야 합니다. 그래서 아버님의 죄를 명백히 밝히고 나머지 잔당들을 모두 밝혀내야지요. 안 그렇습니까? 바로 아버님이 가르쳐 주신 방법 아닙니까?"

푸치가 눈물이 가득 고인 눈으로 아들을 노려보며 무겁게 말했다.

"나에게 잔당이란 없다. 모두 나 혼자 꾸민 일이야. 제발 죄없는 저들을 더 이상 괴롭히지 말아라."

"죄가 없다니오? 저들이 아버님의 *끄나풀*이 아니라는 겁니까? 그렇다면 어째서 감싸주시려는 거지요?"

"이놈아, 어차피 네가 필요로 하는 것은 왕위가 아니냐? 나만 없어지면 되는 일 아니냐? 그리고 저들은 우리의 충성스럽고 사랑스러운 백성이 아니냐? 나의 죄를 밝히고 싶다면 내가 다 말하마. 대신 죄없는 저들은 풀어주거라. 제발……!"

눈물을 흘리며 호소하는 아버지의 얼굴을 물끄러미 바라보는 터치의 표정이 묘하게 일그러졌다.

"호오, 아버님, 성격이 많이 바뀌셨군요. 어떻게 된 일입니까? 전혀 아버님답지가 않습니다."

그런 그의 발 앞에 푸치가 무릎을 꿇었다.

"제발… 터치, 왕위를 내어주마. 더 이상 죄없는 사람들에게 누명을 씌워 다치게 하지 말아라. 동족을 죽이지 말란 말이다."

"그럴 수는 없습니다. 이들이 아버님에게 편지를 전하는 것을 이미 목격했습니다. 게다가 저는 오래전부터 아버님이 매일 밤 마룻바닥을 규칙적으로 두드린다는 보고를 받았죠. 오늘 그 실체를 확인한 거고 말입니다."

필시 문밖에서 엿보던 친위대가 터치에게 보고한 것이 분명했다. 미리 조치하지 않은 것을 후회하며 탄식하던 푸치가 고개를 들더니 침착한 어조로 말했다.

"내 말을 듣는 게 나을 거다. 쿠데타로 왕위를 차지하는 것보다는 정식으로 내 인가 하에 왕위를 물려받는 것이 너에게 더 이로울 거다. 정통성의 문제에 있어서도 그렇고 앞으로 다른 들개족들의 협력을 얻는 데도 그 편이 쉬울 것이다. 잘 생각해 보거라."

그의 마지막 말에 약간 구미가 당겼는지 터치가 조금 생각에 잠기는 것 같았다.

이윽고 터치가 입을 열었다.

"그럴듯하군요. 그래요, 그게 나을지도 모르지. 하지만 다른 생각을 가지고 계신 것은 아니겠지요? 미리 말씀드리지만 빠져나가실 구멍은 없습니다."

그 말에 푸치가 아들을 경멸하는 표정으로 바라보며 말했다.

"흥, 네가 엉뚱한 살상만 하지 않는다면 나도 다른 생각은 하지 않겠다. 네 병력이 아무리 강하다고 해도 전체 삼만이 넘는 들개족 인구의 십 분의 일도 못 된다는 것은 알고 있겠지? 그들과 부딪치고 싶지 않다면 내 말대로 하거라."

푸치의 은근한 협박에 인상을 구긴 터치가 뒤의 병사들에게 명령했다.

"그만 저들을 잘 치료해서 감옥에 따로따로 넣어둬. 그리고 이 방을 폐쇄하고 아버님은 내 사택으로 모신다. 정중히 대하도록. 아직은 왕이니까. 그리고 잘 감시해."

이 말을 끝으로 터치는 왕의 침실을 나가 버렸다. 그 뒤로 왕과 두 밀정을 끌고 병사들이 철수하자 마지막으로 덩그러니 자살한 시녀만 남은 채 흉흉한 분위기를 풍겼다.

자리코는 추운 기운에 몸을 웅크렸다. 그리고 살며시 몸을 떨며 눈을 떴다.

'……?'

눈앞에 작은 호롱불이 보였다.

'여기가 어디지?'

자다가 갑자기 깨어난 그녀는 자신이 있는 이곳이 어딘지 잠시 기억이 나지 않았다. 막연한 두려움이 그녀의 전신을 감쌀 뿐이었다. 그러나 그녀는 비명을 지르지 않았다. 보름간의 악몽 같은 경험은 그녀에게서 비명을 빼앗아가 버렸다. 그녀는 손을 움직여 본능적으로 제 몸을 더듬었다.

두려운 표정이 순간적으로 미소로 바뀌었다.

'아, 그렇지. 여긴 나리 오빠의 토굴이지.'

그녀가 제 몸을 더듬은 이유는 옷이 벗겨져 있는지 확인해 보기 위해서였다. 그동안 들개족 장교들의 방에서 깨어날 때마다 그녀는 알몸으로 온몸에 그들의 더럽고 냄새 나는 타액을 뒤집어쓴 채인 자신을 발견했었다. 처음에는 놀라기도 하고, 무섭고, 또 비참한 생각에 소리도 지르고 울기도 했지만 그때마다 무시무시한 들개족들에게 매를 맞았기 때문에 닷새도 되지 않아서 그녀는 아무 소리드 내지 않고 깨어나게 되었다.

지금도 비몽사몽간에 여기가 들개족의 군대인가 해서 제 몸을 더듬어보게 된 것이다. 그러나 바로 나리와 탈출한 것을 기억해 내고는 안심했던 것이다.

그녀가 주위를 둘러봤다.

"오빠? 나리 오빠?"

작은 목소리로 불러보았으나 대답이 없었다. 이 작은 토굴 안에는 자신 혼자 누워 있었던 것이 틀림없었다.

그녀가 몸을 일으키면서 보니 자신이 베고 있던 것은 나리의 무릎이 아니라 그의 자루였다. 그리고 몸 위에 나리의 망토가 덮여져 있었다.

"오빠? 어디 있어요?"

그녀가 작은 호롱불을 주워 들었다. 그러다가 그 앞에 작은 돌로 눌려 있는 종이를 발견했다.

글을 읽어 내려가는 그녀의 얼굴에서 두려움이 사라지고 미소가 떠올랐다.

자리코는 그 메모를 잘 접어서 제 옷에 달린 주머니에 넣었다. 그리고 제 배를 만졌다. 무척 허기가 졌기 때문이다.

'아, 배고파.'

그리고 보니 오전에 마른 고기 몇 조각을 먹었을 뿐 하루 종일 아무것도 먹지 못했다는 생각이 들었다. 그녀는 나리의 자루를 열었다. 아까 먹다 남긴 고기 조각을 먹기 위해서였다. 고기는 바로 찾을 수 있었다. 그리고 그녀가 한 조각을 막 입에 넣으려는 찰나였다.

그녀의 눈앞에서 벽 한쪽이 스르르 열렸다.

"자리코! 어서 일어나! 큰일 났어. 어서 빠져나가야 해!"

깜짝 놀라 바라보니 허리를 낮게 숙인 나리가 땀을 줄줄 흘리면서 그 구멍으로 달려들어 오고 있었다. 그리고 무엇인가 시끄러운 소리가 그가 열어놓은 문 뒤에서 따라오듯이 들려오고 있었다.

"오빠?"

그녀가 놀란 눈으로 멍하니 나리를 바라봤다. 그녀의 마음속에 또 막연한 두려움이 솟아나고 있었다. 이곳에 잡혀온 이후로 자리코는 이제 조그만 일에도 놀라는 불안정한 감성에 지배당하게 되었다.

달려오는 소리도, 문을 여는 소리도 전혀 듣지 못했는데 귀신처럼 나타난 나리는 제가 들어온 문을 다시 소리 내지 않고 닫았다. 그리고 급히 등불을 끄고 자루와 망토를 챙겼다.

"왜? 왜 그래요?"

"이곳이 발각되었어. 잡히면 이번에는 강간이 아니라 죽임을 당할 거야. 어서 일어나!"

나리는 서둘러 반대쪽 문을 열고 자리코의 손목을 당겼다. 그리고 다시 문을 닫는 것을 잊지 않았다.

좁고 낮은 터널을 허리를 굽히고 달려가는 것은 무척이나 힘이 들었다. 들어올 때 천천히 기어오던 것과는 천지 차이였다.

자리코가 숨을 헐떡이며 물었다.

"오빠, 어떻게 된 거예요? 우리 쫓기는 거예요?"

"설명할 시간 없어. 어서 달려!"

자리코는 아무것도 보이지 않아서 따라가기가 무척 힘들었다. 나리의 속도는 엄청나게 빨랐다. 그는 자리코의 손을 꼭 잡고서 어디론가 계속 달리고 있었다. 들어올 때와는 길이 다른 것 같았다. 그때는 이렇게 오래 걸리지도 않았고 문도 몇 개 거치지 않았던 것 같은데 지금은 문이 열리고 닫히기를 끝없이 반복하고 있었다. 그리고 아까는 거의 방향을 바꾸지 않는 직선이었는데 지금은 오른쪽으로, 왼쪽으로, 아니면 아래로, 위로 계속 방향을 바꾸어서 도저히 방향을 가늠할 수가 없을 정도였다.

게다가 방향을 바꿀 때마다 앞, 뒤, 옆에서 계속 들려오는 추적자들의 고함 소리에 자리코는 너무 무서워서 정신을 차릴 수가 없었다. 하지만 나리는 계속 추적자들의 소리를 들어가며 방향을 이리저리 바꿨다.

어느 정도 시간이 지나자 추적자들의 소리는 여러 방향에서 들려오기 시작했다. 아마도 터널이 미로처럼 얽혀 있기 대문에 제각기 흩어져서 쫓아오는 모양이었다. 때로는 가까이, 혹은 멀리 그 소리는 계속 변했다.

그러던 중 자리코가 넘어졌다. 그녀가 쓰러지자 나리도 달리던 것을 멈추고 자리코에게 몸을 숙였다.

"헉헉. 오빠, 전 도저히 못 가겠어요. 헉헉!"

"안 돼! 이번에는 지난번과 달라! 잡히면 고문만 당하다가 죽게 된다고. 지난번 포로들은 아홉 명 모두 손가락, 발가락이 다 잘리고 끝내는 머리가 터져 죽었어. 어서 일어나! 달려!"

나리는 온몸이 땀에 젖어 쓰러져 있는 자리코를 억지로 일으켜 세웠다. 그러는 와중에도 추격자들의 소리는 시시각각 가까워지고 있었다.

나리의 재촉으로 자리코가 겨우 몸을 일으켰을 때 바로 뒤의 문이 벌컥 열리며 한 들개족 병사가 고개를 내밀었다. 덩치가 작은 나리와 자리코는 허리를 숙인 채 그런 대로 달릴 수가 있었지만 커다란 체구의 그 병사로서는 터널이 너무 좁았기 때문에 어기적거리며 다가오고 있었다. 그 병사는 횃불과 칼을 들고 있었는데 횃불에 비친 그의 얼굴을 보니 낯이 익었다. 아까 자리코를 나리에게 빼앗기고 아까워하던 그 소대장이었다.

"반역자가 여기 있었군. 그만 포기해. 이미 주위에 병사들이 쫙 깔려 있어. 가만, 어? 너는……?"

그 장교가 횃불을 가까이 들이대어 상대의 얼굴을 확인하더니 놀란 얼굴로 자리코와 나리를 번갈아 보았다. 그러더니 입가에 음흉한 미소가 떠올랐다.

"그랬군. 나리, 네 녀석이 첩자였군. 그리고 이 여자도 같이……. 마침 잘됐어. 흐흐흐."

나리는 얼른 자리코를 잡아당겨 제 뒤로 숨기고 품 안의 단검을 잡았다.

들개족 소대장의 표정에는 기쁨이 가득했다. 나리를 잡아가면 두 계급을 특진하고 황금도 받게 될 테니 기쁘지 않을 수 없었다. 게다가 여자는 중간에 빼돌려 자신이 취할 생각이니 그의 기쁨은 두 배였다.

나리는 품 안에 손을 감춘 채 발로 자리코를 밀어냈다. 조금이라도 멀리 보내려는 의도였다. 그러나 겁에 질린 자리코는 잘 움직이지 않았다. 나리가 소리쳤다.

"어서 가! 곧 따라갈게."

"아, 안 돼요, 오빠. 나 혼자서는 못 가요."

그러자 몸을 거의 다 빼낸 들개족 소대장이 말했다.

"그럴 수는 없지. 둘 다 빠져나가지 못한다. 너희는 모두 내가 잡아갈 거야."

그러면서 횃불과 칼을 앞으로 들이밀었다.

그는 자신이 있었다. 어려서부터 항상 여기저기서 두들겨 맞고 다니는 나리를 보아왔고 자신도 여러 차례 때린 경험이 있었다. 가장 최근으로는 이날 오전에도 나리를 두들겨 팼던 장본인이므로 나리를 깔보는 것은 당연한 일이었다.

나리가 자리코의 등을 세게 떠밀었다.

"어서 저만치 가 있어! 여기서 걸리적거리면 둘 다 죽는다. 어서 멀리 떨어져 있으라니까!"

"…오, 오빠, 조심해요."

자리코가 멀리 떨어지자 나리는 단검을 뽑아 들었다. 그리고 상대를 노려보며 주위에 여러 갈래로 나 있는 터널에서 나는 소리를 들었다. 여러 방향에서 추적자들의 소리가 들리고 있었다. 자신이 파놓은 미로 속에서 헤매고 다니는 것이 분명했다.

그의 미로는 아주 복잡했다. 나리는 손바닥처럼 훤히 알고 있었지만 다른 들개족들로서는 나리를 찾기는커녕 되돌아가는 데도 힘이 들 만큼 복잡할 것이다. 이 소대장이 나리를 찾아낸 것은 정말 우연한 일이었다.

하지만 그가 소리를 지른다면 다른 들개족들이 모여드는 데 어느 정도는 도움이 될 것이다. 불행 중 다행으로 이 소대장은 자신이 모든 공로를 독차지하려고, 그리고 여자까지 빼돌리려는 생각으로 소리를 지르지 않고 있었다.

소대장이 나리의 다리를 향해 칼을 휘둘렀다. 사로잡으려는 생각을 하고 있는 모양이었다.

나리는 그다지 당황하지도 않고 뒤로 물러나 칼을 피했다.

"어쭈? 제법인걸?"

그러나 그의 욕심이 불운한 것이었음이 곧 증명이 되었다. 좁은 터널에서 나리는 어느 정도 자유롭게 움직일 수 있었지만 거구의 소대장은 거의 엎드린 자세로 싸워야 했던 것이다. 게다가 그의 칼은 너무 길어서 그 좁은 터널에서는 휘두르기가 용이하지 않았다.

"엇!"

그가 어기적거리는 사이에 나리의 단검이 소대장의 왼쪽 손목을 찌르자 그는 깜짝 놀라며 횃불을 떨어뜨렸다. 그리고 그것을 잡아챈 나리는 불을 밟아서 꺼버렸다.

순식간에 주위는 암흑으로 뒤덮였고, 그 다음 순간 어디선가 바람이 새는 듯한 소리가 들려왔다. 그리고 모든 소란은 정지되고 적막이 흘렀다.

자리코는 너무나 무서웠다. 그 소름 끼치는 소대장의 소리도, 나리의 목소리도 들리지 않았다. 간헐적으로 무엇인가 헉헉대는 소리만 들려올 뿐이었다. 아무것도 보이지 않는 터널에 쭈그리고 앉아서 벌벌 떨고 있는 자리코의 손목을 누군가 턱 잡았다.

"까아!"

그 손은 급히 자리코의 입을 막았다. 그리고 그녀의 귓가에 나리의 목소리가 들렸다.

"쉿! 나야. 안심해."

"오빠!"

"어서 가자. 곧 다른 놈들도 몰려올 거야."

"괜찮아요? 다치지 않았어요?"

“응, 어서 가.”

나리는 급히 자리코의 손목을 잡아끌고 다시 어둠 속을 달리기 시작
했다.

그렇게 얼마나 달렸을까. 어디선가 차가운 바람이 느껴지기 시작했
다.

나리가 속도를 멈추더니 자리코의 귀에 대고 속삭였다.

“조금만 더 가면 강이 나와. 물에 몸이 잠기게 되겠지만 놀라지 마.
조금만 참으면 되니까.”

“헉헉! 응, 오빠. 헉헉!”

대답하는 자리코의 음성은 심하게 헐떡이고 있었다. 그리고 또 심하
게 떨렸다.

“자, 발 밑을 조심해.”

나리가 끄는 대로 발을 내디디니 정말 발에 물이 밟혔다. 초봄의 강
물은 아주 차가웠다. 그녀의 몸이 오랜 시간 달린 것으로 인해서 심하
게 열을 내고 있지 않았다면 버티지 못할 정도였다.

자리코는 나리의 손을 잡고 물속으로 몸을 담갔다. 걸음을 옮김에
따라서 물은 금세 종아리를 지나 허벅지로, 그리고 허리까지 차 올라왔
다.

나리가 칼을 자루에 넣고 대신 자루 안에서 밧줄 꾸러미를 꺼내 들
었다. 그것으로 자리코의 허리를 단단히 묶은 다음 제 허리에 맸다. 그
리고 말했다.

“여기서부터 물이 머리 위까지 차게 돼. 무서워할 필요는 없어. 나
만 잘 따라오면 돼. 곧 밖이 나오게 되니까.”

“나, 나리 오빠, 무서워요.”

"괜찮아. 숨을 깊이 들이마셔. 자, 하나, 둘, 셋!"

자리코가 숨을 들이쉬는 것을 확인한 나리가 그녀를 끌고 물속으로 잠수해 들어갔다. 자리코는 눈을 꼭 감았다. 어차피 아무것도 보이지 않기는 마찬가지였지만 똑같은 어둠이라도 물속과 밖에서 느껴지는 공포는 하늘과 땅 차이였다.

'읍! 무, 무서워.'

자리코는 숨이 막혀오자 죽을 것 같았다. 언제까지 숨을 참고 있어야 하는지 모르는 이 상황에서 세차게 당겨오는 밧줄의 압력만을 의지하고 달려야 하는 기분이란, 아니, 기분이랄 것도 없었다. 그저 미칠 것처럼 무섭다는 것뿐 다른 생각은 하나도 나지 않았다. 더군다나 온몸을 죄며 엄습해 들어오는 그 한기(寒氣)란……

뽀그르르르…….

더 이상 참지 못하고 자리코가 숨을 내뱉었다. 그리고 이어서 그녀의 코와 입 안으로 물이 조금씩 새어 들어왔다.

'아, 괴로워. 살려줘…….'

숨을 참으려고 애를 썼지만 더 이상 참을 수가 없었다. 가슴이 답답하고 머리가 텅 비는 가운데 물이 쏟아지듯이 기도와 식도를 타고 밀려 들어오는 것이 느껴졌다.

그리고 그녀는 마침내 정신을 잃었다.

제5장 **퍼쿵의 생각**

아직 어두운 새벽인데도 퍼쿵은 일찍 눈을 떴다. 동생들은 모두 잠들어 있었다. 밤에는 잠을 자지 않는 치요도 그간의 여로에 지쳐서인지 곤히 잠들어 있었다.

동생들의 몸 위로 일일이 모포를 덮어준 퍼쿵은 살며시 문을 열고 밖으로 나갔다. 차가운 공기를 마시고 싶어서였다.

그가 문을 열자 보초를 서고 있던 병사가 물었다.

"어디 가십니까?"

"그냥 바람 좀 쐬러 나왔소. 왜요? 당신 상관이 돌아다니지 못하게 하라고 했습니까?"

그 말에 보초가 당황하며 손을 저었다. 그의 상관은 카르티였다. 카르티가 그런 조치를 할 리가 없는 것이다.

"아, 아닙니다. 그런 일 없습니다. 저는 단지……."

"괜찮소. 밤새 잠도 못 자고 수고가 많으시군요."

"두 시간마다 교대해서 괜찮습니다."

지금 이 병사는 어젯밤에 본 병사와는 달리 퍼쿵 일행에게 그리 나쁜 감정을 품지는 않은 것 같았다. 퍼쿵은 그 병사와 별 의미 없는 말을 몇 마디 더 주고받은 뒤 걸음을 옮겼다. 아직 어두웠지만 차갑고 맑은 새벽 공기는 무거운 마음을 조금 진정시켜 주는 것 같았다.

"하아~ 역시 새벽 공기는 좋구나!"

퍼쿵이 혼잣말을 내뱉은 다음 기지개를 켰다. 그리고 주변을 걸으며 멀리 보이는 성벽을 바라봤다. 횃불은 일정한 간격을 두고 끝없이 이어져 있었다.

'밤새도록 저렇게 많은 홰를 밝히려면 나무와 기름이 상당히 많이 들 텐데…….'

이렇게 경계가 삼엄한 것을 보면 이 주변 상황도 만만치 않은 것 같았다.

주변을 한 바퀴 돌고 카르티의 숙소로 돌아온 퍼쿵이 병사에게 물었다.

"카르티 장군님은 어디 가셨죠? 일어나 보니 안 보이던데?"

"당신이 나오기 조금 전에 순찰을 돌겠다며 나가셨습니다."

"저기… 뭐 좀 물어봐도 되겠소?"

"뭡니까? 군사 기밀만 아니면 대답해 드리겠습니다."

퍼쿵이 잠시 머뭇거리다가 입을 열었다. 아주 진지한 목소리였다.

"당신네 인간족들 말이요, 우리 일행을 그렇게 미워하는 게 사실이오?"

"예? 그, 그건……."

"괜찮아요. 대충 짐작은 하고 있으니 사실대로 말해 주시오."

병사는 좀 주저하다가 대답했다.

"그런 편입니다. 지난번에 당신네와 싸우다가 죽거나 불구가 된 사람이 너무 많아서요. 그래서……."

병사의 말에 피코나 유코 같았으면 불같이 화를 냈겠지만 퍼쿵은 누구 책임이니 누가 먼저 덤볐느니 등 이렇다 저렇다 말하지 않았다. 그저 고개를 끄덕일 뿐이었다. 퍼쿵이 고개를 끄덕이며 대답했다.

"그렇군요. 그럴 테지요."

그러자 병사가 말했다.

"하지만 사실은 모두들 알고 있어요. 당신들이 우리와 싸우게 된 이유 말이에요. 아무리 헛소문과 거짓말을 퍼뜨려도 결국에는 모두 다 알게 되지요. 그러니 너무 걱정하지 마세요."

"그런가요? 다행이네요. 저……."

"예?"

"당신도 우릴 미워하나요?"

"…글쎄요, 모르겠습니다. 나도 그때 조금 다쳤었죠. 폭탄이 터져서요. 그런데 나는 당신들을 미워하지 않아요. 오히려 고맙게 생각하죠. 당신들 입장 다 알고 있으니까요. 만일 내가 그 상황에 처했더라면 나도 아마 당신들처럼 했을 겁니다. 물론 그럴 능력도 없지만요. 하하."

"고맙습니다. 그렇게 생각해 준다니……."

그때 순찰에서 돌아오는 카르티의 모습이 보였다. 그러자 보초는 금세 차려자세를 취하며 카르티에게 경례를 붙였다. 퍼쿵과 대화하고 있던 것을 들켰을까 봐 조금 긴장한 표정이었다.

그 맘을 눈치 챈 퍼쿵이 카르티에게 다가가 말을 돌렸다.

"어디 갔다 오는 거야? 보초에게 물으니 순찰 나갔다고 하던데……."

"응, 그냥 한 바퀴 돌아봤어. 요즘은 주변 정황이 너무 뒤숭숭해서."

"그렇겠지. 어젯밤에는 너무 분위기가 어두워서 말을 못했지만 사실은 나도 그것 때문에 형에게 해줄 말이 있어서 여기 들른 거였어."

"그래? 뭐 좋은 정보라도 있냐?"

"글쎄… 좋은 정보가 될지 아니면 이미 다 알고 있는 건지는 모르지만……."

카르티가 퍼쿵의 팔을 끌었다.

"일단 안으로 들어갈까?"

"그러지."

두 사람은 아이들이 깨지 않도록 조심하면서 방문을 열었다.

"어디 갔다 오는 거야?"

"어? 너희들 깨어 있었구나?"

"응, 나가는 소리 듣고 깼어."

일어나 있는 것은 피코와 치요였다. 보보와 유코, 우레는 아직도 세상 모르고 자고 있었다.

카르티가 말했다.

"피로는 좀 풀렸어?"

"응, 아무렇지도 않아."

"배고프지? 뭐 요기할 거라도 가져다 줄까?"

"아니, 아직 참을 만한데 뭘. 얘들 일어나면 같이 먹을래."

"그래."

깨어 있는 네 사람은 어젯밤 마주 앉았던 테이블로 가서 다시 둘러

앉았다.

"그래, 해줄 말이란 뭐야?"

카르티의 물음에 퍼쿵이 두 주먹을 턱에 괸 채 나지막한 음성으로 입을 열었다.

"이 주변 종족들이 들개족에게 점령되어 있다는 것은 알지?"

"그럼, 우리도 그만한 정보력은 있어. 모두 우리와 교역을 하던 종족들이니까."

"그럼 그들이 왜 이 주위를 포위하고 있는지는 알아?"

"글쎄? 그건… 항상 그랬듯이 우리 성을 빼앗으려는 거 아냐? 정확하게는 잘 모르겠다. 지금 알아보려 하고는 있는데 들개족과 접촉하는 것이 쉬운 일이 아니라서."

피코가 말했다.

"그렇겠지. 보기만 하면 서로 죽이려고 드니……."

치요가 카르티에게 물었다.

"어제 우리와 싸운 들개족 중 한 명이 살아 있지 않아? 두 팔이 부러진 들개족이 하나 있어. 병사들이 시체를 치우다가 발견했을 텐데?"

카르티가 고개를 끄덕였다.

"그래, 발견하긴 했는데……."

"그런데?"

"내 눈으로 확인하지는 않았지만 아마 사살했을 거야."

그 말에 퍼쿵이 이상하다는 듯이 말했다.

"그래? 왜? 전투 능력도 없는 포로를 왜 죽여?"

"그, 그게 말야… 쿠르 장군의 명으로 들개족은 발견 즉시 목을 베어버리도록 방침이 정해져 있어서……."

퍼쿵이 고개를 갸웃거리며 말했다.

"이상한데? 포로를 잡아서 심문하면 상대편의 정보를 캐낼 수 있는데 왜 죽이지?"

피코와 치요도 이해가 가지 않는 표정이었다.

"정말이야. 이해할 수 없군."

"들개족들은 전투가 있을 때마다 인간족들을 포로로 잡아가서 정보를 캐내는데 왜 이쪽에서는 그렇게 하지 않지?"

카르티가 난처한 얼굴로 변명하듯이 말했다.

"그건… 포로를 이용해서 정보를 캐낼 수 있다는 것은 우리도 알지. 하지만 힘이 달려서 그러지를 못했어. 항상 전투는 우리 편이 밀렸잖아."

치요가 고개를 저었다.

"그건 더 이해가 가지 않는데? 확실히 그런 이유는 아닌 것 같아. 지난번 전쟁 때도 보았지만 그때는 다수의 포로를 확보할 수 있었는데도 불구하고 모든 들개족 병사의 목을 베어버렸잖아? 그 일을 잊은 것은 아니지?"

"음, 그, 그랬지. 모든 적군을 사살했었지."

치요의 지적에 퍼쿵과 피코도 비로소 의문스러운 표정이 되었다.

퍼쿵이 말했다.

"정말 그러고 보니 그때 상당히 많은 포로를 확보할 수 있었겠네. 죽이지만 않았다면 말야."

세 사람의 시선이 쏟아지자 카르티가 약간 당황한 것 같았다.

그러자 피코가 대수롭지 않다는 듯이 말했다.

"그렇게 당황할 거 없어. 우리가 그걸 가지고 뭐라고 할 것도 아니고… 뭐 상관없잖아? 우린 이제 인간족한테 도움 따윈 주지 않을 거잖아? 안 그래, 퍼쿵? 치요?"

그러나 퍼쿵과 치요는 아무 대답도 하지 않았다. 그들의 침묵에 오히려 피코가 놀라며 황당해하기 시작했다.

"뭐, 뭐야? 두 사람 혹시… 또 전쟁에 끼어들려는 거야? 응? 대답해봐!"

퍼쿵과 치요는 그래도 말 없이 서로 눈빛만 주고받았다.

피코가 어이가 없다는 듯이 말했다.

"뭐야? 어떻게 된 거지? 지난번에는 두 사람이 팔 걷어붙이고 개입하는 것을 반대하더니 이번에는 왜 바뀌었어? 언제 얘기가 그렇게 된 거야? 보보와 유코도 알고 있어? 응?"

피코는 약간 화가 난 것 같았다. 여전히 무관심한 투로 말하고는 있었지만 흥분한 기색이 그녀의 얼굴과 음성에서 새어 나왔다.

피코가 화를 내자 퍼쿵이 조심스럽게 피코의 팔을 잡으며 말했다.

"아, 미안해, 피코. 그런 건 아냐."

"그럼 뭐야? 언제 두 사람이 또 말을 맞춘 거야? 만날 그렇지. 두 사람만 얘기하고 결정하고. 괜찮아. 뭐, 나야 결정된 대로 따르기만 하면 되니까. 하지만 이번에는 또 누가 죽게 될지 모르겠군."

이번에는 치요가 피코에게 다가와서 그녀의 팔을 잡았다.

"아냐. 그렇지 않아, 피코. 진정해. 우린 말 맞춘 적 없어. 정말이야. 다만 지금 비슷한 생각을 하고 있었던 것 같아."

"치요 말이 맞아. 우리는 전쟁에 끼어들려는 것도 아니고 상의한 적도 없어. 너도 알잖아? 어젯밤까지만 해도 우리는 들개족과 인간족의 일에 전혀 관여할 생각 없다고 입을 모았잖아? 그리그 잠이 들고 나서 지금 처음 얼굴을 맞대는 거야. 언제 상의를 할 시간이나 있었냐?"

그러나 피코는 화난 표정이 좀 풀렸을 뿐 여전히 딴청이었다.

"그래, 알았어. 알았다고. 나 화나지 않았으니까 걱정하지 마."

치요가 말했다.

"앉아봐, 흥분하지 말고. 내 생각을 설명해 줄게."

그러자 피코가 자고 있는 아이들에게 몸을 돌렸다.

"좋아, 무슨 말인지나 좀 들어보자. 이왕이면 아이들 다 깨워서 같이 듣자. 그래야 되는 거 아냐?"

퍼쿵이 고개를 끄덕이며 말했다.

"좋아, 그게 좋겠다. 모두 같이 상의를 하는 게 아무래도 더 낫겠지."

피코가 유코와 보보를 깨우자 두 아이는 피곤한 몸을 뒤틀면서 일어났다.

"어, 피코? 왜? 모두들 벌써 일어났네? 날이 밝았어?"

"아니, 아직……."

"아웅, 피코~ 조금 더 자면 안 돼요?"

피코가 유코에게 말했다.

"그만 일어나 봐. 상의할 것이 있대."

"상의? 뭔데요?"

"나도 몰라. 가서 얘기 들어보면 알겠지."

보보가 의아한 표정으로 이미 테이블에 둘러앉은 사람들을 바라보았다. 그리고 물었다.

"혹시 전쟁에 관한 일 아니에요? 또 끼어들려는 건가요?"

유코도 자세를 고쳐 앉으며 말했다.

"싫어요! 전 반대예요. 지난번 일로 그렇게 많은 사람들이 우리 때문에 죽었는데 그런 일을 또 반복할 수는 없어요!"

치요가 부드럽게 말했다.

"제발 진정들해. 전쟁에 끼어들겠다는 게 아냐. 더 큰 전쟁이 일어나는 것을 막아보자는 거지. 일단 퍼쿵의 얘기부터 들어보자, 응? 모두 흥분하지 말고."

카르티가 직접 잔과 김이 모락모락 오르는 주전자를 들고 걸어오며 아이들에게 말했다.

"그래, 모두 이리 와서 앉아. 아직 식사하려면 멀었으니 일단 따뜻한 차라도 한잔씩 마셔라."

모든 사람들이 테이블에 둘러앉았다. 어젯밤과 같은 모습이었다. 그러나 분위기는 어제와 사뭇 달랐다. 지난밤에는 슬픈 소식에 충격이 커서 모두들 다른 생각을 할 겨를이 없었지만 지금은 앞으로의 진로에 대해서 진지하고 심각한 자세로 임하고 있는 것이다.

퍼쿵이 입을 열었다.

"모두들 알고 있겠지만 지금 들개족이 이 주변을 점령하고 있는 건 그 인간족의 고대 도시인가 뭔가를 먼저 차지하기 위해서잖아? 그걸 먼저 찾아서 인간족을 다 멸망시키고 천하를 통일한다는 계획이야."

퍼쿵이 말을 마치기도 전에 카르티가 놀라서 소리쳤다.

"뭐? 그게 무슨 소리야? 들개족이 고대 도시에 대해서 알고 있어? 그들이 어떻게 그걸 알았지?"

퍼쿵이 대답했다.

"지난번 전쟁 때 들개족이 몇 명의 포로를 잡아간 적 있지?"

"그랬었지. 그래, 실종자가 몇 명 있었어."

"아홉 명이야, 정확히는."

"넌 그걸 어떻게 알고 있냐?"

퍼쿵과 치요, 그리고 아이들이 조심스럽게 시선을 교환했다. 그러자 피코가 가만히 일어서더니 문가로 가서 귀를 대고 밖을 살폈다. 혹시 누가 엿듣지나 않을까 해서였다. 피코가 괜찮다는 뜻으로 고개를 끄덕였다.

그 신호를 보고 퍼쿵이 말을 이었다.

"사실은 여기 오기 전에 들개족들과 접촉했었어. 이곳을 공격하는 적들은 아니고, 그 반대 세력이라고 할 수 있지."

"반대 세력이라고?"

"응, 지금 들개족은 왕이 따로 있고 실권자가 따로 있어. 왕은 커우의 아들인 푸치이고 실권자는 푸치의 아들인 터치야. 지난번 전쟁을 주도한 놈 말야. 기억나?"

"그래, 네 어머니와 양아버지를 죽였다는 놈 말이지?"

"맞아. 그런데 왕인 푸치와 실권자인 터치 사이에 반목이 아주 심한 모양이야. 설명하자면 아주 긴데 그냥 터치의 반대 세력과 접촉했다고 알고 있으면 돼."

"그래? 들개족에도 반대 세력이 있었나?"

"지금 그들의 상황이 어떻게 되어 있는지 간단하게 설명할게. 터치는 전쟁을 고집하며 다른 종족은 물론 주변 들개족들까지 무력으로 정벌하고 있고, 푸치와 반대 세력들은 비밀리에 터치를 제거하고 평화 노선을 가려 하고 있어. 쉽게 생각해서 여기 인간족의 상황과 좀 비슷하다고 할 수 있어. 들개족과의 전쟁을 고집하는 부르크 대신 일파와 평화로운 교역을 주장하는 소수 세력처럼 말야."

"그, 그래. 이곳 상황이 그렇게 갈라져 있긴 하지. 넌 그런 것을 어떻게 다 알고 있냐?"

"그건 나중에 말해 줄게. 어떻게 알게 되었는지는 중요하지 않잖아?"

카르티는 놀라느라 핵심에서 벗어나는 질문을 계속 던졌다. 그러나 퍼쿵은 자세한 정보의 입수 경로를 밝히지 않을 작정이었다. 아무리 상대가 카르티라고 해도 그와 접촉하는 다른 사람들에 의해서 또 누가 피해를 보게 될지 알 수 없기 때문이었다.

"그래, 알았다."

"지난번 잡혀간 포로들이 고문 끝에 고대 도시에 대해서 말한 모양이야. 그래서 터치가 그 도시를 먼저 차지하려고 이곳을 감시하고 있단 말야. 인간족 원정대가 출발하면 그 뒤를 밟아서 고대 도시를 가로채려고 말야."

"그래? 그거 큰일이구나."

퍼쿵이 물었다.

"그런데 고대 도시라는 게 정말 있는 거야?"

카르티가 고개를 저었다.

"글쎄, 나도 모르지. 소문만 무성할 뿐 본 사람은 아무도 없으니까."

생각에 잠겨 있던 치요가 고개를 들었다.

"만일 고대 도시를 찾게 되면 어떻게 될까? 누가 먼저 찾든지 말이야."

"글쎄… 그건……."

카르티는 말을 흐렸다. 몰라서가 아니라 결과가 눈에 보이는 것 같았기 때문이다.

피코가 내뱉듯이 말했다.

"누가 먼저 찾든지 상대편은 전멸이겠지. 뻔한 거 아냐? 지금도 서로를 멸망시키지 못해 안달인데 엄청난 힘을 가지게 되면 가만 놔두겠어?"

카르티가 인정했다.

"그래, 피코 말이 맞다. 아마 힘을 가지지 못하는 쪽은 멸망을 피할 수 없을 거야."

유코가 말했다.

"그게 뭔지 모르지만 그럴 바에는 아예 찾지 못하는 편이 낫겠네요. 아님 찾아서 없애 버리든가. 그렇죠?"

퍼쿵이 미소 지으며 유코의 머리를 쓰다듬었다.

"후후, 그래. 유코 말이 맞다. 아예 없어지는 편이 훨씬 나을 거야."

"어머, 오빠가 내 말이 맞다고 했어. 보보, 들었지? 내 말이 맞대."

유코는 기억이 있는 지난 몇 달 동안 제 말이 누구의 동의를 얻는 일이 거의 없었던 터라 퍼쿵의 동의가 무척 감격적인 모양이었다. 기쁨으로 뺨에 홍조까지 떠올랐다. 더군다나 그렇게 말해 준 사람이 자신이 그토록 좋아하는 퍼쿵이었으니 그 기쁨이 오죽하랴.

보보가 그 모습을 보고 마지못해 고개를 끄덕여 주었다.

"그, 그래. 맞는 말이야, 유코."

카르티가 심각한 표정으로 말했다.

"어쩌면 영원히 찾지 못할 수도 있겠지. 아니면 정말 전설 속에만 있는 허구인지도 모르고."

카르티의 말을 끝으로 모두 입을 다물고 생각에 잠겼다. 만일 정말로 존재하지 않는 것이라면 모두 헛짓거리를 하고 있는 셈이었다.

모두가 각자 생각에 잠겨 있는데 보보가 불쑥 손을 들었다.

"아니, 실제로 존재할 겁니다. 그 가공할 파괴력을 지닌 고대 도시란 것 말이에요. 아니면 그와 비슷한 다른 것이라도 있을 것 같아요."

"응?"

모든 사람의 시선이 보보에게 집중되었다. 보보는 평소보다 더 심각한 표정으로 생각에 잠겨 있었다.

카르티가 물었다.

"무슨 근거라도?"

피코도 심각해져서 물었다.

"무슨 말이야, 보보? 왜 그런 말을 한 거지?"

보보는 잠시 생각하더니 천천히 말을 이었다.

"내가 하는 말, 모두 우습게 생각할지 모르겠지만 난 오래전부터 항상 의문을 가져왔거든요."

치요가 물었다.

"뭐에 대해서?"

"응, 전에 유코에게는 얘기한 적이 있는데… 지금 우리가 살고 있는 이 시대 말야, 지금이 서기 몇 년도인가 하는 의문이야."

퍼쿵이 물었다.

"서기? 그게 뭐지?"

그는 처음 듣는 말이라는 표정이었다. 퍼쿵뿐이 아니었다. 유코를 제외한 다른 모든 사람이 얼굴을 마주 보며 고개를 갸웃거리고 있었다.

보보가 그들의 표정을 죽 둘러보고는 그럴 줄 알았다는 듯이 고개를 끄덕였다. 그리고 유코에게 물었다.

"유코, 너는 알고 있지? 서기가 뭔지 말야."

"글쎄? 들어본 적 있는 것 같기도 한데……?"

"예를 들어 서기 이천 년이니 비씨 삼천 년이니 하는 거 말야. 기원전이니 기원 후니 하는 말로 표현하기도 해. 잘 생각혀 봐. 모르겠어?"

유코가 잠시 눈을 굴리며 생각하더니 손뼉을 쳤다.

"아, 그래! 들어본 적 있어. 역사에 관한 거야."

보보가 손뼉을 치며 고개를 끄덕였다.

"그래, 맞았어! 역시 기억하는구나."

퍼쿵이 물었다.

"도대체 그게 뭔데 그러는 거냐?"

보보는 그 말에 대답은 하지 않고 되물었다.

"형, 정말 처음 듣는 말이에요? 여기 그 말에 대해서 들어본 사람 아무도 없어요?"

사람들은 서로 얼굴만 마주 보았다. 전혀 모르겠다는 표정이었다. 그러자 보보가 말했다.

"역시 그렇군요. 이상하잖아요? 나와 유코는 알고 있는 사실들에 대해서 다른 사람들은 전혀 모르는 게 너무 많아요."

유코가 톡 끼어들었다.

"너, 또 그 얘기 하려는 거지? 지금이 미래라는 얘기?"

"글쎄 가만있어 봐. 아무래도 이해가 안 가서 그래. 모두 생각해 봐요. 지난번 전쟁 때만 해도 그래요. 내가 고안한 무기들 말인데요, 그것들에 대해서 어떻게 생각해요?"

"투석기랑 폭탄들 말이냐?"

"그래요, 아무도 그런 물건에 대해서 알지 못하고 있잖아요?"

"그거야 네가 처음 만들어낸 것들이니까 그렇지. 전에는 아무도 그런 걸 사용하지 않았거든."

보보가 고개를 저었다.

"그렇지 않아요. 그것들은 내가 처음 만들어낸 것이 아니에요. 나도 책에서 보거나 다른 곳에서 보고 들은 것들을 응용해서 만든 것이거든요."

"어느 책에서 봤는데?"

"그건… 잘 기억이 나지 않아요. 나는 기억을 다 잃었잖아요. 그런데 어느 상황에 닥치면 언뜻언뜻 기억이 난단 말이에요."

피코가 물었다.

"그게 정말 책 같은 데서 본 것일까? 네가 생각해 낸 것이 아닐까?"

"아니, 그렇지 않아. 나만 알고 있는 것이 아니라 유코도 알고 있어. 구체적으로 생각을 정리해 내지 못해서 그렇지 내가 뭔가에 대해서 말하면 유코도 그것에 대해서는 항상 보거나 들었던 적이 있었어. 분명히."

이번에는 모두의 시선이 유코에게 쏠렸다.

유코가 당황해서 손을 내저으며 말했다.

"어머? 나는 아무것도 몰라요. 정말이에요."

그러자 보보가 유코에게 다가가 말했다.

"잘 생각해 봐, 유코. 너 처음 우리가 동굴에서 나와 산에서 불을 피울 때 내게 라이터가 없냐고 물었었지?"

"그, 그랬었나?"

"그래, 분명해. 퍼쿵 형, 피코, 라이터가 뭔지 알아요?"

퍼쿵과 피코, 치요는 고개를 저었다.

"아니, 처음 듣는데?"

보보가 다시 유코에게 말했다.

"거봐, 아무도 모르잖아? 그리고 폭탄이나 화약도 너만 알고 있다고 했었어. 안 그래?"

"응, 그리고 보니 그러네. 맞아, 알고 있었어."

"그뿐 아니야. 응가 아저씨의 주사기에 대해서도 넌 알고 있었어."

"주사기? 그거야 흔히 볼 수 있는 거니까……."

"거봐. 우리에게는 흔히 볼 수 있었던 물건이지? 하지만 우리 외에는 아는 사람이 없어. 그것도 웅가 아저씨가 처음 고안한 거라고 했잖아?"

유코는 어리둥절해져서 기억을 더듬었다.

"음, 그랬지."

보보는 그 외에 유코와 자신만이 알고 있는 것들을 다 주워섬기기 시작했다.

"그 외에도 처음 동굴에서 나왔을 때를 생각해 봐. 내가 비행기에 대해서 말했을 때 넌 그것에 대해서도 알고 있었어."

비행기라는 말이 나오자 유코의 표정이 구겨지며 양팔로 제 몸을 감싸 안았다. 그리고 중얼거렸다.

"비행기… 알아. 무서운 거야. 하늘에서 폭탄을 막 떨어뜨려."

둘의 대화를 듣고 있던 사람들이 또 물었다.

"비행기? 그건 또 뭐야? 날짐승인가? 하늘에서 폭탄을 떨어뜨린다니……."

갑자기 유코가 심하게 몸을 떨며 귀를 막았다. 모두들 놀라는 표정으로 유코를 바라보았다.

유코가 귀를 막고 몸을 웅크린 채 비명을 질렀다.

"무, 무서워! 불! 불이 붙었어. 모두가 날아가 버렸어! 다 죽었어! 아아아!"

퍼쿵이 급히 유코를 잡았다.

"유코! 왜 그래? 왜 그러는 거야? 응? 누가 죽었다고 그래?"

유코가 퍼쿵의 품 안으로 뛰어들었다. 그리고 그의 가슴에 얼굴을 묻은 채 도리질을 하며 울음을 터뜨렸다.

"오빠, 무서워요. 다 죽었어요, 다! 엉엉!"

퍼쿵은 심하게 몸부림치는 유코를 꼭 안은 채 놀란 눈으로 보보를 바라봤다. 그러나 보보 역시 유코의 발작에 충격을 받은 듯 멍한 표정으로 바라볼 뿐이었다. 그 외의 다른 사람들도 영문을 모른 채 놀라 벌떡 일어서서 그녀를 바라봤다. 갑자기 벌어진 소동에 놀라 잠을 깬 우레도 몸을 일으키다 말고 사람들을 바라보고 있었다.

잠시 시간이 흐르고 엉엉 울던 유코의 울음소리가 잦아들자 퍼쿵이 그녀의 등을 가볍게 두드리며 달랬다.

"괜찮아. 괜찮아, 유코. 오빠가 안아줄게 겁먹지 마. 괜찮아. 여긴 우리밖에 없어. 자, 착하지."

유코는 작은 소리로 흐느끼고 있었다. 여전히 고개를 퍼쿵의 품 안에 박은 채 들 줄을 몰랐다.

그 소동으로 보보의 얘기는 중단되고 다시 들개족의 얘기로 주제가 넘어갔다.

모든 사람들이 다시 자리에 앉은 뒤에도 유코는 퍼쿵에게 안겨서 훌쩍이고 있었다.

퍼쿵이 유코를 달래는 동안 치요가 대신해서 대화를 이어갔다.

"…그래서 들개족의 상황은 지금 몇 개의 파벌로 크게 나뉘어져 있단 얘기야. 터치를 중심으로 한 세력은 정권과 군사력을 장악하고 있는 독재 세력이고, 왕과 지하 세력은 그것을 타개하고 자유로운 생활로 돌아가려는 거지. 그리고 나머지는 다른 수십 개의 들개 부족으로 터치에게 무릎을 꿇은 이후로 그 명령에 복종하면서도 절대적으로 지지하지 않는, 이른바 중립이라고도 할 수 있는 대다수 세력이지."

카르티가 물었다.

"그럼 대다수의 들개족은 왜 터치를 치지 않지?"

퍼쿵이 대답했다.

"그건 다른 들개족들은 원래 원시 종족이고 또 서로 잘 교통하지 않는 독립 세력들이라 뜻을 모으기 힘들어서 그럴 거야."

보보가 물었다.

"이를 테면 절대적으로 강한 힘을 가지고 있는 터치의 군대가 다른 작은 부족들을 각개격파한다고 봐야 되겠군요?"

퍼쿵이 고개를 끄덕였다.

"그렇지. 그래서 터치를 깰 수 없는 거라고 봐야지. 원래 들개족이란 호전적이긴 하지만 욕심이 없고 크게 무리를 짓지 않아. 터치의 군대가 거의 이천이나 되는데 다른 각 부족이래 봐야 기껏해야 백 명도 되지 않게 모여 사니 상대가 될 수가 없지. 게다가 터치는 뛰어난 기술을 가지고 있잖아. 인간족에게서 배워간 제철 기술 말야. 그러니 다른 들개족장들은 터치가 요구하는 대로 전쟁 시에 군사나 대주고 그럴 수밖에 없는 거야."

카르티가 물었다.

"어떻게 그 짧은 시기에 터치의 군사가 그렇게 많은 수가 될 수가 있었지?"

퍼쿵이 대답했다.

"내가 그곳에서 자라서 잘 아는데 터치의 군대는 대부분 각 부족에서 착출된 젊은이들로 이루어져 있어. 그러니까 그 수를 합치면 이천 명이 되는 거야. 수백 개나 되는 크고 작은 들개족들이 십여 명씩의 젊은이들을 보냈으니까."

보보가 손으로 턱을 고이며 말했다.

"그 점을 잘 이용하면 될 법도 한데요. 그 병사들이 터치와 같은 야욕이 없다면 모두들 각자의 고향으로 돌아가고 싶어할 테니까요."

치요가 말했다.

"어려울지도 모르지. 이미 문명의 맛을 볼 대로 본 젊은 남자들이 원시적인 제 부족으로 돌아가고 싶어할지는……."

피코가 심각한 분위기를 깨며 말했다.

"배고프지 않아? 뭐라도 먹으면서 얘기하지?"

그녀의 말에 문득 창밖을 바라보니 어느새 날이 훤하게 밝아 있었다.

카르티가 일어서며 말했다.

"그래, 나도 배가 고프다. 식사를 이리로 가져오라고 할 테니 모두들 조금만 기다려."

그가 나가고 나자 피코가 물었다.

"모두들 어쩔 생각이야? 전쟁에 관여할 거야?"

퍼쿵이 대답했다.

"아니, 그럴 생각은 아니야. 다만 카르티 형에게 정보를 주고 싶어서 그래. 어차피 카르티 형이 평화주의자인 것은 알고 있잖아?"

피코가 걱정스런 표정으로 말했다.

"하지만 어디 일이 생각대로 되어야 말이지. 지난번에도 카르티는 아무 힘을 쓰지 못했잖아? 이틀 동안이나 감금되어 있었다고 했지?"

"그래, 워낙 부르크 대신 쪽의 세력이 다수잖아? 게다가 그때는 쿠르 장군도 그들 편을 들었었고."

"쿠르 장군이 이번이라고 카르티의 편을 들어줄까?"

"글쎄……."

유코는 울다가 지쳤는지 퍼쿵의 품 안에서 잠이 들어버렸다. 그 모습을 가만히 내려다본 퍼쿵이 살며시 일어나더니 그녀를 내려놓고 모포를 덮어주었다.

피코가 퍼쿵에게 말했다.

"아까 화가 났던 것은 사실인데 지금은 괜찮아. 여기서 결정되는 대로 따를 테니까 솔직한 생각을 말해 줘."

그러자 보보가 말했다.

"퍼쿵 형의 생각은 알 것 같아요. 어느 쪽에서 고대 도시를 찾든 한쪽은 멸망하게 될 테니까 어떻게든 고대 도시를 못 찾도록 하고 싶은 거 아니에요?"

"그래, 그렇긴 한데 방법이 문제구나."

치요가 물었다.

"보보, 고대 도시라는 게 정말 있다고 생각해?"

"응, 확실해. 왜냐하면 내 잃어버린 기억 속에는 분명히 지금보다 훨씬 발달된 어떤 문명이 있어. 그렇지 않고서야 내가 문득문득 떠올리는 짧은 기억들을 설명할 길이 없어."

"그럴까?"

"응, 왜냐하면 내가 기억해 내는 것들은 내게 있어서는 당연시 여겨지는 그런 일상의 것들이거든. 늘 보아오던 그런 것들 말이지. 다만 이곳에는 없지만 난 그런 것들을 당연하게 여기는 기억을 가지고 있어."

치요가 심각한 표정으로 물었다.

"그렇다면 그것들을 사용하는 사람들도 분명히 있을 거라는 얘기가 되는 건가?"

"그렇다니까. 게다가 치요 네가 전에 한 얘기도 그걸 뒷받침해 주고 있어."

"무슨 얘기?"

"전에 네가 마녀 재판에 대해서 얘기한 적 있었지?"

“아, 오래된 책에서 읽은 그 얘기?”

“그래, 그것도 실제로 있었던 얘기야. 그때는 땅의 대부분이 인간족으로 가득 차 있었다고 했잖아? 당시만 해도 화약이 전쟁용으로, 또는 축제 때 폭죽으로 자연스럽게 쓰이는 시대였을걸 아마?”

“그래, 그 얘기 지난번에 했었지.”

“틀림없어. 중세라고 불러, 그 시대를.”

보보와 치요의 얘기를 말없이 듣고 있던 퍼쿵이 물었다.

“그럼 그 다음은 무슨 시대인데?”

“그 다음이요? 글쎄… 그걸 잘 모르겠어요. 이상하게 생각이 날 듯 말 듯하단 말이에요 그게. 뚜렷이 기억이 나는 것도 아니고…….”

확실하지 않은 대답에 모두들 답답한 표정으로 생각에 잠겼다. 그때 피코가 물었다.

“유코가 저렇게 무서워하는 것을 보면 분명히 무엇인가 대단히 무서운 시대가 있었던 게 아닐까? 저 애의 기억 속에 뭔가 아주 무서운 것이 들어 있는 모양이야. 아까 뭐라고 했지? 비… 뭐라고?”

“비행기.”

“그래, 비행기라는 거. 그게 뭐냐, 대체?”

“그건 하늘을 날도록 만들어진 기계야. 사람도 타고 짐도 많이 실을 수 있어.”

“그거 무서운 거냐?”

“그런 것 같아.”

“그런 것 같다니? 그런 애매모호한 대답이 어디 있어?”

“나도 잘 기억이 안 나서……. 언뜻 생각나는 것뿐이라서 말야.”

피코가 말을 이었다.

"어쨌든 정말 큰일이네. 너희들이 알고 있는 게 뭔지 모르지만 몇 개만 봐도 대단히 위험한 것들인데 전체를 다 알게 되면 정말 세상을 다 뒤집어엎을지도 모르잖아?"

보보가 손을 내저었다.

"하하, 그럴 리가……. 그렇게 말하니까 내가 무슨 괴물 같잖아?"

피코가 정색을 하고 말했다.

"웃을 일이 아니지. 너희들이야 그렇지 않아도 세상에는 나쁜 사람들이 많으니까. 쓰는 사람에 따라서 그것은 정말 위험해질 수도 있어."

피코의 말에 모두의 얼굴에서 웃음이 사라지고 표정이 굳어졌다.

그때 문이 열리며 카르티가 돌아왔다. 그의 뒤에는 몇 명의 병사들이 음식 접시가 잔뜩 올려진 쟁반을 들고 따라오고 있었다.

"여기 테이블에 내려놓게."

곧 푸짐한 음식들이 차려졌고 병사들이 나갔다.

"자, 어서 먹자. 그리고 쿠르 장군님이 만나고 싶어하는데 어떻게 할래, 퍼쿵?"

카르티는 퍼쿵의 눈치를 살폈다. 그가 쿠르 장군 얘기만 하면 과민 반응을 보이기 때문이었다.

퍼쿵이 담담한 표정으로 물었다.

"우리가 쿠르 장군과 만나야 할 일이 있나? 형에게 정보를 주면 그 다음에는 형이 알아서 하면 되는 거 아냐?"

"그래도 쿠르 장군은 너희 일행을 만나고 싶어하시는걸? 지난번 일에 대해서 사과도 하고 싶어하고 말야."

보보가 말했다.

"사과라면 쿠르 장군님이 아니라 부르크 대신이 해야 할 거예요."

퍼쿵이 보보의 말을 막았다.

"보보!"

그러자 치요가 말했다.

"아니, 숨길 필요가 있을까? 듣자 하니 부르크와 카르티와는 서로 상반되는 의견을 가지고 세력이 나뉘어져 있다고 하던데… 언제 적이 될지 알 수 없잖아?"

피코도 그의 말에 동의했다.

"그래, 알릴 것은 알려야 된다고 생각해. 부르크란 놈이 카르티에게 독을 먹일지 알 게 뭐야? 미리 알고 조심해서 나쁠 건 없잖아?"

카르티가 놀라며 물었다.

"독을 먹이다니? 그게 무슨 말이냐?"

퍼쿵이 잠시 생각하더니 고개를 끄덕이며 말했다.

"그래, 알려주는 게 나을 수도 있겠다. 내가 잘못해서 독을 먹었다고 했지? 그거 부르크 대신이 한 짓이야."

"부르크가?"

"응, 자리코에게 소금이라고 속여서 짐 속에 넣어 보냈어. 우린 소금인 줄만 알았지. 다행히 나만 먹었기에 망정이지 잘못했더라면 우리 전부가 죽을 뻔했어."

"너만 먹었다고?"

"그렇다니까. 모두 함께 먹었다면 아마 그 자리에서 다 죽었을걸? 다행히도 나만 그것을 먹고 쓰러졌기 때문에 나머지 아이들과 웅가 아저씨, 그리고 들개족 한 사람이 오랫동안 고생해서 날 치료해 낸 거야."

카르티가 주먹을 거머쥐며 부르르 떨었다.

"이런 나쁜 놈이…… 가만히 둘 수 없어!"

그러자 보보가 말했다.

"지금에 와서 어쩔 수는 없을 거예요. 증거가 없으니까요. 자리코는 죽었고 그가 독을 주었다는 것을 증명해 줄 사람은 없어요. 어차피 자리코가 살아 돌아와서 증인이 된다 하더라도 그 사람이 잡아떼면 그만이고요."

퍼쿵도 고개를 끄덕이며 카르티를 잡았다.

"맞아, 형. 이쪽에서 뭐라고 해도 아무 소용이 없어. 그 누구라도 우리 편이 되어줄 상황이 아냐. 부르크는 시치미 뗄 테고 우리에게 원한이 있는 사람이 더 많으니까."

카르티는 어쩌지도 못하고 인상만 쓰고 있었다.

퍼쿵이 미소를 지으며 옆에 세워둔 거대한 검을 만졌다.

"형, 너무 신경 쓰지 마. 난 멀쩡히 살아났으니까. 식사 끝나면 쿠르 장군을 만나러 가자. 어차피 형 혼자서는 아무 일도 안 될 것 같으니까. 그리고 부르크 대신 얼굴도 좀 보고 싶어. 지금에 와서 또 누가 우릴 공격하면 절대로 그냥 두지 않을 작정이니까 걱정하지 말고."

그러면서 자리에서 일어나 유코에게 갔다.

"유코, 유코야! 일어나. 아침 먹어야지. 배고프지? 어서 일어나."

"으응, 오빠?"

"그래, 아침 먹어. 카르티 아저씨가 맛있는 거 많이 준비해 주셨어."

"아~ 맛있는 냄새."

유코는 언제 울었냐는 듯이 발딱 일어나 식탁으로 달려왔다.

"어머, 맛있겠다. 아저씨, 고마워요. 잘 먹을게요."

카르티가 유코에게 물었다.

"그, 그래. 기분은 좀 어떠냐?"

"좋아요. 헤헤. 와아~ 맛있겠네."

카르티는 좀 전에 있었던 소동을 생각하고 물었던 것인데 유코는 하나도 기억하지 못하고 먹을 것에만 신경 쓰고 있었다. 벌써 그녀의 손과 입 안은 맛있는 음식들로 채워져 있었다.

'엉? 뭐, 뭐지, 저 애……?

다른 사람들은 유코의 그런 행동에 전혀 개의치 않았지만 그녀에 대해서 잘 모르는 카르티는 좀 전과 전혀 달라진 그녀의 태도가 이상하게 보였는지 멍한 표정으로 그녀를 바라보았다.

식사를 하면서 퍼쿵이 카르티에게 당부했다.

"형, 부르크 얘기 말인데… 아직 아무에게도 하지 갈아줘."

"왜?"

"자라목 때문이야. 원래 자리코가 우리와 같이 떠나게 된 이유가 부르크가 거짓말을 했기 때문이었어. 그놈이 자리코에게 그녀의 오빠가 전투 중에 죽었다고 말했대. 그래서 자리코가 우리와 같이 떠날 생각을 했던 거고… 내 생각인데 자리코가 우리와 한패라고 소문을 퍼뜨린 것도 부르크 같아. 증거는 없지만."

"그럴지도 모르겠군."

보보도 입을 열었다.

"아마 맞을 거예요. 우리에게 독을 전달하려면 자리코가 꼭 필요했을 테니까. 그래서 자리코가 우리 편이라고 소문 냈을 거예요. 그래야 그녀가 여기서 살지 못하게 될 테니까요. 그리고 그녀에게는 오빠가 죽었다고 거짓말을 해서 우리와 함께 떠날 결심을 하도록 했을 거고요. 당시 부르크 대신이 거짓말을 할 때 저도 함께 들었거든요."

보보의 기억이 생생하게 되살아났다. 그때 생각을 하니 맘속에서 분노가 끓어오르는 것을 느꼈다.

카르티가 이글거리는 눈으로 말했다.

"그놈은 항상 그렇게 거짓말을 밥 먹듯이 하지. 제 목적을 위해서라면 어떤 짓도 서슴지 않아. 그런 간교한 사기꾼에게 우리 군부가 좌지우지되고 있으니……."

퍼쿵이 다시 말했다.

"어쨌든 이 사실이 알려지면 자라목은 부르크에게 복수를 하려고 할지도 몰라. 그래서 어제 얘기하지 않은 거야."

카르티도 이해가 간다는 듯이 고개를 끄덕였다.

"잘했다. 그럼 응가 원장의 얘기도 일단 비밀로 하는 게 좋겠구나."

"당연하지. 만일 알려지면 그분도 어떤 피해를 입게 될지 몰라. 어젯밤 들개족과 만나 싸우게 된 것도 그분을 동쪽 성문 앞에 모셔다 드리고 안전하게 들어갈 때까지 지키고 있다가 그렇게 된 거거든."

"그래, 그럼 일단 모든 것은 비밀에 부치자."

"쿠르 장군에게도 말하지 마."

"왜? 그분은 괜찮아. 그분은 공정한 성품인데다가 응가 원장과도 절친한 사이야."

"그 문제야 그렇다고 쳐도 난 지난번 일을 잊을 수 없어. 들개족을 멸종시키겠다는 생각은 쿠르 장군도 마찬가지잖아? 응가 아저씨도 이번에 들개족과 만나면서 그들이 꼭 나쁜 사람들이 아니라는 생각을 하게 되었어. 쿠르 장군이 그 생각을 받아들일 수 있겠어?"

카르티가 고민이 되는 듯 턱을 괴었다.

"그래, 그렇긴 해. 그런 이유 때문에 쿠르 장군은 포로를 하나도 남기지 말고 목을 베어버리라고 명령했지. 늘 말야."

"그럴 줄 알았어. 그 사람은 아주 맹목적으로 들개족을 죽이려고 하더군."

"그야… 너도 알고 있듯이 원한이 깊으니까."

퍼쿵이 고개를 저었다.

"하지만 들개족은 모두 나쁜 사람만 있는 게 아냐. 형에게 이런 말을 하기는 뭐하지만 솔직히 말해서 인간족보다 더 나은 사람이 많아. 난 그들과 십 년을 함께 살았어. 그들이 난폭하고 단순하긴 하지만 그래도 인간족들처럼 간교하고 탐욕스럽지는 않아. 물론 터치라는 놈을 빼고 말야."

카르티가 부정했다.

"인간족들도 모두가 그렇게 나쁘지는 않아."

"알아. 그거야 알지. 다만 대부분의 성향을 말하는 거야. 게다가 들개족에게 원한이 있는 사람은 쿠르 장군뿐만이 아니잖아. 어떻게 보면 들개족들도 인간족에게 피해를 입은 면도 있어. 하지만 서로 언제까지 그런 원한 관계를 폭력으로 갚으려고만 하면 정말 하결 방법은 한쪽이 모두 죽는 날까지 싸우는 수밖에 없어."

퍼쿵의 말은 일리가 있었다. 카르티도 그것을 이해하고 고개를 끄덕였다.

"그럼 어쩌면 좋겠냐? 무슨 문제든지 나 혼자서 해결할 수는 없어. 나 혼자서 무슨 일을 하겠냐?"

맞는 말이었다. 아무리 여기서 머리를 맞대고 상의를 해도 아무 소용이 없었다. 부르크 대신의 일당은 다수였고 카르티는 소수였다.

"그것도 그렇지. 음… 어쨌든 내가 바라는 것은 두 종족이 서로를 인정하면서 살았으면 좋겠다는 거야."

"무슨 얘기인지 알겠다. 솔직히 말해서 나도 군인이긴 하지만 전쟁이 좋아서 군인이 된 것은 아니니까. 상황이 싸울 수밖에 없으니까 군인이 된 거지. 하지만 전쟁을 하지 않을 수 있다면 나도 그렇게 하고 싶다. 평화롭게 살고 싶어."

치요가 말했다.

"카르티의 맘은 다 알고 있어. 샤링 아저씨의 마음과 똑같을 테니까."

그 말에 모두 샤링을 생각했다. 그는 정말 좋은 사람이었다는 생각이 들었다. 군인 출신에 주먹도 셌지만 폭력을 싫어하고 남을 속이지 않는 정직하고 착한 사람이었다. 그런 아버지의 성품을 그대로 이어받은 카르티였으니 의심할 필요는 없었다.

퍼쿵이 다시 한 번 당부했다.

"어쨌든 당분간은 모든 것을 비밀로 부쳐줘. 차차 사람들을 만나며 분위기 봐가면서 얘기하자고."

"그래, 좋아. 그렇게 하자."

식사를 마치자 카르티가 일어섰다.

"자, 쿠르 장군님을 만나러 가자. 기다리고 계실 거야."

"그래."

모두 무기를 챙겨 들고는 카르티의 오두막을 나섰다. 해가 떠올라 있었고 바삐 오가던 사람들이 멈추어 서서는 웅성거렸다. 그들은 퍼쿵 일행이 지나가는 모습을 두려움과 경계심이 서린 표정으로 구경하고 있었다.

피코가 모여드는 군중을 향해 주먹을 들이대며 소리쳤다.

"쳇! 구경났어? 뭘 봐!"

"와아아!"

피코의 고함에 놀란 사람들이 뭐라고 떠들며 우르르 비켜섰다.

퍼쿵이 말했다.

"피코, 그만둬! 사람들 겁주지 마."

"기분 나쁘게 쳐다보잖아."

보보가 피코의 손을 잡으며 부드럽게 말했다.

"무서워서 그럴 거야. 신경 쓰지 마, 피코."

그러자 피코가 보보를 보며 웃었다.

"그래, 착한 내가 참지 뭐. 후후."

우레를 안은 채 걷고 있던 유코가 그 모습을 부러운 듯이 바라보며 중얼거렸다.

"좋겠다, 피코는……. 퍼쿵 오빠는 왜 저렇게 빨리 걷는 거야? 흥, 피코와 보보는 좋겠다~"

그 말에 피코와 보보가 화들짝 놀라며 손을 떼었다. 그러자 유코가 시선을 돌리며 말했다.

"괜찮아요. 보기 좋은데 뭘~ 나야 뭐 부러워서 그렇지. 호홋!"

피코와 보보는 얼굴을 빨갛게 물들인 채 유코의 시선을 피하며 일 미터쯤 떨어져 걸어가기 시작했다. 그러면서 혹시 치요나 퍼쿵이 유코의 말을 듣지 않았을까 눈치를 보고 있었다.

그때였다. 퍼쿵 일행은 골목을 돌아서는 순간 마주 오는 한 무리의 사람들과 딱 마주쳤다.

"엇?!"

"헛!"

"당신들은!"

"엇, 당신은?"

"퍼, 퍼쿵!"

마주 오던 사람들이 깜짝 놀라며 멈추어 섰다. 퍼쿵 일행도 걸음을 멈추었다.

"부르크 대신!"

피코가 인상을 구기며 말했다. 그녀는 왼쪽 허리에 차고 있는 검 위에 왼손을 올려놓고 위협하듯이 엄지손가락을 까딱거리며 뺐다 넣었다 반복하고 있었다.

"잘 지냈나, 아저씨? 그동안 살이 좀 붙은 것 같군."

유코도 그를 경멸하듯이 노려보며 중얼거렸다.

"지난번보다 더 신수가 훤해진 것 같네요. 얼굴에 개기름이 줄줄 흐르는데요?"

보보도 아무 말 않았지만 부르크를 바라보는 얼굴에 증오심이 나타나고 있었다. 하지만 퍼쿵과 치요의 표정에는 아무런 감정도 보이지 않았다.

피코와 유코의 말에 한 중년의 장교가 당황하며 말했다.

"무, 무슨 말씀을……. 무례하오."

부르크 대신과 그와 함께 대동한 군인들, 신하들은 모욕감을 느낀 듯 굳은 얼굴이 되어 아무 말 못하고 있었다.

카르티 역시 맘속으로 분노가 솟구쳐 올라왔지만 감정을 숨기며 인사를 건넸다.

"안녕하시오? 이렇게 일찍 행차를 하시다니, 모두들 어떻게 된 일이오? 이제 막 해가 솟았는데?"

부르크가 순식간에 굳은 얼굴을 펴더니 예의 그 부드러운 미소를 지으며 말했다.

"이거 오랜만이군요, 퍼쿵. 그리고 여러분들, 그동안 잘 지내셨소?"

퍼쿵이 마주 웃으며 말했다.

"덕분에 아주 잘 지냈습니다. 건강하게요. 대신께서는 어떻게 지냈습니까?"

"저, 저야 항상 잘 지내지요. 허허, 이렇게 불쑥 만나니 반갑군요. 그렇지 않아도 아침 일찍 당신들이 입성했다는 소식을 듣고 조만간 한 번 찾아뵐 생각이었습니다."

보보가 잔뜩 경계하는 목소리로 물었다.

"우리를요? 왜요?"

"왜는요? 인사도 드리고 이것저것 상의할 것도 있고……."

유코가 톡 내뱉었다.

“상의요? 뭐에 대해서요? 소금에 대해서요?”

퍼쿵이 급히 유코를 돌아봤지만 이미 내뱉은 뒤였다. 그 순간 부르크의 안색이 파랗게 변하며 당황하는 듯하더니 금방 거짓말처럼 미소 띤 얼굴로 돌아왔다.

“소금이라니? 무슨 말인지 모르겠군요.”

유코가 다시 중얼거렸다.

“흥, 거짓말쟁이. 자기가 줘놓고도 모르나?”

부르크는 유코의 말을 못 들은 체하면서 퍼쿵에게 고개를 돌렸다. 분명히 놀랄 만한 말이었는데도 부르크는 전혀 표정에 변화가 없었다. 심지어 말을 더듬지도 않았다.

부르크 대신은 온화한 표정과 음성으로 물었다.

“어디로 가는 길입니까?”

부르크의 질문에 퍼쿵이 별 관심없다는 듯 무심한 표정으로 대답했다.

“글쎄요, 그걸 왜 물으십니까?”

겉으로 보기에는 아무 감정도 나타나지 않은 얼굴이었다. 그러나 부르크 대신 때문에 죽을 고비를 넘겼고, 하마터면 동생들까지 모두 죽을 뻔했던 퍼쿵은 사실 웃고 있는 그의 얼굴에 주먹이라도 날려주고 싶은 심정이었다.

“뭐… 왜라기보다는 오랜만에 만났으니 반갑기도 하고, 또 요즘 정세에 대해서 상의할 일도 있고 해서요.”

“요즘 정세요? 당신같이 박식하고 머리 좋은 분이 우리 같은 무식한 사냥꾼들에게 무엇을 상의한단 말입니까?”

“아하, 그런 말씀 마시오. 나야 항상 이 성안에서 탁상공론이나 하는 사람이고 당신들은 실제로 세상을 경험하고 다니는 분들 아닙니까? 당연히 저희들이 자문을 구해야지요."

정말 뻔뻔스럽기 그지없었다. 자신이 죽이려 했던 사람에게 저런 표정으로 말을 할 수 있다니……. 모르는 사람이 보면 대단한 호의를 가진 것으로 착각할 수밖에 없는 태도였다.

퍼쿵이 심드렁하게 내뱉었다.

"언제 시간이 나면 그때 하지요. 지금은 바빠서요. 얘들아, 가자."

그리고 돌아서서 걸음을 옮겼다.

"그래."

아이들이 조소하는 눈빛을 보내며 퍼쿵의 뒤를 따르자 마지막으로 피코가 모두의 뒤를 챙기면서 부르크를 향해 내뱉듯이 말을 던졌다.

"당신, 식사할 때 조심하는 게 좋을 거야. 언제 소금 병이 바뀔지 모르니까 말야."

카르티와 퍼쿵 일행은 휑하니 골목을 돌아서 사라져 버렸다.

남겨진 부르크 일행은 어처구니없다는 표정으로 멍청히 그 뒷모습을 쳐다보고 있었다. 모두 영문을 알 수 없다는 표정이었다. 저들이 왜 저렇게까지 적대감을 나타내는지 이해할 수 없는 모양이었다. 왜냐하면 그들은 부르크가 자리코를 통해 독을 보낸 것을 알지 못하기 때문이었다. 다만 지난 전쟁시의 감정이 아직도 남아 있는가 하는 추측을 할 뿐이었다.

그러나 부르크는 달랐다. 그는 잔잔한 표정 속에 주체하기 어려운 공포감을 숨기고 있었다. 부르크 대신의 등 뒤로 식은땀이 흘러내렸다.

'저들이 눈치를 챘구나. 젠장… 어떻게 먹지 않고 그것이 독이라는

것을 알아챘지? 먹기 전에는 알아낼 방법이 없을 텐데……. 먹었다면 당연히 죽었을 것이고…… 음…….'

부르크가 아무 말 없이 자신의 집으로 발걸음을 돌렸다. 그 뒤에서 다른 대신들과 장군들이 뭐라고 자꾸만 떠들어댔지만 부르크의 귀에는 들리지 않았다. 그는 자신의 생각에 깊이 빠져 있을 뿐이었다.

'음, 그러고 보니 그 계집애가 보이지 않는군. 자리코라 했던가? 그 소금을 내가 주었다는 것은 그 계집애만 아는 사실인데……. 내 측근 들에게도 하지 않은 얘기니까. 그렇다면… 그 계집애가 독을 먹은 게 로군. 그래, 틀림없어. 그 자리코라는 처녀가 죽은 거야, 그 독을 먹 고……. 먹기 전에 내가 준 소금이라고 말했을 것이고.'

그렇게 유추해 낸 부르크는 다시 한 번 퍼쿵에 대해서 감탄했다.

'퍼쿵, 보통 단수가 아니군. 그런 실력을 가지고 있으면서도 당장에 나를 죽이려고 달려들지 않는 것을 보면……. 오히려 동생들까지 단속 시키고 있는 모양인데. 그런 실력에 그런 인내심이라… 아까운 인재들 이야. 그의 일행들 모두… 어떻게 설득해서 우리를 위해 일하게 할 방 법이 없을까?'

부르크가 혼자만의 생각에 잠겨 대답이 없자 한 대신이 그의 어깨를 두드렸다.

"부르크 대신, 무슨 생각을 그리하시오?"

"아, 별것 아닙니다. 그냥 좀……."

주위에 있는 사람들이 다시 중구난방으로 떠들기 시작했다.

"저자들, 지난번 우리와 싸운 것에 대해서 아직도 감정이 좋지 않은 것 같지요?"

"글쎄요……."

“글쎄요라니? 방금 보지 못했습니까? 눈에 증오심이 가득하지 않았
소?”

“그래요. 여차하면 칼이라도 뽑아 들 것 같은 표정이었소.”

“카르티 장군이 이상한 얘기를 한 것이 아닐까요? 그렇지 않고서야
우리에게 그런 태도를 보일 리가 없지 않소?”

“그렇군요. 카르티 장군이군요. 그가 우릴 나쁘게 말한 것이 틀림없
소.”

“그자가 정말… 우리와 대적할 생각을 가지고 있나 보군요. 가만히
둘 수 없소. 카르티를 제거합시다.”

“그래요. 카르티를 그냥 놔두면 우리에게 큰 화근이 될 게 틀림없어
요. 그를 제거합시다. 제 아버지를 죽인 게 우리라는 걸 눈치 챘을지도
모릅니다.”

“하지만 카르티를 건드리면 퍼쿵 일행이 가만히 있을까요? 저들을
막을 방책을 먼저 생각해야지요.”

“참! 부르크 대신, 소금이라니 그게 무슨 말이오? 혹시 그들에게 소
금을 준 적이 있나요?”

대신과 장군들은 겁에 질려서 마구 떠들어댔다.

부르크가 손을 들어서 모두의 입을 막았다.

“여기서 왈가왈부할 게 아니라 일단 내 집으로 가십시다. 이런 곳에
서 떠드는 것은 좋지 않아요. 누가 들을지도 모릅니다. 자, 어서 갑시
다.”

부르크 일행은 입을 다문 채 서둘러 걸음을 옮겼다.

자신의 응접실에 동패들과 둘러앉은 부르크가 생각에 잠겼다.

'음, 퍼쿵 일행을 독이 든 소금으로 암살하려 했던 계획을 아무에게
도 말하지 않았던 것은 다행스런 일이야. 저렇게 저들이 살아 돌아올
수도 있다는 것을 예상했기에 망정이지 하마터면 큰일 날 뻔했군. 어
쨌든 아무도 아는 사람이 없으니 잡아떼면 그만이지. 그보다……'

그때 웅성거리던 사람들 중 한 장군이 부르크를 불렀다.

"이봐요, 부르크 대신. 뭐라고 말 좀 해보시오. 저들이 왜 우리에
게 저렇게 적대 감정을 나타내는 걸까요? 혹시 카르티 장군이 제 아
비를 살해한 것이 우리의 지시에 의한 것이라는 걸 눈치 챈 것일까
요?"

부르크는 조용히 고개를 저었다.

"글쎄요, 그렇지는 않을 겁니다. 증거가 없으니까요. 그냥 화난 군
중들이 저지른 일이라고 생각하겠지요."

"솔직히 얘기해 보시오. 전에 얘기했던 독 말이오. 그거 어떻게 되
었소? 그들에게 먹일 비책이 있다고 하지 않았소?"

"아, 그건 실패했습니다. 몰래 접근할 수가 없어서 아예 독을 전해주
지도 못했거든요."

부르크는 전에 이들에게 복어 독을 보여주었던 것을 후회하고 있었
다. 이 중년의 장수들은 입이 가볍고 경망스러워서 좀처럼 믿을 수가
없었다.

일전의 일만 해도 그랬다. 당시에 부르크의 응접실에서 복어 독을
본 장군들이 퍼쿵 일행이 떠나고 난 뒤 그들은 곧 죽게 될 것이라고 떠
들고 다녀서 부르크로서는 얼마나 난처했었는지 몰랐다. 그래서 그 뒤
로는 그들에게 독에 대한 얘기를 한마디도 하지 않았던 것이다.

'정말 그 말을 하지 않았던 것은 그나마 다행스러운 일이야. 이 미

련하고 힘만 센 멧돼지 같은 것들은 도대체 믿고 일을 맡길 수가 없는 놈들이란 말이야.'

이 인간족이란 원래 상황이 상황인지라 군벌을 중심으로 한 정치 구조를 가지고 있었지만 문관인 부르크는 그들을 애초부터 경멸하고 있었다. 그나마 충직하고 진정한 군인이라고 할 수 있는 쓸 만한 자들은 대부분 자신과 뜻을 달리하는 카르티의 편에 속해 있으니 아쉽기 짝이 없었다.

부르크 대신은 원래 학문을 연구하는 학자였다. 어린 시절부터 시조인 부르노와 요시코의 지식에 반하여 학문의 길을 걸었고 그들이 죽은 후에도 연구를 게을리 하지 않았다. 그가 태어났을 깨 이미 칠십 노인이었던 부르노와 요시코는 그야말로 모르는 것이 없는 신(神)적인 존재였다.

부르크 대신의 부모와 그 세대는 모두 흩어져 살고 있었고 원시인이나 다름없었으나 시조와 그 자식들을 접촉하면서부터 그들에 의해서 개화가 되기 시작했다. 그리고 그들을 중심으로 모이기 시작한 것이 이 인간족이었다. 인간족들은 시조와 그 자손들을 신처럼 받들었다. 그 결과 그야말로 하루가 다르게 기술과 문화가 발달해 갔고 강해졌다.

그러던 중 역시 원시 부족이던 들개족과 충돌하게 되었고 시간이 갈수록 들개족 역시 인간의 문명을 흡수해 힘이 점점 강해졌다. 또한 그들과의 전투도 점차 치열해지고 심각하게 진전되어 서로의 원한도 깊어만 갔다.

급기야 부르크가 태어날 때쯤에는 전쟁이라고 말할 수 있는 형태의 대규모 충돌로까지 발전되어 있었고 이미 커질 대로 커진 양측 두 종

족은 각자 왕과 군부를 중심으로 하는 부족 국가가 되어버렸던 것이
다.

그리고 급기야 그가 스물한 살이 되던 해 들개족과의 전쟁에 패해
성과 시조의 무덤을 버리고 이곳으로 쫓겨온 것이다. 젊은 부르크는
그래도 학문에 대한 연구를 게을리 하지 않았다. 여러 지역을 돌아다
니며 많은 종족을 만나고, 연구하고, 실생활에 응용하며 발전시켰다.
그의 그런 학식은 어느덧 인간족에서 손꼽히는 수준이 되어버렸고 시
조의 막내아들인 현재 왕 마르코에게 등용되어서 왕을 보좌하게 되었
다.

현재의 마르코 왕은 용감한 군인이기도 하면서 학자이기도 한 사람
이었다. 지금은 너무 늙어서 잘 걸어다니지도 못하는 노인이 되었지만
그는 위대한 왕이었다.

부르크는 왕과 많은 일들을 의논하고 이루어냈다. 새로운 성의 설계
부터 시작하여 정치의 기본이 되는 법전도 새로 정리했고 병법도 완성
시켰으며 이웃 부족들과의 무역을 발전시킨 것도 그의 머리에서 나온
것이었다. 그 일로 인해서 주변 종족과는 더 이상 싸움을 하지 않게 되
었다.

그래서 이곳으로 이주한 뒤로 인간족은 이십 년이 되도록 평화의 시
절을 보낼 수 있었다. 그러던 것이 지난해 여름 느닷없이 들개족 병사
들과 다시 마주치게 되었고 그 결과 평화가 깨어져 버린 것이다.

오랜 세월 죽을 고생을 한 끝에 겨우 살 만하게 되었는데 다시금 목
숨을 위협받게 되었으니 부르크는 난국을 타개할 방법을 모색하지 않
을 수 없었다. 그때 마침 우연히 알게 된 보보의 도움으로 인해 전쟁을
승리로 이끌 수 있었고, 그의 기술을 이용해 전세를 역전시킬 계획까지

세웠던 것인데…….

그러나 일이 꼬여서 보보 일행과는 깊은 원한만 맺고 말았다. 뿐만 아니라 그들에 의해 전 병력이 전멸할 위기까지 맞았었으니… 부르크는 그래서 보보와 그 일행을 그냥 내보내기로 결심했었던 것이다. 보보의 지식이 아깝긴 하지만 더 버티다가 종족을 멸당으로 몰고 갈 수는 없었기 때문이다.

부르크가 한숨을 내쉬었다.

"휴우… 어쩐다……."

부르크가 교활하고 잔인한 사람이긴 하지만 그 역시 종족을 사랑하고 종족을 위해 사십 평생을 바쳐 온 사람이었다. 또한 부르크는 카르티와 마찬가지로 개인적인 욕심이 별로 없었다. 그는 자신이 계획한 일을 이루기 위해서 수단과 방법을 가리지 않았고 필요하다면 살인도 서슴지 않는 냉정한 인물이었다. 그렇다 하더라도 그가 계획하고 시행해 왔던 일들은 모두 종족 전체를 위한다는 분명한 명분을 가지고 있었다.

이처럼 그의 모든 관심사는 인간족의 평안과 번성이었다. 그리고 학문이었다. 그러니 그가 먹을 것을 찾아서 제 주위에 모여드는 탐욕스런 멧돼지들을 맘속으로 경멸하는 것은 어쩌면 당연한 일이었다.

'그들이 우리 종족에게 복수를 하리라고 생각해서 독살하려고 했는데, 이제 그것마저 실패로 돌아갔으니 무슨 일이 벌어질지 알 수 없게 되었구나. 더구나 내가 독을 준 것을 눈치 챈 것 같으니… 보복할 것이 틀림없어. 이제 내 목숨마저 위험하게 되었군. 이를 어쩐다?

그가 혼자 생각에 잠겨 있는 동안에도 장군들과 다른 대신들은 계속 떠들어댔다. 자기들끼리 머리를 맞대고 이러니저러니 의견들을 주고받는 중이었다.

부르크가 가만히 그들의 얘기에 귀를 기울였다.

"…카르티 녀석을 그대로 놔둘 수는 없지 않겠소? 그는 왕으로 추앙받는 자요. 그가 왕이 되면 안 되오. 왕도 너무 연로해서 곧 임종하실 판에 이만저만 걱정이 아니오."

"그래요. 그가 우리를 탐욕스럽다고 욕하던 것을 잊어서는 안 됩니다. 그것도 모두가 다 모인 자리에서 대놓고 욕을 하지 않았소? 그가 왕이 된다면 우리를 이대로 두지는 않을 거요."

"누가 그걸 그냥 보고만 있는답니까? 그는 왕이 될 수 없을 뿐 아니라 만일 왕이 된다고 해도 우리가 힘을 합치면 혼자서 뭘 어쩌겠소? 몰아내면 그만이지."

"맞아요, 신하들이 뭉치면 왕이라고 해도 어쩔 수 없소."

"그래요. 게다가 우리에게는 부르크 대신이 있소. 부르크 대신이야말로 진정 왕이 되어야 할 재목이요. 솔직히 말해서 우리 인간족이 이 정도로 발전한 것은 다 부르크 대신의 힘이 아니었소? 카르티 장군이야 전쟁밖에는 뭐 할 줄 아는 게 있나요?"

"죽입시다. 지난번에는 운이 좋아 빠져나갔지만 이번에는 확실히 그를 제거해야 합니다."

그들은 지난 전쟁 직후 샤링의 여관에 불을 질렀던 얘기까지 들추어내고 있었다. 당시에 그들은 카르티를 죽이기 위해서 그의 집에 불을 지른 것이었는데 운 좋게도 카르티는 당시에 집에 없었다. 그래서 그의 아버지만 죽게 되었던 것이다.

그 계획을 의논하러 장군들이 몰려왔을 때 부르크는 분명히 반대했었다. 어찌 되었든 카르티는 군에 가장 필요한 사람 중 하나였다. 인간족의 군대에 쿠르 장군을 제외하고는 그만한 능력을 가진 사람이 없었다.

당시 군이 거의 붕괴된 상황이었고 그것을 가장 빠른 시일 내에 복구시킬 사람이 카르티라고 판단한 부르크는 아무리 정적이라 하더라도 죽일 맘이 전혀 없었다.

그러나 부르크의 반대에도 불구하고 몇몇 튀려고 노력하는 장군들은 나름대로 저희들끼리 모의를 하더니 결국 일을 저지르고 말았다. 제대로 정보도 입수하지 못해서 카르티가 밖에 나가 있다는 것도 모르고 말이다.

덕분에 부르크는 몇몇 카르티의 측근으로부터 불을 지른 자들을 배후에서 지휘한 것이 아니냐는 의심을 샀었다. 아무런 증거가 없어 범인도 잡지 못한 채 흐지부지되고 만 사건이었지만 부르크로서는 억울하고 불쾌한 누명이 아닐 수 없었다.

지금 장군들은 그 얘기를 하고 있는 것이다. 마치 그게 부르크를 중심으로 모두가 계획했던 일인 것처럼 떠들어대면서 말이다.

부르크는 속으로 한숨이 터져 나왔다.

'휴우~ 이 무식한 늙은 것들을 어쩌면 좋지? 솔직히 정적만 아니라면 카르티 장군 같은 충직한 젊은이가 내 곁에 있다면 얼마나 좋겠냔 말이다.'

그가 내심 한심해 죽겠어하는 것도 모른 채 떠들던 장군들이 부르크에게 시선을 모으더니 말했다.

"어떻소, 대신? 이번에야말로 카르티를 제거해야 하지 않겠소? 어떻게 생각하시오?"

"지난번에는 대신이 도와주지 않아서 일을 그르치고 말았지만 이번에는 꼭 그를 제거합시다.”

부르크가 가만히 팔짱을 끼더니 고개를 흔들었다.

“그건 안 됩니다.”

“뭐요? 왜요? 이번에는 또 왜 그러는 거요? 이미 군은 거의 정상으로 회복됐지 않소?”

“그래요. 지난번에는 무너진 군대를 빨리 회복하기 위해서라고 했지만 이번에는 납득이 가지 않소. 카르티는 당신과 함께 차기 왕위를 물려받을 강력한 후보라는 것을 잊어선 안 됩니다! 절대로 인정을 두어서는 안 되오!”

부르크는 한심해서 견딜 수가 없었다. 요즘같이 전쟁을 눈앞에 두고 있는 시기에 나이도 지긋한 고위급 장군과 신하들이 모여서 생각한다는 것이 고작 카르티가 왕이 되었을 때 자신들의 위치가 위험해질까 봐 걱정하는 따위라니…….

'허어, 이런 위인들이 인간족 최고 권력자들이라니… 정말 우리 종족의 앞날이 캄캄하군. 쯧쯧…….'

카르티가 손을 들어 중구난방 떠들어대는 그들의 입을 막고는 조용히 말을 시작했다.

“여러분들의 생각이 뭔지는 알겠지만 카르티를 죽여서는 안 됩니다. 그 이유는 여러 가지가 있어요.”

“뭡니까, 그 이유라는 게?”

“카르티 장군을 죽인다면…….”

거기까지 얘기한 부르크는 잠시 멈추며 생각을 정리했다. 어떻게 말을 하면 이 무식한 것들이 더 이상 헛소리하지 않도록 할 수 있을까 하고 적당한 말을 고르는 중이었다.

이윽고 부르크의 입이 다시 열렸다.

"첫째, 쿠르 장군이 가만히 있지 않을 것입니다. 아무도 의심하지 않게 처리할 수 있다면 모르지만 그건 힘든 일이오. 지난번 여러분들이 저지른 일 때문에 내가 고역을 치렀던 것을 잊지는 않았겠지요? 그때는 다행히 증거가 없어서 아무도 다치지 않고 지나갔지만 이번에는 그렇지 못할 겁니다. 쿠르 장군은 공정한 사람이오. 동족끼리 모함을 하거나 해코지를 하는 것을 절대로 용서하지 않는다는 것을 잘 알고 계시죠?"

부르크가 그들이 멋대로 불을 질렀던 것을 지적하자 몇몇 주도적으로 그 일을 했던 사람의 얼굴이 붉어졌다.

그중 한 사람이 말했다.

"그러니까 부르크 대신께서 계책을 세워달란 말 아닙니까?"

그러나 부르크 대신은 그 말에 대답은 않고 자신의 말을 계속했다.

"둘째, 퍼쿵 일행이 그냥 있지 않을 것이오. 그들은 이미 카르티와 우리들의 이해관계를 다 알고 있는 것이 틀림없소. 여러분들이 어떻게 평가하는지는 모르겠지만 전투에 문외한인 제가 보기에도 아마… 퍼쿵 일행은 우리 인간족을 완전히 전멸시킬 수도 있는 힘을 가진 듯하오. 지금도 우리를 바라보는 눈에 적대감이 가득한데 만약 카르티를 해친 것을 알게 되면 그때는 감당할 수 없을 거요."

그 말에는 모인 사람들 중 누구도 대꾸를 못했다. 퍼쿵 일행과의 전투를 직접 겪은 그들로서는 당시의 공포를 잊을 수 없었다. 더군다나 부르크는 실전 경험은 전무하지만 이론적인 병법에 있어서는 여기 모여 있는 군인 중 그 누구보다 밝은 전문가였다.

"셋째, 소수라고는 해도 카르티 장군의 돌격대는 우리 인간족의 부대에서 가장 위력적인 정예 부대요. 유감스럽지만 여러분 중 그 누구도 카르티와 그 휘하 부대만큼 치밀하고 효율적인 전투를 벌일 수 있는 사람은 없다고 봅니다. 그런 그를 없애는 것은 앞으로 계속될 전쟁을 수행하는 데 큰 손실입니다."

대부분 쓴 입맛을 다시고 있었지만 개중에 자신의 실력을 믿는 몇 사람이 벌떡 일어서며 소리쳤다.

"무슨 말씀입니까? 우리의 능력이 그 어린 녀석보다 못하다고 단정하시다니 몹시 불쾌하군요!"

"아, 미안합니다. 저는 단지 그동안 카르티를 포함한 여러분 모두가 벌인 모든 전투의 전적을 통계적으로 계산해서 드린 말씀입니다. 기분이 상하셨다면 사과드리죠."

부르크는 고개를 숙여 정중히 사과했다. 그러자 화를 냈던 장군은 오히려 머쓱해져서 자리에 앉았다.

"뭐, 기분이 상했다기보다는… 그가 없어도 우리 인간족 군대는 잘 돌아간단 말씀이오. 험!"

잠시 모두에게 어색한 침묵이 흐른 뒤 다른 초로의 장군이 물었다.

"그럼 부르크 대신께서는 어쩌실 작정입니까? 저들을 그대로 두실 셈입니까?"

부르크는 조용히 말을 접었다.

"일단은 좀 더 두고 보십시다. 섣불리 행동해서 좋을 것은 하나도 없습니다. 우선은 카르티 장군을 제거하는 것보다 우리 성을 감시하고 있는 들개족 병사들의 목적을 알아내고 그들을 처리하는 것이 먼저입니다. 그리고 현재로써 들개족 병사들과 가장 효율적으로 전투를 벌일 수 있는 것은 카르티 장군입니다. 그 점을 모두 잊지 마시길 바랄 뿐입니다. 여기 계신 여러분들이 그 누구보다 우리 인간족의 미래를 충심으로 걱정한다는 것을 알고 있기에 드리는 당부입니다."

부르크의 말투는 매우 정중했다. 그러나 누구도 함부로 범접할 수 없는 위엄이 담겨 있었다. 게다가 현재 처한 상황의 핵심을 찌르는 그의 지적은 그 누구도 반박할 여지가 없었다.

바로 이런 점이 기세등등한 노장군들을 이제 겨우 사십 세가 넘었을 뿐인 부르크에게 고개 숙이도록 만드는 그의 카리스마였다.

그렇지 않았다면 신하의 거의 대부분이 무관과 군 출신으로 구성되어 있는 인간족의 성에서 젊은 문관이 나이 많은 고위급 무관들을 부하처럼 부린다는 것은 불가능했다.

이제 아무도 떠드는 사람이 없었다. 조용히 부르크 대신의 입만 바라볼 뿐이었다. 부르크는 잠시 침묵을 지키며 찻잔을 들었다. 그리고 모두에게 말했다.

"차가 식었군요. 어서 드시지요."

"……."

그리고 끝이었다. 부르크는 더 이상 카르티와 퍼쿵 일행의 문제에 대해서 아무 말도 하지 않았다. 다만 일상적인 얘기를 할 뿐이었다. 그래서 모여 있던 장군들과 신하들도 더 이상 그 문제에 대해서는 거론하지 못했다. 그저 입맛만 쩝쩝 다시며 별 의미 없는 일에 대해서 얘기를 주고받을 수밖에 없었다.

모두가 궁금해하는 가운데 부르크는 무표정한 얼굴로 차를 마셨다. 그리고 생각에 잠겼다.

'애초에 그들을 강제로 잡아두려 했던 것이 실수였어. 그렇지 않았다면 지금과 같은 불편한 관계는 되지 않았을 것이고 이후로도 자연스럽게 그들의 협조를 이어갈 수 있었을 텐데……. 이제 와서 그들을 무력으로 제압하는 것은 불가능하다. 어떻게든 그들을 설득해서 기술을 얻어내든지 우리를 위해 움직이도록 만들어야 해.'

그렇게 시간을 보내고 나자 왕을 알현할 시간이 되었고 모두들 자리를 털고 일어나 부르크의 응접실을 나서 왕궁으로 향했다.

모두 고개를 갸웃거리거나 한숨을 푹푹 내쉬며 걸음을 옮겼다. 부르크가 무슨 생각을 하는지 도저히 그들의 머리로는 예측할 수가 없었다.

항상 그랬다. 부르크는 무슨 일을 할 적에 모든 것을 다 보여주지 않았다. 대신 그가 따로따로 지시하는 일부분의 것들을 각자가 수행하고 나면 쪼개놓은 그림판을 짜 맞추듯이 하나의 놀라운 결과가 완성되어 있고는 했던 것이다.

그래서 다른 사람들도 더 이상 그 문제에 대해서 생각하지 않기로 했다. 곧 이어 무엇인가 부르크로부터 말이 있을 것이기 때문이었다.

왕궁에 도착했을 때 중신들은 모두 퍼쿵 일행이 입성한 것을 알고 있었다. 왕도 이미 그 소식을 전해 들은 후였다. 때문에 왕궁의 회의실은 퍼쿵 일행과 들개족의 문제로 한참 시끌벅적한 공방이 계속되는 중이었다.

퍼쿵 일행이 이번 전쟁에 큰 도움이 되리라고 주장하는 편이 있었고 그렇지 않다는 측도 있었다. 또 어떤 사람은 퍼쿵이 들개족의 간첩이라고 말하는가 하면 심지어 들개족보다 퍼쿵 일행이 인간족을 멸망시킬 장본인이라 말하는 사람까지 각양각색의 의견으로 정신없이 싸우고 있었다.

왕이 손을 들어 모두의 입을 다물게 했다.

"모두 조용히 하라."

실내가 조용해지자 왕이 물었다.

"퍼쿵 일행은 지금 어디에 있나?"

쿠르 장군이 가만히 일어서더니 대답했다.

"지금 제 처소에 있습니다."

"그래? 이번에는 무슨 일로 왔는지 혹시 그들의 얘기를 들어봤는가?"

"이 주변 종족들을 점령하고 있는 들개족 문제로 들렀다고 합니다."

"오오, 그렇다면 그들이 들개족에 대해서 무슨 정보라도 가지고 왔나?"

"예, 아직 자세한 얘기는 들어보지 않았지만 뭔가 중요한 정보를 가지고 있는 듯합니다. 지금 카르티 장군이 그들을 상대하고 있습니다."

"그래서 카르티 장군이 보이지 않았군."

"예, 현재로써 퍼쿵 일행이 믿는 상대는 카르티 장군밖에 없기 때문에 제가 그렇게 조치를 했습니다."

"잘했다."

잠시 뭔가 생각하던 왕이 쿠르에게 물었다.

"벼락 장군, 혹시… 그들이 우리 인간족에 대해서 원한 같은 것은 가지고 있지 않던가?"

쿠르는 잠시 생각하더니 대답했다.

"자세히는 알 수 없지만 제가 보기에는 원한은 없어 보였습니다. 하지만 우리를 신용하지는 않는 것 같았습니다."

"신용하지 못한다…… 그렇겠지. 지난번에 우리가 그들을 속였으니까."

그때 한 노장군이 손을 들어 할 말이 있음을 표시했다.

왕이 그 노장군에게 발언을 허락했다.

"뭔가? 말해 보라."

"예, 소신이 생각하기로는 우리를 믿지 않는 자들이 주는 정보가 과연 믿을 만한 것인지 의심스럽습니다. 저들이 혹시 들개족과 짜고 거짓 정보를 주는 것이 아닌지 한번 의심해 보는 것도 좋지 않을까 합니다."

그 말에 왕이 고개를 숙이더니 생각에 잠겼다. 한참 침묵이 흐른 뒤 다시 고개를 든 왕이 말했다.

"그래, 그 말도 일리가 있다. 쿠르 장군의 생각은 어떤가?"

"제 느낌으로는 퍼쿵 일행의 성품을 볼 때 거짓말을 할 것 같지는 않습니다. 만일 우리에게 적대감이 있더라도 차라리 정면으로 공격을 하면 했지 거짓으로 속일 사람들은 아닙니다."

왕은 다시 고개를 돌려 부르크를 바라봤다.

"부르크 대신의 생각은?"

조용히 두 손을 모으고 앉아 있던 부르크가 소리없이 일어서더니 왕에게 말했다.

"소신의 소견으로는… 저는 전적으로 쿠르 장군님의 말씀에 동의합니다."

부르크의 말이 떨어지자 아침에 그의 응접실에 모였던 장군들과 신하들이 순간적으로 눈을 크게 뜨고 부르크를 바라봤다. 거의 동시에 여러 사람이 고개를 돌렸기 때문에 모두 그 움직임을 볼 수 있었다.

그들이 속으로 외치고 있었다.

'아니, 부르크 대신, 그게 무슨 말씀이오? 그들의 편을 들다니?!'

그러나 부르크는 십여 명의 시선이 한꺼번에 쏟아졌는데도 눈 하나

깜짝하지 않고 말을 이었다.

"제가 지난번 그들과 만나 얘기를 해본 결과로도 그들은 악감정이 있으면 눈앞에서 칼을 뽑아 들고 달려들지언정 뒤에서 거짓말을 할 사람들은 아니었습니다. 물론 함부로 남의 목숨을 해칠 만한 성품도 아니고요. 그러니 그들이 거짓 정보를 주지는 않을 것입니다."

계속되는 부르크의 우호적 발언에 부르크 쪽의 사람들은 점점 경악하는 표정이 되어갔고 카르티 쪽의 사람들도 상당히 놀라는 반응을 보였다. 그동안 부르크 일파의 사람들은 공공연히 퍼쿵 일행에 대해서 나쁜 소문들을 퍼뜨리고 다녔고 절대로 받아들이지 않을 것처럼 행동해 왔기 때문이다. 그런데 그 우두머리 격인 부르크가 우호적인 발언을 하니 양측이 다 놀라는 것은 당연했다.

왕이 고개를 끄덕였다.

"그런가?"

"예, 그렇습니다."

"나도 그렇게 생각한다. 더구나 쿠르 장군과 부르크 대신이 그렇게 판단했다면 의심할 여지가 없지."

왕의 대답을 잠시 기다리던 부르크 대신이 왕의 말이 끝나기가 무섭게 단서를 달았다.

"다만……."

"다만?"

왕이 의아한 듯이 그의 말을 반복하자 쿠르를 비롯한 모든 신하들이 부르크에게 시선을 모았다.

"예, 그들의 목적이 우리와 똑같은 것인지에 대해서는 의심이 가는군요."

“목적이라······.”

“그렇습니다. 우리의 목적이 들개족의 멸망과 인간족의 영원한 번영인 데 반해 퍼쿵 일행의 목적은 좀 다르지 않을까 하는 것입니다.”

“어떻게 다르다는 말인가?”

“아직 그들과 직접 얘기를 나누지 못해서 확신할 수는 없지만 그들처럼 여러 곳을 여행하며 많은 부족과 관계를 맺고 있는 사람들의 성향을 미루어 짐작할 적에 아마도 퍼쿵은 들개족과 인간족의 공존(共存)을 바라지 않을까 우려가 됩니다.”

“공존이라고?”

왕이 놀라서 되물었다. 놀란 것은 왕뿐이 아니었다. 들개족을 불구대천(不俱戴天)의 원수로 여기는 쿠르와 대다수의 중신들도 공존이라는 말에 적잖이 놀라는 반응을 보였다.

“그렇습니다. 소신은 젊어서 학문을 위해 많은 종족들을 만나고 다녔습니다. 그때 알게 된 것으로 대부분의 붙박이 종족이 독존을 최우선으로 치는 데 반해서 떠돌이 생활을 하며 모든 종족을 상대하는 자들의 특성은 무엇인가 특정한 것에 대한 소속감과 자주성이 전혀 없고 그저 되는대로, 좋은 대로 살아가는 천성을 가지고 있습니다. 그러니 퍼쿵 일행도 그와 같은 성향을 가지고 있을 것으로 사료됩니다.”

왕은 사뭇 진지한 표정으로 부르크의 말을 듣고 있었다. 왕에게 있어서 부르크의 말은 절대로 무시할 수 없는 조언이었다.

부르크는 잠시 말을 멈추고 넌지시 왕의 표정을 살폈다. 그리고 다시 말을 이었다.

“그러나 무엇보다도 제가 가장 우려하는 점이 있는데··· 제가 입수한 믿을 만한 정보에 의하면 퍼쿵이라는 사람은 아주 어릴 적부터 들개족의 마을에서 자라났다고 합니다. 그것도 우리의 원수인 커우의 들개족 마을이라고 합니다. 때문에 혹시 그는… 들개족에게 매우 우호적이지 않을까 하는 걱정이 듭니다. 어쩌면 우리 인간족에 대해서보다 더……."

"뭐, 뭐라고?! 그게 사실인가?"

"우오오……!!"

왕이 놀라서 되묻자 다른 신하들도 웅성대기 시작했다. 그런 말은 모두 처음 듣는 것이었다. 아무에게도 말하지 않았던 일이라 모두의 놀라움은 컸다. 우직한 쿠르마저도 표정에 놀라움을 감추지 못하고 있었다.

부르크는 소란이 진정되기를 기다려 결론을 내렸다.

"따라서 그들의 목적을 알아내는 것이 우선이고 그 다음 그들이 주는 정보에 대해서 철저한 검증과 분석이 뒤따라야 할 것이라고 봅니다."

처음부터 끝까지 전혀 변함이 없는 톤으로 말을 마친 부르크는 일어설 때와 같이 소리없이 자리에 앉았다.

왕을 비롯하여 아무도 말을 못하고 있었다. 부르크가 내놓은 새로운 사실들과 날카로운 지적에 모두들 심한 충격을 받았기 때문이다.

새벽에 부르크의 응접실에 모였던 사람들은 그제야 그의 심중을 조금 알 것 같았다. 그리고 감탄을 금치 못했다.

이번에도 부르크는 별로 자극적이지 않은 방법을 통해서 자신을 따르는 무리와 그렇지 않은 무리를 모두 한 가지 공론(公論)으로 몰아넣고 있는 것이다. 지금 이 순간, 말 그대로 회의실에 모여 있는 모든 사람들이 조용한 그의 말에 따라서 공통의 위기감과 공포감을 곱씹고 있는 중이었다.

잠시 시름에 잠겨 있던 왕이 고개를 들었다. 그리고 쿠르에게 말했다.

"쿠르, 자네는 그 사실을 알고 있었나?"

"몰랐습니다."

"카르티는 알고 있었겠지?"

쿠르가 시선을 조금 내리며 고민하듯 대답했다.

"글쎄요……."

잠시 뭔가 생각하던 부르크가 대답했다.

"아마 모르고 있을 겁니다."

"그래?"

"예."

실내가 다시 웅성거리는 소리로 소란스러워지자 왕이 손을 들어 진정시킨 다음 부르크에게 물었다.

"부르크, 자네는 그 사실을 어떻게 알게 되었나?"

부르크는 이번에도 소리없이 몸을 일으켰다.

"그건… 황공하옵니다만 오늘 회의가 파한 후 폐하께만 조용히 말씀드리겠습니다. 정보의 입수 과정을 모두에게 공개할 수는 없습니다. 그러면 앞으로 다른 정보를 모으는 데 장애가 됩니다."

"그런가?"

"예, 죄송합니다."

"아냐, 자네 말이 맞아. 수사 과정이 알려지면 안 되지."

왕이 고개를 끄덕이자 부르크는 자리에 앉았다.

모여 있는 다른 신하들은 궁금함과 서운함이 뒤섞인 표정으로 부르크를 바라보았다. 부르크가 자신들을 믿지 않는다는 생각이 들어서 화가 나기도 했지만 이해가 가지 않는 것도 아니기 때문에 아무런 말도 하지 못했다.

맞는 말이었다. 부르크는 다른 군인과 신하들을 전혀 믿지 않았다. 전부터 그들은 무식하고 경망스러운 탓으로 입을 함부로 놀려서 일을 그르치곤 했던 것이다.

그런 이유로 부르크는 반드시 믿을 만한 사람과 독대(獨對)할 때만 속마음을 털어놓았다.

왕이 말했다.

"알겠다. 쿠르 장군과 부르크 대신은 잘 상의하여 퍼쿵 일행이 주는 정보를 최대한 받아두도록 하라. 그리고 다른 사람들도 경거망동하지 말고 현재의 경계 태세를 늦추지 말도록! 또 퍼쿵 일행을 정중히 대접해서 자극하는 일이 없도록 주의하게. 지난번과 같은 불행한 상황은 절대 만들지 말아야 할 게야. 모두 내 말을 명심하게."

"예!"

모든 신하들이 입을 모아 대답했다.

"이만 모두 물러가서 맡은 바 소임을 다하라. 그리고 쿠르 장군과 부르크 대신은 잠시 남아주게."

"예."

왕의 명령에 따라 모든 신하가 물러갔다. 왕은 친위대마저 물리고 쿠르, 부르크만을 남겨두었다.

"부르크 대신."

"예."

"쿠르 장군이 자리에 있어도 괜찮겠나?"

"예, 쿠르 장군님은 믿을 수 있습니다."

부르크의 대답에 쿠르가 가볍게 목례를 하여 자신을 믿어준 데 대한 호의를 표시했다.

  “좋아, 그럼 이제 말해 보게. 어떻게 그 정보를 입수했나? 그리고 그 정보가 정말 믿을 만한 것인가?”
  “예.”
  세 사람만이 남아 있는 넓은 회의실에는 적막이 감돌고 있었다.

부르크는 가만히 왕에게 대답할 말을 정리했다.

사실 퍼쿵 일행의 과거 행적을 알아내는 것은 쉬운 일이 아니었다. 부르크가 십 년 가까이 이 성을 드나들던 퍼쿵을 알게 된 것은 지난가을의 전쟁이 끝나고 나서였다.

그전에는 그의 존재조차 몰랐었다. 다른 종족들이 노상 무역을 하기 위해서 드나드는 이런 성에서 일 년에 고작 서너 번 들러서 가죽과 소금을 팔고 가는 일개 사냥꾼에게 주목할 만큼 한가한 부르크도 아니었고, 들개족과 전투가 벌어지기 전에는 오랜 세월 평화가 유지되었던 관계로 떠돌이에게 주목할 필요성도 전혀 없었던 탓이다.

그러나 전쟁을 대승리로 이끈 젊은 사냥꾼 무리의 야기는 결코 지나칠 수 없는 정보였다. 그들이 사용한 무기는 생전 보도 듣도 못했고 상상조차 못해본 것들이라서 학자이자 부족을 책임지는 중신인 부르크로서는 반드시 보보를 취해서 그가 가지고 있는 모든 기술을 받아들여야 했던 것이다.

그래서 결정한 일이 결국 부족에게 치명적인 피해만 남기고 실패하자 부르크는 그 기술을 다른 종족에게 빼앗길 것을 우려해서 퍼쿵 일행을 독살하기로 마음먹었었다.

항상 부족의 내외적인 일에 대한 정보를 모아오는 부르크는 자리코라는 미끼를 이용해 독을 전달했고 그들이 모두 죽게 되리라는 것을 팔십 퍼센트 이상 확신했었다. 그러나 만일 실패할 경우를 대비해서 비밀을 유지하는 것도 잊지 않았다. 책임을 벗어나기 위해서였다.

그렇게 퍼쿵 일행을 떠나보낸 후 시간이 지났다. 그러나 부르크의 뇌리에서 사라지지 않는 것이 있었다. 그것은 그들이 가진 기술과 마법, 그리고 힘에 대한 미련이었다.

인간이라고 보기 어려운 힘과 검술을 구사하는 퍼쿵과 피코, 그리고 하늘을 날아다니며 불을 쏟아내는 꼬마, 또 보보의 기술, 그 모든 것들이 하늘에서 뚝 떨어진 것이 아닐 것이라는 결론을 내린 부르크는 그들의 뿌리에 대한 정보를 수집하기 시작했다. 어디엔가 퍼쿵 일행에게 그런 초인적인 능력을 전수한 유래가 반드시 있을 거라는 생각이 들었다.

그는 일단 하늘을 날아다니는 꼬마와 이상한 짐승을 하나의 줄기로 묶었다. 그 다음에 퍼쿵과 피코를 하나의 줄기로 묶고 마지막으로 보보와 유코를 또 다른 하나의 줄기로 구분 지었다.

먼저 퍼쿵 일행에 대한 여러 가지 정보를 수집하기 시작했다. 비밀리에 심복들을 시켜 그들이 접촉했던 사람들, 친했던 사람들을 중심으로 집중적인 탐문을 시작했고 수많은 잡다한 정보들을 모을 수 있었다.

왕의 말에 의하면 유코라는 소녀가 시조이자 왕의 어머니인 요시코와 똑같이 검은 눈에 검은 머리카락을 가졌다고 했다. 요시코 이외에는 그런 색깔을 가진 사람이 하나도 없었다. 그런데 거의 백 년이나 지난 지금 그녀와 아주 흡사한 외모를 가진 유코라는 소녀가 나타난 것이다. 게다가 유코는 요시코라는 이름에 대해서 뭔가 알고 있는 것 같다고까지 했다.

또 시조들이 가졌던 탁월한 기술을 능가하는 보보라는 소년의 기술, 이것들은 어딘지 모르게 연관성을 가진다.

어쩌면 그것이 바로 고대 도시의 비밀이 아닐까 하는 데까지 생각이 미친 부르크는 모아진 정보들을 종합해서 어떤 결론을 추론해 낼 수 있었다.

시조가 남긴 말에 의하면 가공할 위력의 고대 도시라는 것이 있고 자신들은 그 고대 부족의 직계 후손이라고 했다. 따라서 보보와 유코는 시조와 같은 종족의 직계 후손일 가능성이 높았다. 또한 그들이 가진 기술 역시 그 고대 부족으로부터 얻은 것이라는 추론을 해낼 수 있었다.

그 다음은 퍼쿵과 피코였다.

그들 두 사람은 십 년 전 갑자기 이 성에 모습을 나타내더니 엄청난 양의 가죽을 내놓고 단 몇 자루의 검을 사갔다고 했다. 그 뒤로 일 년에 서너 번 정도 들러서 소금과 가죽을 팔고 다른 물건들을 사갔다는 것이다.

무기나 그릇, 옷, 약재 등을 주로 사간 것을 보면 이들에게는 특별한 기술이 없는 것이 분명했다. 그러나 그들이 모아오는 가죽의 양이나 종류를 볼 때 엄청나게 사냥을 잘하는 젊은이들이었다. 웬만해서는 잡기 어려운 거대한 육식 동물의 가죽도 올 때마다 가져왔다는 것을 보면 말이다.

그리고 그들의 힘은 지난 전투로 확실하게 증명되었다. 퍼쿵과 피코는 거의 부족 전체를 궤멸시킬 수 있을 정도의 힘을 지니고 있다.

물론 이해할 수 없는 마법의 도움이 있었던 것도 사실이다. 그 부분은 마족 꼬마의 힘이라 단정하고 일단 조사 순위에서 뒤로 미뤘다.

부르크는 이렇게 정보를 모으는 과정에서 카르티의 아버지인 샤링과 퍼쿵 일행이 아주 절친한 사이라는 것을 알게 되었다. 그 사실은 장터의 모든 사람이 알고 있었다. 그들의 관계는 친가족 이상이라는 것이다. 그리고 샤링의 여관에서 일해오던 젊은이들을 모조리 찾아내는 데까지 성공했다.

그 여관을 거쳐 간 많은 사람들 중에서 단 한 명, 샤링이 죽게 되던 마지막까지 일했던 젊은이만이 퍼쿵이 이십 년 전 전쟁 당시 포로가 되어 그곳에서 자라난 사람이라는 것을 알고 있었다. 한밤중에 우연히 샤링과 퍼쿵, 그리고 카르티가 대화하는 것을 엿들을 수 있었다고 했다. 그러나 역시 퍼쿵 일행과 절친한 사이였던 그 젊은이는 아무에게도 그 얘기를 하지 않았다고 했다.

"그걸 얘기하면 퍼쿵 일행에게 피해가 갈 것 같았습니다."

그 젊은이의 말이었다.

이런 경로로 부르크는 퍼쿵이 들개족 출신이라는 것을 알아낸 것이다.

부르크 대신은 왕과 쿠르 장군에게 자신이 왜 퍼쿵 일행을 조사했으며 어떤 경로로 그 사실들을 알아냈는지에 대해서 상세하게 설명했다.

그의 설명을 듣는 왕과 쿠르의 고개가 계속 끄덕여졌고 입에서는 연신 탄식이 새어 나왔다.

"여기까지입니다. 아직 사실들을 증명하지는 못했습니다. 대부분이 아직 정보 그 자체일 뿐이고 나머지는 제 추론입니다. 유감스럽지만 검증된 것은 아무것도 없습니다."

왕이 말했다.

"수고했네. 대단히 중요한 사실들을 알아내었군."

쿠르도 칭찬을 아끼지 않았다.

"정말 대단합니다, 부르크 대신. 당신이 치밀한 것은 알고 있었지만 그 정도까지 생각할 줄은 몰랐군요. 놀랍습니다."

"별말씀을요. 종족의 안녕을 위해서 할 일을 하고 있을 뿐입니다."

쿠르는 부르크 대신에 대해서 새로운 느낌을 받고 있었다. 그가 종족을 그토록 걱정한다는 사실도 새롭게 느껴졌다.

왕이 낮은 음성으로 탄식하듯 말했다.

"카르티 장군이 퍼쿵의 과거에 대해서 알고 있다는 것은 분명해졌군. 그런데 아까는 왜 그가 모르고 있을 거라고 말했나?"

부르크가 고개를 들더니 침착한 어조로 말했다.

"이런 말씀 드리기는 뭐하지만 카르티 장군에 대해서 시기하는 사람들이 워낙 많습니다. 때문에 그가 이런 사실에 대해서 알고 있으면서도 퍼쿵 일행과 가까운 관계를 유지하고 있다는 것이 알려지면 많은 반대 세력이 들고일어날 겁니다. 어쩌면 그 점을 이용해서 카르티 장군을 죽이려고 들지도 모르고요. 그래서 아까 말씀드리지 않았던 겁니다. 그는 우리 인간족의 미래를 위해서 반드시 필요한 사람입니다. 절대로 잃어서는 안 되지요."

부르크는 이 말을 하며 자신의 얼굴을 뚫어져라 바라보는 쿠르의 시선을 느꼈다.

쿠르 장군이 옆에서 부르크 대신의 얼굴을 민망한 표정으로 바라보고 있었다. 쿠르는 지난번 샤링이 불타 죽었을 때 카르티의 측근들이 부르크의 소행이라고 주장하던 일에 대해서 상기하고 있었다.

부르크는 쿠르의 생각을 놓치지 않고 꿰뚫어 보고 있었다. 쿠르는 그때 자신도 잠시나마 부르크를 의심했던 것에 대해서 미안한 생각을 하고 있는 중인 것이다.

쿠르가 좀 주저하다가 입을 떼었다.

"저… 부르크 대신, 일전에……."

"괜찮습니다. 그 얘긴 그만두십시오."

부르크가 가만히 말을 끊어 쿠르의 사과를 막았다.

"카르티 장군과 제가 정치적으로 아주 다른 관점을 가지고 있다는 것은 누구나 다 아는 사실이지요. 때문에 파벌이 갈려 있는 것이고요. 그러니 둘 중 누군가에게 문제가 생기면 그 상대편이 의심을 사게 되는 것은 당연한 일입니다. 쿠르 장군님이야 공정한 분이시니 어느 한쪽의 편을 드시지 않았으리라는 것을 알고 있습니다. 제가 많이 모자라긴 하지만 그 정도 짐작할 만한 그릇은 됩니다. 하하하!"

왕도 이들이 무슨 얘기를 하는 것인지 알고 있었다. 카르티의 부친이 사망했을 때 한동안 그 문제로 온 성이 시끄러웠던 것이다. 군부의 최고급 장교에 대한 살해 미수 사건인데다가 그의 아버지가 죽었으니 온 성이 들썩들썩할 수밖에 없었다.

왕이 말했다.

"그래, 그 일에 대해서는 더 말할 필요없다. 부르크 대신이 관련이 없다는 것은 이미 증명되었지 않은가?"

"예……."

"황공합니다."

부르크 대신이 왕과 쿠르 장군에게 차례로 목례를 한 다음 말을 이었다.

"쿠르 장군님께 당부드릴 말씀이 있습니다."

"뭡니까?"

"지금부터 제가 드리는 말씀을 사심없이 들어주시기 바랍니다."

"말씀해 보시오."

쿠르는 물론 왕도 사뭇 궁금한 표정으로 다음 말을 기다리고 있었다.

"제 판단으로는 보보와 유코라는 소녀는 분명히 우리 종족이 아닙니다. 그들은 우리 인간족의 시조이신 선왕과 한 뿌리를 가진 아이들이 분명합니다. 보보의 기술은 시조께서 얘기하신 고대 도시 '메카닉스'와 관련이 있을 겁니다. 그러나 지금까지 우리는 그 도시를 찾기 위해서 수십 년 동안 원정대를 파견해 왔지만 그 흔적도 발견하지 못했습니다."

고대 도시에 대한 얘기가 나오자 왕과 쿠르의 표정은 더욱 진지해졌다. 그것만 찾아낸다면 들개족 따위의 위협은 걱정하지 않아도 될 것이기 때문이었다. 실제로 존재하기만 한다면 말이다.

"애석하게도 시조께서는 고대 도시에 대해서 아무런 단서도 남겨주시지 않았고 찾아서는 안 된다고까지 하셨습니다. 너무나 무서운 위력이 있어서 온 세상을 완전히 불바다로 만들어 버릴 수도 있다고 말입

니다. 하지만 그건 쓰는 사람이 어떻게 사용하는가에 따라 달라진다고
생각합니다. 그리고 지금 우리 인간족이 처한 현실은 언제 멸망할지
모르는 위급한 상황입니다."

"그래서?"

"보보와 유코를 설득할 수만 있다면 찾을 수 있을 겁니다."

왕이 한숨을 쉬며 말했다.

"휴~ 하지만 그 아이들은 기억을 모조리 잃었다고 했네."

"그렇다면 기억을 되찾게 하면 되지요."

"그들이 쉽게 협조를 할까요?"

"그러니까 더욱 카르티 장군의 역할이 중요하다는 겁니다. 그들을
설득할 수 있는 사람은 카르티 장군밖에 없으니까요. 만일 그것을 찾
지 못한다면 우리 인간족은 멸망할 수밖에 없을 겁니다. 이미 우리 종
족은 그 문턱을 밟고 있어요."

왕과 쿠르의 표정이 마냥 어두워지고 있었다. 퍼쿵 일행은 더 이상
전쟁에 관여하지 않으려 할 것이 분명하기 때문이었다.

부르크가 쿠르에게 말했다.

"제가 전투에 대해서 뭐라고 할 자격은 없지만 지난번 전쟁 때 들개
족 부상병들을 모두 죽인 것은 잘못된 일이었습니다. 적어도 포로는
확보했어야 정보라도 얻어낼 수 있었는데 말입니다."

부르크가 은근한 말로 쿠르의 실책을 짚었다. 쿠르의 표정이 더욱
침울해졌다.

"그건… 내 불찰이오. 난 들개족이 한 명도 살아 돌아가게 해서는
안 된다고 생각해서……."

"압니다. 더 큰 군대를 불러올까 염려해서 그러셨던 거. 하지만 제

가 모은 정보에 의하면 지금 들개족은 그 정도의 수준이 아닙니다. 각 지역의 들개족이 통합되어 거의 총 인구가 삼만여 가깝다고 합니다. 우리 인간족이 고작 천 명이 조금 넘는 것에 비하면 삼십 배의 수지요. 지난 천 명의 들개족 군대는 극히 일부분일 뿐이라는 겁니다."

"그, 그렇게나 많이?!"

"오오, 엄청나군! 그게 사실인가?"

왕과 쿠르 장군이 경악하자 부르크가 약간 주저하더니 입을 열었다.

"예, 실은… 쿠르 장군님의 명령에 위배되기는 합니다만……."

"무슨 말씀이요? 괜찮으니 말씀해 보시오."

"사실은 간밤에 퍼쿵 일행과 싸운 들개족 중 한 명이 살아 있습니다. 쿠르 장군님이 모두 사살하도록 명령하신 것은 알고 있지만 제가 부상당한 들개족을 포로로 데리고 와서 감금해 두었습니다."

부르크의 말에 쿠르가 좀 당황하며 말했다.

"그, 그랬군요."

"죄송합니다. 먼저 허락을 받았어야 했는데 시간이 없어서 우선 적에 대한 정보를 좀 얻을 생각으로 그렇게 조치를 했습니다."

"잘하셨소. 저한테는 개의치 마십시오."

왕도 쿠르와 마찬가지로 고개를 끄덕였다.

"그래, 필요하다면 포로를 확보해야지."

부르크는 두 사람의 허락에 고개를 숙여 예의를 표한 후 말했다.

"감사합니다, 이해해 주셔서."

왕이 물었다.

"그래, 뭔가 얻어낸 정보가 있나?"

"아직… 입을 열지 않고 있습니다. 부상이 심해서 고문할 수도 없고요. 지금 치료를 하는 중이니 상태가 좋아지면 곧 심문할 예정입니다.”

“그래, 그 일은 부르크 대신이 잘 알아서 진행시키도록.”

“예, 알겠습니다.”

쿠르의 얼굴에 수심이 가득했다. 군 최고 사령관의 지위에도 불구하고 오랫동안 전쟁의 제일선에 서온 용맹스런 장군의 얼굴이라고 보기 어려울 정도로 침울한 표정이었다.

그가 걱정스레 중얼거렸다.

“들개족의 위세가 그토록 대단하다니 정말 큰일이군요.”

“그렇습니다. 이미 우리 인간족이 싸울 수 있는 상대가 아닙니다. 그러니 이제 선택을 해야 합니다. 퍼쿵 일행을 설득해 고대 도시를 찾아서 들개족을 멸망시키느냐, 아니면 우리가 멸망당하느냐 둘 중 하나밖에 없습니다.”

왕이 물었다.

“하지만 우리에겐 보보가 발명한 폭탄이 있지 않은가?”

“그 무기의 위력이 대단한 것이긴 합니다만 근거리에서는 사용할 수 없는 단점이 있는 데다가 미리 설치하고 기다리지 않으면 큰 효과를 기대하기도 어려워서 지속적으로 사용할 수는 없습니다. 들개족의 공격이 연이어 계속된다면 도저히 당해낼 수 없습니다. 이미 그들의 정보망에도 폭탄에 관한 실체가 어느 정도는 흘러 들어갔을 확률이 크고요.”

“허어…….”

한숨을 내쉰 왕이 다시 물었다.

“그럼 고대 도시를 찾아낼 방도는 있는 건가? 어느 정도 진행이 되고는 있는가?”

부르크가 잠시 두 사람을 바라보더니 천천히 입을 열었다.

"폐하의 명에 의해 저는 이미 백 회가 넘는 탐사대를 각 지역으로 내보냈습니다. 하지만 아무도 그 실마리조차 찾아내지 못했죠. 최근에 들어서는 고대 도시가 단순히 전설 속의 동화가 아닐까 하는 말까지 나오고 있습니다. 그렇지만 보보와 유코를 보고 나서 확신했습니다. 그것은 분명히 있다고요. 그리고 그것을 찾는 것만이 우리 종족이 살아남는 길이라고요."

"그, 그런… 가? 역시 그것… 뿐인가?"

왕이 말을 더듬자 쿠르도 걱정스럽게 말했다.

"그들이 쉽게 협조하지는 않을 거요. 퍼쿵을 힘으로 꺾을 수 없다는 것은 이미 증명되었고……."

"카르티 장군을 이용하는 수밖에 없습니다. 그의 부친 샤링이 살아 있어서 나서준다면 더욱 좋겠지만 그는 이미 죽었고… 이제는 카르티 장군밖에 없습니다."

"카르티 장군? 그가 뭘 어떻게 한단 말인가?"

왕의 질문에 부르크가 비장한 눈빛으로 말했다.

"저는 이 일을 위해서라면 제 목숨을 버릴 각오가 되어 있습니다. 그리고 저를 포함한 그 누구의 목숨을 잃게 되더라도 그만한 가치가 있다고 생각합니다. '메카닉스'를 찾을 수만 있다면 말입니다!"

왕과 쿠르가 의아한 표정으로 부르크를 바라봤다. 그가 무슨 얘기를 하는지 잘 알아들을 수가 없었기 때문이다. 부르크는 고대 도시를 찾는 방법에 대해서는 얘기하지 않고 자꾸만 말을 빙빙 돌리고 있었다.

왕이 더 기다리지 못하고 말했다.

"답답하구나. 무슨 말을 하려고 그렇게 뜸을 들이는 겐가? 어떤 말이라도 좋으니 생각하고 있는 것을 말하라."

부르크가 비장한 눈빛으로 대답했다.

"예, 그들을 설득할 수 없다면 카르티 장군을 미끼로 쓸 작정입니다."

"뭐, 뭐라고?"

"그, 그게 무슨 말씀이오?"

왕과 쿠르는 깜짝 놀라며 말을 더듬었다. 눈이 쟁반만큼이나 크게 떠졌고 얼굴빛이 창백해졌다.

"그렇습니다. 말 그대로 카르티 장군을 희생시켜서라도 이 일을 추진해야 한다고 생각합니다."

"그, 그를 죽이자는 말인가?"

"아닙니다. 죽이자는 게 아니라 미끼로 쓰자는 말입니다."

"그 말이 그 말 아니오?"

"다르죠. 일단은 카르티 장군이 나서서 그들을 설득해 봐야 되겠죠. 제 말은 그래도 안 될 때의 경우에 해당하는 말입니다."

쿠르가 흥분한 목소리로 다시 물었다.

"그렇다면 퍼쿵이 협조하지 않을 경우는? 그럼 어떻게 할 거요? 카르티를 미끼로 쓴다는 것은 도대체 무슨 뜻입니까? 어떤 방법으로 그를 희생시킨다는 건지 설명해 보시오!"

쿠르 장군의 표정은 심하게 자신을 억누르고 있긴 했으나 무척 흥분한 것이 분명했다. 당연한 일이었다. 카르티는 인간족 중에서 부르크와 함께 가장 필요한 사람으로 손꼽히는 인물이었다. 게다가 쿠르가 가장 아끼는 수하였으니 그를 희생시킨다는 말은 이해할 수 없었다.

그래도 부르크는 당황하지 않았다. 대신 부드러운 목소리로 대답했다.

"진정하십시오. 다른 뜻이 아닙니다. 그를 해치려는 게 아니라 퍼쿵 일행이 협조하지 않을 경우 그들과 협상하기 위해서 조금 술수를 쓰겠다는 겁니다. 약간의 속임수를 사용한다는 말이죠. 지금으로썬 퍼쿵 일행의 마음을 움직일 수 있는 가장 유력한 사람이 카르티 장군이기 때문입니다. 그분에게 해를 끼칠 생각은 전혀 없습니다."

부르크의 설명에 왕이 안도의 한숨을 내쉬었다. 왕에게 있어서도 쿠르, 부르크와 함께 카르티는 가장 아끼는 신하 중 하나였다.

"그, 그렇다면 조금 안심이 되는군."

쿠르도 비로소 얼굴이 풀렸다.

"난 또 카르티를 죽인단 말인 줄 알았소."

부르크가 말도 안 된다는 듯 웃어 댔다.

"하하, 그럴 리가 있나요? 카르티 장군은 절대 다치면 안 됩니다. 그 사람은 우리 인간족의 다음 세대를 책임질 재목인데 어떻게 손을 대겠습니까?"

부르크가 웃는 표정을 지우고 잠시 생각하더니 사뭇 심각하게 말했다.

"음, 게다가 만약 그를 죽이면 그때는 들개족이 아니라 퍼쿵이 우리를 멸망시킬 겁니다. 분명히!"

부르크는 한 자 한 자 힘을 주어가며 말했다. 퍼쿵이 인간족을 멸망시킨다는 말에 왕과 쿠르의 표정이 다시 어두워졌다.

"그럴지도 모르지."

부르크가 다시 한 번 강조했다.

"분명히 그렇게 될 겁니다. 그들은 그만한 능력을 가지고 있어요.

완전한 멸망은 아니더라도 거의 그 문턱까지는 가져다 놓을 겁니다.”

쿠르도 고개를 끄덕였다.

“그건 분명히 가능성이 있는 얘기요. 지난번 싸움으로 확실히 증명이 되었소.”

“그러니까 카르티 장군은 목숨을 걸고 보호해야 합니다. 다만 퍼쿵 일행이 움직이도록 이용하자는 것일 뿐이죠. 물론 그전에 카르티 장군이 퍼쿵을 설득할 수 있다면 그보다 더 좋은 일은 없겠지만 말입니다.”

“그럼 설득에 초점을 맞추고 일을 진행해야겠군.”

쿠르도 동의했다.

“역시 그 방법이 좋겠습니다.”

부르크가 다시 제동을 걸었다.

“예, 우선은요. 하지만 쉽지는 않을 것입니다. 퍼쿵과 그 일행은 우리 인간족을 믿지 않아요. 게다가 아까 말씀드린 대로 들개족에게 더 우호적일 수도 있고요.”

“음…….”

왕이 물었다.

“혹시… 퍼쿵이 들개족에게 더 우호적이라면 고대 도시를 찾아서 그쪽에게 전해줄 수도 있지 않겠나?”

“그럴 수도 있겠죠. 그렇지 않다 하더라도 들개족은 우리의 문명을 거의 그대로 흡수해 가는 특성이 있으니까 유출되면 절대 안 된다는 전제도 달아야 하고요.”

쿠르가 심각한 표정을 지었다.

“산 넘어 산이로군요.”

“그렇습니다. 그러니 이 일은 아주 신중하게 처리해야 합니다. 일단

은 들개족이 전면적인 공격을 해오기 전에 고대 도시를 찾아내는 것이
선결 요건이 되겠죠."

회의실은 다시 침묵에 잠겼다. 부르크는 입을 다물었고 왕과 쿠르도
할 말을 찾지 못한 채 생각에 잠겨 있었다.

잠시 시간이 흐른 후 부르크가 갑자기 생각났다는 듯 말했다.

"아참! 폐하와 쿠르 장군님께 꼭 드리고 싶은 당부 말씀이 있습니
다."

"뭡니까?"

"지금 이 방에서 우리 셋이 나눈 얘기를 절대로 비밀에 부쳐주셔야
한다는 것입니다. 자칫 이 말이 새어 나가 퍼쿵 일행의 귀에까지 들어
가면 모든 일은 허사가 됩니다. 절대로 협조하지 않을 겁니다."

"그럴까?"

"그렇습니다. 우리가 들개족을 멸망시키려 한다는 것을 안다면 말입
니다. 그러니 반드시 비밀을 지켜주셔야 합니다."

"알겠소. 걱정하지 마시오."

"나도 자네들 이외와는 절대 상의하지 않겠네. 심려 말게."

"감사합니다. 앞으로 일을 진행시키는 대로 보고를 드리겠습니다.
쿠르 장군님께도 종종 상의를 드리러 가겠습니다."

"그러시오. 기다리고 있겠소."

세 사람은 그에 관련된 일에 대해서 조금 더 상의를 했다. 그리고 나
서 쿠르와 부르크는 왕의 회의실을 나왔다.

복도를 걸어나가며 부르크가 말했다.

"저… 부르크 대신, 지난번 일 사과드립니다."

"예?"

"카르티의 부친이 사망했을 때 말이오."

"하하, 아직도 그 얘기를 하고 계십니까? 전 아무렇지도 않다니까요."

"아니오. 실은 그때 나도 당신을 조금 의심했었소. 그 점에 대해서 사과드리고 싶소."

"괜찮습니다. 사실 저 같았어도 저를 의심했을 겁니다. 그러니 모두가 저를 의심하는 것은 당연한 일이었어요."

"정말 도량이 넓으시군요. 저는 부르크 대신이 그토록 깊은 생각을 가지고 계시다는 것을 새삼 깨닫게 되었소."

"그런 말씀 마십시오. 사실 쿠르 장군님만큼 공정한 사람도 없다는 것 잘 알고 있습니다. 그러니 그 얘기는 그만 하십시다."

"고맙소, 이해해 줘서. 한데……."

쿠르가 잠시 말을 주저하자 부르크가 물었다.

"무슨 궁금한 일이라도 있습니까?"

"예, 혹 샤링의 여관에 불을 지른 사람이 누군지 알고 계십니까?"

쿠르의 질문에 부르크가 미소를 지으며 고개를 돌렸다.

"글쎄요, 그것에 대해서는 저도 모르겠군요."

"그래요? 부르크 대신이라면 능히 알아낼 수 있지 않을까 생각하는데요."

"아닙니다. 저라고 해서 모든 것을 다 아는 것은 아니죠. 게다가 퍼쿵 일행을 조사하는 데 전념하느라 그쪽은 신경 쓸 틈이 없었습니다."

"그러시군요."

"하하, 제가 그걸 어찌 알겠습니까? 신과 범인 당사자들만이 알고 있겠지요."

“예……”

부르크의 대답에 말을 접은 쿠르는 생각했다.

‘이 사람이 뭔가 알고 있는 것도 같은데… 말할 생각이 없는 것 같군. 할 수 없지.’

문에 다다르자 쿠르가 말했다.

“같이 가지 않겠소? 내 집에 지금 카르티와 퍼쿵 일행이 있소. 가서 함께 얘기를 나누는 것이 어떨까 하는데…….”

“저도 그렇게 하고 싶긴 하지만 오늘은 그만두지요. 별로 반길 것 같지 않은데.”

“왜요?”

“글쎄요, 무슨 오해를 하는지 저에 대한 감정이 아주 좋지 않은 것 같았습니다. 쿠르 장군님이 가서서 잘 좀 중재해 주십시오. 저를 오해하는 사람이 무척 많은가 봅니다.”

“무슨 오해를 하고 있을까요?”

“모르죠. 워낙 제 인상이 나쁜가 보죠 뭐.”

“그럽시다 그럼. 제가 가서 자리를 마련해 보죠.”

“예, 연락 주십시오. 그럼 다음에 또…….”

왕궁 밖으로 나온 쿠르와 부르크는 인사를 하고 각자의 처소로 돌아갔다. 그들의 처소는 왕궁 정문에서 정반대의 방향에 있었다.

부르크는 집으로 돌아와 문지기에게 말했다.

“지금부터 쿠르 장군 이외에는 그 누가 찾아와도 내가 돌아오지 않았다고 해라. 그리고 곧 내게 보고해라.”

“예!”

서재로 들어온 부르크는 두꺼운 가죽이 푹신하게 깔린 의자에 앉으며 생각에 잠겼다.

'음, 지금쯤 카르티 장군과 퍼쿵 일행이 많은 얘기를 나누겠군. 카르티가 내게 그 정보를 나누어주지는 않겠지. 하지만 쿠르 장군에게는 얘기할 거야. 그는 쿠르를 믿으니까.'

그는 펜과 종이를 꺼내 책상에 올려놓고 끄적거리며 무엇인가 적기 시작했다.

'쿠르 장군을 내 편으로 만들어야 해. 그가 완전히 내 편이 될 수 있도록. 오늘 일단 나에 대한 인식을 바꾸어놓는 것은 성공적이었어. 그동안 늙은 멧돼지들 덕분에 나에 대해서 부정적인 생각을 가지고 있었겠지. 하긴 그 멧돼지들은 어쩔 수 없는 것들이지. 고대 도시를 찾아 들개족을 멸망시키고 나면 멧돼지들은 모두 숙청이다. 물갈이가 필요해. 더 이상 그런 놈들에게 종족의 미래를 맡겨놓을 수는 없어.'

잠시 펜을 멈춘 부르크는 자신이 적은 것을 죽 읽어보다가 종이를 들더니 구겨 버렸다.

'아냐, 이런 내용을 문서로 남길 수는 없지. 암. 어디에서 누가 엿볼지도 모르니 말이야. 휴우, 우선 카르티 장군을 설득해야 하는데… 그가 날 믿지 않으니 어디서부터 시작해야 할지 모르겠군. 그자는 충직하고 성실하긴 한데 너무 외곬수란 말씀이야.'

부르크는 부싯돌을 이용해 등잔에 불을 붙였다. 그리고 나서는 구겨 버린 종이의 한쪽 끝에 불을 붙여 화로에 던졌다.

화로에서 불이 붙은 종이가 천천히 타 들어갔다. 점점 검은빛이 번져 가며 잔뜩 구겨졌던 종이가 펴졌다. 그리고 그 한 귀퉁이에 검은 글씨로 '고대 도시와 보보…' 로 이어지는 글자들이 잠시 보이다가 번져 가는 검은빛 속으로 빨려 들어가듯 합쳐지며 사라져 버렸다.

펜과 먹물을 멀리 밀어버린 그는 푹신한 의자에 기대며 깊이 몸을 묻었다. 그리고 자신이 왕과 쿠르에게 했던 말들을 떠올렸다.

"…게다가 만약 그를 죽이면 그때는 들개족이 아니라 퍼쿵이 우리를 멸망시킬 겁니다. 분명히!"

그 말을 듣고 경악하던 두 사람의 표정도 떠올렸다.
'아니야, 그건 거짓말이었어. 그래, 왕과 쿠르의 마음을 움직이기 위한…….'
부르크가 자기 자신에게 질문을 던졌다.
'어때, 만일 우리가 카르티를 죽이면 퍼쿵이 우리 인간족을 멸망시킬 것이라고 보나?'
그리고 나서는 고개를 저으며 대답했다.
'…아니야, 그렇지는 않아. 퍼쿵 일행이 그런 짓을 할 것 같지는 않아. 다만 나를 죽이겠지. 나와 그 일에 관계된 자들을 찾아서 죽이고 떠나겠지. 샤링을 죽인 자를 알게 되더라도 마찬가지고. 흐음…….'
부르크는 다시 자신에게 질문을 던졌다.
'카르티가 우리에게 꼭 필요한 존재라고 생각하나?'
그의 눈이 먹이를 찾는 포식자의 눈처럼 이곳저곳으로 옮겨 다니며 날카롭게 빛났다.
'지금으로써는 그렇지. 그는 쿠르 장군과 함께 우리가 전쟁을 수행하는 데 없어서는 안 될 핵심 인물이니까……. 하지만 만일 전쟁이 일어나지 않는다면?'
그의 머리 속은 마치 누구와 대화라도 하는 것처럼 질문과 답을 주고받고 있었다. 그는 늘 그렇게 혼자 모든 생각을 정리하곤 했다. 그를 좇는 장군들과 대신들은 그가 정책을 결정하는 데 아무런 영향을 주지 못했다. 왕과 쿠르가 약간의 영향을 주긴 했지만 결국에는 모든 것을 혼자서 정리해 왔던 것이다.

모든 정책의 최종 결정은 물론 왕이 했다. 하지만 그는 자신의 의견을 상대에게 관철시키는 남다른 능력이 있었다. 그 대상에는 왕도 예외가 되지 못했다.

'전쟁이 없다면. 그래, 우리에게 들개족의 위협이 없다면 카르티가 꼭 필요할 이유도 없지. 게다가 그는 자신의 전투 수행 능력에 비해서 평화적 성향이 너무 강하단 말야.'

부르크는 더 이상 자신에게 질문을 하지 않았다. 눈을 감은 채 오랫동안 생각에 잠겨 있었다. 그리고 한참의 시간이 지난 후 살며시 눈을 뜨더니 중얼거렸다.

"어쩌면 생각보다 쉽게 접근할 수 있을 것 같군. 훗!"

순간적으로 그의 입가에 한줄기 미소가 떠올랐다. 그러나 보일 듯 말 듯하던 그 미소는 누군가의 시선을 경계하기라도 하는 듯 곧 사라지고 말았다.

'만일 카르티를 들개족이 죽이게 된다면, 그래서 퍼쿵 일행이 들개족과 직접 맞붙게 만들 수만 있다면……'

제8장 **쿠르의 생각**

쿠르 장군의 응접실 안. 최고 권력자의 처소로는 보이지 않는 허름한 집이었다. 한 옆에 놓인 책장에는 그리 많지 않은 책이 꽂혀 있었는데 거의 다 병서와 검법에 관해 적혀 있는 책이었다. 그리고 아무 제목이 쓰여져 있지 않은 책이 몇 권 한 귀퉁이를 차지하고 있었다.

반대 편의 벽에는 벽난로가 있었고 그 좌우로는 쿠르가 사용하는 듯한 검 십여 개가 일렬로 세워져 있었는데 모두 보통 병사들이 휘두르기에는 너무나 커 보였다. 물론 퍼쿵이 사용하는 검과 비교하면 반 정도 크기밖에 되지 않았지만.

중앙의 테이블에는 카르티와 퍼쿵 일행이 둘러앉아 있었다. 일전에 보보가 포로가 되어 있던 시절 쿠르와 카르티, 부르크와 함께 앉았던 그 테이블이었다.

그들은 이미 오랜 시간 동안 얘기를 나눈 듯 지친 표정이었다.

카르티가 말했다.

"그래, 퍼쿵 네 생각은 들개족과 인간족이 서로 싸우지 않고 사이좋게 살 수 있다는 말이지?"

"응, 물론이야."

"하지만 여태까지 지내온 관계를 보면 그건 불가능한 일이야. 우리는 서로 단 한 번도 우호적인 관계를 맺어본 적이 없었어. 처음 마주치던 그 순간부터 지금까지 서로를 죽여왔지."

"그건 나도 알고 있어. 하지만 양측 모두 전쟁을 반대하는 평화주의자들이 있잖아?"

"그야 그렇지만 그들은 아주 소수야. 거의 존재 자체가 의심스러울 정도지. 게다가 전쟁을 싫어하는 것은 맞지만 들개족과 친구처럼 지내자는 뜻은 아닐 거야."

"그건 서로를 몰라서 하는 말이야. 형은 들개족을 만나본 적도 없으면서 왜 그렇게 단정해?"

"만나봤지. 전쟁터에서."

"싸움 도중에 말고 평화주의자들 말야. 한 번이라도 그들과 대화를 나눠본 적 있어?"

"어떻게 대화를 나누겠냐? 만나면 싸우기도 바쁜데."

"내가 얘기했잖아? 들개족은 커우의 부족만 있는 것이 아니라고. 사실 전쟁을 주도하는 커우의 들개족은 수가 그리 많지 않아. 그리고 다른 들개족들은 호전적이긴 하지만 인간족에 대해서 직접적인 원한은 없어."

"그걸 어떻게 구별해?"

"보면 알아. 우선 입는 옷이 좀 다르고 들고 다니는 도구도 좀 원시

적이야. 사용하는 언어도 다른 부분이 많고."

"그야 커우의 들개족은 우리 인간족의 언어를 받아들여서 그런 거라며?"

"응, 맞아. 지금은 터치의 들개족이라고 해야 옳지. 커우는 죽었고 모든 실권은 터치가 잡고 있으니까. 어쨌든 그들은 인간족과 똑같은 언어를 사용하고 있어. 철제 무기를 사용하고 말야. 옷도 화려하지."

치요도 끼어들었다.

"퍼쿵 말이 맞아. 나도 처음에는 다 똑같은 들개족이려니 생각했는데 만나보니 그렇지 않더라고."

보보가 말했다.

"맞아요, 아저씨. 그 사람들 생긴 것만 들개족이지 생각하는 것은 여기 인간족보다 오히려 더 착했어요. 전쟁을 할 생각도 없고 영역을 넓힐 생각도 하지 않았어요. 오히려 누가 건드리지만 않는다면 아무와도 싸우지 않을 사람들이에요."

유코도 맞장구를 쳤다.

"그래요. 인간족처럼 거짓말을 하지도 않았고요."

카르티가 손을 내저었다.

"알았다, 알았어, 무슨 말인지. 그렇게 한꺼번에 달려들지 좀 마."

유코가 다시 말했다.

"하지만 아저씨가 이해를 못하니까 그렇죠."

"이해를 못하는 게 아니라 이해하기가 힘든 거야. 게다가 여기 누가 있을 줄 알고 그렇게 큰 소리로 떠들어? 이런 얘기 함부로 하면 안 된단 말야. 누가 엿들으면 어쩌려고 그래? 좀 더 우리끼리 상의한 뒤에 누구한테 얘기를 해도 해야지. 그러니 목소리들 좀 낮춰. 제발……."

퍼쿵이 대답하며 아이들을 말렸다.

"알았어, 무슨 말인지. 얘들아, 우리 좀 작게 얘기하자."

"예."

"그래."

아이들이 조용해지자 카르티가 말했다.

"너희도 알겠지만 쿠르 장군님은 들개족을 아주 싫어해. 싫어하는 정도가 아니지. 철천지원수로 생각하니까. 부모 형제와 처자식을 모조리 들개족에게 잃었거든. 혼자만 살아남았지. 그 뒤로 원수 갚을 생각만을 하고 평생을 살아온 사람이야. 그분이 이런 얘기를 듣는다면 우선 나부터 죽이려고 할 거다."

"왜 형을 죽여? 얘기한 것은 우리인데?"

"우선 나부터 죽이고 그 다음 너희에게 달려들겠지. 나는 이런 얘기를 듣고도 가만히 있었다고 죽일 거야."

"말도 안 돼."

"물론 말도 안 되지. 그런 일은 없어. 그냥 그렇다는 얘기야. 그 정도로 펄쩍 뛸 거라고."

여태까지 아무 말 없던 피코가 불쑥 내뱉었다.

"아까 그 영감 말야, 덩치 커다란……."

"응, 그분이 쿠르 장군이야. 우리 군대의 총사령관이지."

"그 영감이 싫어하는 거와 무슨 상관이야? 자기 소신대로 행동하면 그만이지."

피코의 말에 카르티가 조용히 목소리를 낮추며 설명했다.

"그게 그렇지가 않아. 너희들처럼 가족끼리 살아가는 것도 아니고 여긴 천 명이 넘는 사람이 있어. 모두가 자기 멋대로 살아간다면 난장

판이 되고 말지. 서로 좋고 싫은 게 다 다르니까. 이곳에서는 일괄적인 규제가 필요하다고. 그게 법이란 거야."

"아, 나도 알아. 우리도 자기 멋대로 사는 거 아니니까."

"그래, 너도 알겠지. 그런데 어떻게 내 멋대로 하냐?"

"그렇다고 옳고 그른 것도 없단 말야?"

"대부분의 사람들이 들개족과 싸우는 것을 옳은 길이라 생각하고 있는 걸 어떻게 하냐?"

"하지만 싸우면 많은 사람이 죽고 다치잖아?"

"그렇다고 싸움을 걸어오는데 그냥 맞아 죽을 순 없잖아? 맞서 싸워야지."

카르티와 피코는 계속 공방을 하고 있었다. 치요가 손을 들어 그들의 공방전을 끊었다.

"그만둬, 둘 다. 모두 틀린 말은 아니니까."

퍼쿵도 말했다.

"그래, 둘 다 맞는 말이야. 우리가 하고 싶은 말은 가능하면 싸우지 않도록 해보자는 거지 다른 건 아냐."

피코와 얘기하던 카르티가 고개를 돌려 퍼쿵에게 대답했다.

"그래, 나도 너희가 무슨 말을 하는지는 알아. 나도 어느 정도 동감이고 말야. 어쨌든 쿠르 장군님이 돌아오면 상의해 보자. 처음에는 화를 낼지도 모르지만 그렇다고 아주 꽉 막힌 분도 아니니까 차근차근 얘기하면 될 거야."

"알았어."

그때 피코가 말을 끊었다.

"쉿! 누군가 들어왔어."

"그래? 쿠르 장군님이 돌아왔나?"

잠시 기다리자 정말 발자국 소리가 들렸다. 그리고 문이 열렸다.

카르티가 일어나며 쿠르를 맞았다.

"장군님 오셨군요."

"그래, 얘기들 많이 했나?"

"예."

퍼쿵도 자리에서 일어났고 나머지 아이들은 그대로 앉아서 쿠르를 맞았다.

쿠르는 부르크에게 들은 얘기들을 내색하지 않으려고 웃는 표정을 지었다.

카르티가 물었다.

"왕궁의 회의에서는 무슨 얘기들을 하셨습니까?"

"들개족에 관한 얘기지 뭐. 늘 하는……. 그리고 퍼쿵 자네들이 돌아온 것에 대해서도 관심들이 많더군. 무슨 일로 돌아왔는지 말야."

퍼쿵이 물었다.

"뭐라고 하셨습니까?"

"그저… 들개족에 대해서 뭔가 정보를 주러 왔다고 했지."

"그래요? 난리가 났겠군요."

"좀… 그렇지 뭐. 그래, 우리에게 줄 정보란 뭔가?"

"실은 저희는 조용히 들어와서 카르티 형만 만나고 조용히 돌아가려고 했습니다."

"그래서야 쓰나? 나도 만나고 가야지. 더군다나 지난 전쟁을 승리로 이끌어준 은인들인데 그냥 보낼 수는 없지."

퍼쿵이 무표정한 얼굴로 대꾸했다.

"많은 군인을 죽고 다치게 한 원수이기도 하죠."

"그야… 우리가 먼저 시비를 걸었으니까. 그 얘기는 이제 그만 서로 잊기로 했으면 좋겠군."

"그게 쉽겠습니까? 수백 명이 죽었는데요."

"어쨌든 과거에 집착하면 앞으로 좋은 관계를 이어 나가기가 어렵지 않겠나?"

"예, 그렇군요."

쿠르가 의자를 당겨 앉으며 말했다.

"어디, 자네들이 해줄 얘기를 좀 들어봤으면 좋겠는데… 해줄 수 있겠나?"

"그러죠."

퍼쿵도 의자를 당겨 앉았다. 그리고 말을 시작했다.

"들개족이 지금 주변 종족들을 모두 점령하고 있다는 사실은 아시죠?"

"그건 알고 있네. 도대체 왜 우리를 둘러싸고 감시하는 건가? 수는 그리 많지 않은 것 같은데."

"일개 소대 정도 될 겁니다."

"그 정도로 어떻게 주변 종족들을 다 점령하고 있는 거지?"

"그보다 전에 대규모 군대가 한번 휩쓸고 지나갔답니다. 지난가을 전쟁이 있기 직전에요."

"그런가?"

"그때 점령해서 굴복시켜 놓고 지금은 일부 병사들만 주둔하고 있는 거지요."

"그들의 목적이 뭔가?"

“고대 도시입니다.”

쿠르 장군이 놀라며 소리쳤다.

“뭐라고? 고, 고대 도시라고?”

“예, 인간족 시조들이 말했다는 고대 도시 말입니다. ‘메카닉스’ 라고 한다던가요?”

“그, 그걸 놈들이 어떻게 알았지?”

“지난 전쟁 때 아홉 명의 인간족 병사들을 잡아갔었죠. 포로로 말입니다.”

“포로?”

“예, 들개족이 전통적으로 인간들을 잡아가던 것은 잘 알고 계시죠? 그 포로들로부터 인간족의 문명을 배웠던 것도요.”

“그, 그랬지. 하지만……”

“맞아요. 쿠르 장군님이 들개족을 보는 대로 다 죽이던 것과는 달리 그들은 될 수 있는 대로 많은 인간들을 잡아갔죠. 정보를 캐내기 위해서 말입니다.”

“그런……. 내가 그동안 많은 실수를 한 것 같군.”

“적어도 그 부분만은 들개족만큼 머리를 쓰지 못했어요, 인간족은.”

쿠르 장군은 조금 전 부르크에게서도 지적을 받았던 부분을 다시 지적받자 크나큰 후회가 밀려왔다.

‘실수였다. 정말 큰 실수였어. 나는 내 원한만 생각하고 들개족을 보이는 대로 죽일 생각만 하고 있었는데 그들은 우리 인간족을 잡아다가 모든 정보를 훔쳐 가고 있었으니…….’

퍼쿵이 말을 이었다.

“그때 잡아간 아홉 명의 포로에게서 고대 도시에 대한 얘기를 들었다고 합니다. 그래서 그것을 먼저 찾아내어 인간족을 싹 쓸어버리려고 지금 주변을 감시하고 있는 겁니다.”

쿠르의 표정이 하얗게 질려서 중얼거렸다.

“그런… 이유였군. 왜 공격도 하지 않으면서 우리를 감시하고 있나 했더니…….”

잠시 응접실에 적막이 흘렀다. 쿠르는 하얗게 질려 있었고 카르티와 퍼쿵 일행은 말없이 쿠르를 바라보고 있었다.

잠시 후 쿠르가 조금 떨리는 목소리로 물었다.

“혹시… 퍼쿵 자네는 그 사실들을 어떻게 알게 되었는지 말해 줄 수 있겠나?”

“저요? 그야… 들개족에게 들었습니다.”

“들개족?”

쿠르는 다시 한 번 놀라는 표정을 지었다.

“지금 들개족에게 들었다고 했나?”

“예.”

퍼쿵은 망설이지 않고 대답했다. 그러자 쿠르가 잠시 생각하더니 주저주저 물었다.

“그렇다면 말이야, 궁금한 게 한 가지 있는데… 자네 혹시 말이야, 혹시… 들개족의 마을에서 자랐나?”

“…….”

퍼쿵은 대답하지 않았다. 그냥 앉은 자세 그대로 뚫어지게 쿠르를 바라보고 있었다.

“어떤가? 대답해 주지 않겠나?”

“그게 뭐가 중요합니까? 제가 어디서 자랐든!”

쿠르가 다시 물었으나 퍼쿵은 대답을 회피했다.

지금 두 사람은 다른 생각을 하고 있었다. 쿠르는 부르크에게 들었던 얘기를 확인하고 싶었다. 그가 과연 들개족에게 우호적인지, 그래서 공존을 원하고 있는지 직접 퍼쿵의 입으로 대답을 듣고 싶었던 것이다.

그러나 퍼쿵의 생각은 달랐다. 퍼쿵은 지금 그가 과거 전쟁 때 잃어버린 아들을 찾으려는 생각인 줄 알고 대답을 회피하고 있었다. 그는 친부를 찾을 생각이 없었다. 혼혈인 피코 문제 때문에 더욱 그러했다.

만일 쿠르가 친아버지라는 것이 사실이라면, 그래서 그것이 밝혀진다면 쿠르와 피코는 둘 다 적지 않은 충격을 받게 될 것이라 생각한 때문이었다.

쿠르의 경우 친아들을 찾은 데 대한 기쁨도 있겠지만 사랑하던 아내가 원수인 들개족의 딸을 낳았다는 데 대해서 받을 충격도 그 못지않을 것이다. 또한 퍼쿵은 쿠르에게 그의 어머니와 아내, 그리고 누이들이 얼마나 처참하게 짓밟히고 죽어갔는지, 그런 과거에 대한 얘기를 전해줄 자신도 없었다.

피코의 경우도 마찬가지였다. 퍼쿵과 자신에게 하커 이외의 다른 아버지가 존재하는 것을 그녀는 절대 받아들이고 싶지 않을 것이기 때문이다. 혼혈인 자신과는 달리 제 친오빠인 퍼쿵이 순수한 인간족이라는 것은 이미 알고 있지만 말이다.

그렇게 다른 이유로 퍼쿵과 쿠르 장군의 대화는 자꾸만 어긋나고 있었다.

옆에서 카르티가 조마조마한 표정으로 바라보고 있었다.

그는 퍼쿵이 쿠르의 아들이라고 확신하고 있었기 때문에 더욱 마음을 줄이고 있었다. 그로서는 사실을 알려주고 싶었지만 퍼쿵이 너무나 격렬하게 반대를 하고 있었기 때문에 알릴 수도 없었다. 그런데 쿠르 장군이 퍼쿵에게 들개족의 마을에서 자라난 것이 아니냐고 묻고 있는 것이다. 퍼쿵이 혹시 자신의 아들이라는 사실에 다한 무슨 낌새라도 챈 것이 아닌가 해서 카르티로서는 답답하기 그지없었다.

이렇게 세 사람이 모두 다른 생각을 하면서 마주 보고 있는 중이었다.

답답한 침묵이 오래 계속되고 있었다. 그러자 유코가 말했다.

"거참, 쓸데없는 얘기 좀 하지 말고 빨리 고대 도시 얘기나 하고 가면 안 되나요? 배고파 죽겠단 말이에요."

보보가 유코를 말렸다.

"좀 가만히 있어봐, 유코. 아직 점심때도 안 됐는데 왜 그렇게 보채니?"

"내가 뭘? 아침을 너무 일찍 먹었으니까 그렇지. 게다가 어제 저녁도 안 먹었잖아?"

그 말에 카르티가 나서며 말했다.

"그래요, 장군님. 식사나 하면서 얘기를 계속하면 어떨까요? 아이들이 너무 허기가 져서요."

"그, 그럴까? 좋아, 그럼 이리로 식사를 가져오도록 지시하게."

"예."

카르티가 잠시 나갔다 돌아오자 얘기는 다시 시작되었다.

"좋아, 자네가 어디에서 자랐는지는 묻지 않도록 하지. 대답할 생각이 없는 모양이니까."

"그건 중요한 일이 아니라고 생각하는데요. 저 같은 떠돌이가 어디서 태어났든, 어디서 자랐든 그게 무슨 대수입니까?"

"그럼 고대 도시에 대해서 좀 더 얘기해 주게. 들개족이 어디까지 알고 있는지 말야."

"고대 도시가 엄청난 파괴력을 가지고 있다는 거 정도죠. 사실 저도 자세히는 모릅니다. 들개족이 그것을 찾고 있다는 것 이외에는 말이죠. 고대 도시라는 말도 들개족에게서 들은 거니까요."

"자네보다 들개족이 먼저 알았단 말이지?"

"들개족이 인간족 포로에게서 들은 얘기를 저에게 해준 거니까요."

"그럼 자네는 들개족과 어떻게 알고 지내는 사인가?"

"자꾸만 본론과 관계없는 질문만 하는군요. 저 같은 떠돌이 사냥꾼이 어느 종족인들 모르겠습니까? 안 돌아다니는 곳이 없는데요."

"그렇군. 좋네. 알겠네. 그럼 앞으로 이 일을 어떻게 처리했으면 좋겠나?"

"그거야 그쪽에서 결정하실 일이지요. 저희 생각대로 정책 방향이 움직여지는 것도 아니지 않습니까?"

"그래도 원하는 방향이 있을 것 아닌가?"

"다만 저는 앞으로 전쟁이 일어나지 않기를 바랄 뿐입니다."

"전쟁은 일어날 수밖에 없어. 들개족은 우리 인간족이 멸망할 때까지 침략을 계속할 테니까."

"그건 인간족들도 마찬가지 아닙니까? 들개족을 멸망시키려 하는 것 말입니다."

"우리에게 그럴 힘이 없다는 것을 잘 알고 있지 않은가? 우리 인간족은 지금 들개족과 싸울 힘이 없어. 워낙 개인적인 힘도 차이가 나는 데다가 수적으로도 열세야. 듣자 하니 들개족은 거의 삼만이나 되는 인구를 가지고 있다면서? 자넨 들개족들과도 친분이 있는 모양인데 우리보다 더 잘 알고 있을 것 아닌가?”

“예, 맞는 말입니다. 들개족은 수십 개의 부족으로 나뉘어져 있는데 그들을 다 합하면 그 정도 될 겁니다.”

“우린 고작해야 천 명이 조금 넘을 뿐이네.”

보보가 끼어들었다.

“그래서 고대 도시를 찾는 거군요? 힘을 가지기 위해서.”

쿠르가 보보에게 고개를 돌렸다.

“물론 그렇지. 힘을 가지지 않으면 머지않아 들개족에게 또다시 멸망당할 테니까.”

치요도 대화에 끼어들었다.

“인간족이 고대 도시를 찾아 힘을 가지면 반대로 들개족을 멸망시키려 들겠죠?”

“그건…….”

쿠르가 말을 흐렸다. 부르크에게 들은 얘기가 떠올랐기 때문이었다.

“…절대로 협조하지 않을 겁니다. 우리가 들개족을 멸망시키려 한다는 것을 안다면 말입니다. 그러니 반드시 비밀을 지켜주셔야 합니다.”

쿠르가 퍼쿵 일행의 얼굴을 가만히 바라보며 생각에 잠겼다.

‘우리가 들개족을 멸망시키려 하는 것을 비밀에 부치려면… 그러면 또 거짓말을 해야 하는데… 음, 어떻게 말을 한다?’

퍼쿵 일행이 올망졸망한 눈으로 쿠르의 입만 바라보고 있었다. 대답을 기다리는 모양이었다.

이윽고 쿠르가 대답했다.

"그건 말이야, 그들이 전쟁을 거는 한은 싸울 수밖에 없지."

퍼쿵이 물었다.

"만약 전쟁을 걸어오지 않는다면요?"

"그러면… 싸울 이유가 없지 않나?"

"여태까지 해오신 일을 보면 그럴 것 같지 않은데요? 지난여름에도 이쪽에서 먼저 들개족 소대를 공격했다고 했잖습니까? 직접 말씀하셨던 걸로 기억하는데요?"

"내가 그런 말을 했던가?"

갑자기 유코가 튀어나오며 소리쳤다.

"또 거짓말을 하려고 그러는 거죠? 얼굴에 쓰여 있어요!"

"아, 아니야, 아가씨. 거짓말을 하려는 게 아니라 기억이 나지 않는다는 거지."

"거짓말! 지난번에는 퍼쿵 오빠가 우릴 팔아버리고 도망갔다고 했잖아요? 다 기억하고 있다고요!"

유코의 말을 들은 카르티가 놀란 얼굴로 쿠르를 바라봤다. 그가 거짓말을 했다는 것은 처음 듣는 얘기였다.

카르티의 시선에 민망함을 느낀 쿠르가 입맛을 쩝쩝 다시며 유코에게 사과했다.

"그, 그때 일은 미안하게 생각한다. 상황이 그래서 어쩔 수 없이……."

카르티가 말을 더듬으며 물었다.

"자, 장군님이 거짓… 말을 하셨습니까?"

"응, 그런 일이 있었어. 꼬마 아가씨가 하도 겁을 먹고 퍼쿵을 찾기에 안심시키려고……."

유코가 되바라지게 쏘아보며 다시 한 번 몰아붙였다.

"홍, 안심이요? 그런 말을 듣고 어떻게 안심을 해요? 난 그때 얼마나 슬펐는지 죽어버리고 싶었다고요. 도대체 나이도 지긋하신 분이 저 같은 어린애를 데리고 무슨 짓이에요?"

"그때의 일은 정말 미안하게 됐다. 내가 사과할 테니 그만 용서해 다오."

쿠르는 창피한 생각에 어쩔 줄 몰라 하며 다시 한 번 사과했다. 정직하고 공정하기로 이름이 높은 그에게 있어서 거짓말을 했다는 사실은 더할 수 없이 수치스러운 일이었다. 외부인인 퍼쿵 일행과는 달리 자신을 가장 믿고 따르는 후배 앞에서였으니 그 수치심은 더했다.

그 마음을 헤아렸는지 퍼쿵이 유코를 말렸다.

"그만 해, 유코야. 지난 일을 너무 들추려 하는 것도 나쁜 거야. 아저씨가 사과하시지 않니?"

"아, 알았어요."

퍼쿵의 말에 유코도 약간 미안했는지 금방 뒤로 물러났다.

쿠르는 민망함에 잠시 말을 못하고 있었다. 그러자 카르티가 나섰다.

"퍼쿵, 장군님 앞에서는 괜찮으니 허심탄회하게 생각하는 바를 다 얘기해 봐."

퍼쿵이 말했다.

"할 얘기 없어. 아까 형한테 다 했잖아? 우린 정보를 주었을 뿐이야. 할 일은 다 했어. 나머지는 여기 높은 사람들이 알아서 하는 거지. 그런 거 아냐? 부르크 대신 있잖아? 그 사람하고 상의해 봐. 머리 좋은 사람 같던데."

카르티가 고개를 저었다.

"그 사람과 상의를 하라고? 너 제정신이냐? 그 사람을 어떻게 믿어?"

쿠르가 의아한 듯이 물었다.

"무슨 말이지? 부르크 대신을 못 믿는다니?"

"그게 말입니다, 지난번 전쟁 후 퍼쿵 일행이 떠날 때 자리코라는 처녀가 함께 떠났던 것 기억하시지요?"

"그래, 어디다 두고 왔나? 보이지가 않는군."

퍼쿵이 대답했다.

"죽었습니다."

쿠르가 놀라서 되물었다.

"죽었다고? 왜? 어떻게 하다가?"

퍼쿵이 침울한 목소리로 대답했다.

"혼자 숲에 나갔다가 맹수에게 잡아먹힌 모양입니다. 시체도 못 찾았어요."

"그럼 그동안 다른 사람들은 뭐 하고 있었어? 혼자 숲에 나가게 하다니?"

카르티가 심각한 표정으로 말했다.

"바로 그게 문젭니다. 부르크 대신이……."

말하다 말고 멈춘 카르티가 퍼쿵을 바라봤다.

"퍼쿵."

"왜?"

"그 얘기… 독에 대한 거 말씀드려도 괜찮겠지?"

퍼쿵이 일어서며 카르티에게 손짓을 했다.

"글쎄, 그래도 될까? 잠시 나와 얘기 좀 했으면 하는데… 쿠르 장군님, 카르티 형과 둘이서 얘기 좀 해도 되겠죠?"

쿠르가 의아한 표정을 지으며 말했다.

"그렇게 하게. 뭐, 난 상관없네."

쿠르가 허락하자 카르티가 퍼쿵에게 걸어갔다.

퍼쿵이 작은 목소리로 속삭였다.

"그 얘기 꼭 해야 해? 나야 상관없지만 웅가 아저씨가 피해를 입을까 봐 걱정이네."

그러자 카르티가 고개를 끄덕이며 대답했다.

"그 의사 얘기만 빼고 할게. 애초에 그 사람은 만난 적도 없는 것으로 하면 되잖아?"

"좋아, 그럼 상관없지. 절대 얘기하면 안 돼. 웅가 아저씨마저 다치게 할 수는 없어."

잠시 속삭이던 두 사람이 테이블로 돌아왔다. 그리고 카르티가 입을 열었다.

"죄송합니다. 퍼쿵이 그 얘기하는 것을 꺼려해서요."

쿠르가 사뭇 궁금하단 표정으로 말했다.

"무슨 얘기인데 그러나? 곤란하면 하지 말게. 아까 보니까 부르크 대신에 관한 얘기인 것 같던데……."

"예, 부르크 대신이 지난 전쟁이 끝난 후 자리코에게 독을 줘서 퍼쿵 일행에게 먹이도록 했던 모양입니다."

"뭐? 그게 무슨 소리야? 그럴 리가 있어?"

쿠르가 펄쩍 뛰자 퍼쿵이 말했다.

"사실입니다. 그자가 자리코에게 독이 든 소금을 주었습니다. 우리는 전부 그게 소금인 줄만 알았죠. 물론 자리코도 그런 줄만 알고 있었고요. 다행히 모두 식사가 끝난 후에 저 혼자만 먹었어요. 그리고 저는 거의 다 죽었다가 겨우 살아났습니다."

"그, 그게 사실인가?"

"예, 사실입니다. 해독제를 찾기 위해 서쪽 바다까지 갔었어요. 이십 년 전 인간족이 살았었고 지금은 들개족이 차지한 바닷가 말입니다."

"그래? 그래서 해독제는 찾았나?"

"저희는 찾지 못했는데 한 들개족 청년이 찾아주었죠. 그래서 살아날 수 있었던 겁니다."

"하지만 그 독을 부르크 대신이 주었다는 것은 확실한 것이 아니지 않나?"

"확실합니다. 자리코가 그렇게 말했어요. 소금이 귀하다며 부르크 대신이 소금 병을 주었다고 말입니다. 우리 전부에게 먹이라고요."

"그럴 수가……."

"자리코가 죽었으니 증인을 설 수는 없지만 저는 거짓말은 하지 않습니다."

"……."

쿠르가 심각한 표정으로 고민에 빠졌다.

'이게 어떻게 된 거야? 부르크는 퍼쿵 일행이 자신에게 무슨 오해를 해서 감정이 좋지 않다고 했었는데……. 그렇다면 그 오해가 저 독을 얘기하는 것일 테고… 그렇다고 퍼쿵이 거짓말을 할 사람은 아닌 것 같고… 거짓말이라면 부르크 대신이 더 잘하지. 오랜 세월 보아온 바

에 의하면…….'

쿠르 장군은 혼란에 빠졌다. 어느 쪽 말을 믿어야 할지 알 수 없었다. 오랜 세월을 전쟁만 치루며 살아왔고 정치나 권력에는 별로 관심을 두고 살아오지 않았던 순진한 그로서는 모략이나 암투, 거짓말 다위에는 그리 밝지가 못했기 때문에 판단하기가 매우 어려운 상태였다.

카르티가 덧붙였다.

"사실일 겁니다. 부르크 대신에 대해서 잘 알고 계시지 않습니까? 그는 목적을 위해서는 수단과 방법을 가리지 않는 사람입니다. 다마보보의 기술을 다른 부족에게 빼앗기게 될까 봐 염려해서 이 아이들을 모두 독살하려 했던 것이 틀림없습니다."

"자네도 그리 생각하나? 부르크 대신이 그랬을 거라고?"

"그럼 장군님은 그리 생각하지 않습니까? 생각해 보십시오. 지난번에 부르크를 따라다니는 장군들이 했던 얘기를 말입니다. 이 아이들의 기술을 독차지하지 못할 거라면 차라리 죽여야 한다고 떠들고 다니지 않았습니까? 그리고 애들이 떠나고 난 뒤에는 사냥꾼들이 곧 죽게 될 거라고 떠벌리고 다녔던 적도 있어요."

"……."

쿠르는 다시 생각에 잠겼다.

'부르크는 카르티를 살려야 한다고 걱정하는 사람이다. 우리 종족을 위해서 꼭 필요한 인물이라고. 그런데 카르티는 부르크에 대해서 별로 좋은 생각을 하지 않고 있어.'

쿠르의 생각에는 지금 카르티의 속이 좁은 것 같아 보였다. 워낙 남의 비방을 듣는 것을 싫어하는 쿠르로서는 그렇게 생각할 수밖에 없었다.

쿠르가 다시 카르티에게 물었다.

"카르티, 솔직히 대답해 보게. 부르크 대신이 우리 인간족에게 꼭 필요한 사람이라고 생각하나, 아니면 없어져야 할 인물이라고 생각하나?"

느닷없는 질문에 카르티가 좀 당황하며 대답했다.

"그, 그건… 솔직히 말해서 필요한 인물이라고는 생각합니다. 우리 종족이 여기까지 온 것, 이렇게 다시 자리를 잡고 있는 것도 다 부르크 대신의 힘이라는 것에는 저도 동의합니다. 하지만 그의 잔인하고 맹목적인 정책에는 반대입니다. 그는 독재자가 될 겁니다. 폭군이 되어 백성들을 공포에 몰아넣을 수 있는 인물이라고요. 저는 그렇게 생각합니다."

"그럼 어찌했으면 좋겠나?"

"글쎄요, 그의 성향을 바꾸든지, 아니면 왕이 되지 못하도록 하든지……."

"그럼 왕은 누가 되어야 된다고 생각하나?"

쿠르의 의미심장한 눈길에 카르티는 더욱 당황했다.

"그, 그건… 혹시… 저를 염두에 두고 하시는 말씀입니까? 저는 왕이 될 생각이 없습니다. 그럴 자격도 없고요. 제가 왕좌 때문에 그를 견제한다고 생각하신다면 그건 오산이십니다. 그렇게 알고 계십시오."

"그래? 휴, 그러면 큰일이군. 왕은 곧 돌아가실 텐데 부르크는 왕위를 이어서는 안 되고 자네도 왕이 될 생각이 없다니……. 도대체 우리 부족은 누가 이끌고 간단 말인가?"

방 안이 다시 침묵에 싸였다. 그때였다.

똑똑똑!

“누구냐?”

“식사가 준비되었습니다.”

“가지고 들어와.”

문이 열리더니 병사들이 푸짐한 식사를 들고 들어와 테이블에 차렸다.

쿠르가 모두에게 권했다.

“자, 들게. 배고프다고 했지?”

그러나 모두들 식사에 손을 대지 않고 멍하니 앉아만 있었다.

“……”

“……”

“……?”

쿠르가 음식을 한 입 씹다가 말고 의아한 듯 바라봤다.

“왜 먹지 않나? 배고프다고 하지 않았나? 어서 들게.”

카르티도 숟가락을 입에 넣다가 멈췄다.

“왜 그러니? 먹어. 퍼쿵? 유코? 모두들 왜 안 먹어?”

그래도 아이들은 식사를 않고 서로 얼굴만 바라보고 있었다.

“왜들 그러지?”

잠시 머뭇거리다가 치요가 입을 열었다.

“혹시 음식에 약을 타지 않았나요?”

“약?”

카르티와 쿠르가 되묻고는 서로 얼굴을 마주 보았다.

“아!”

그제야 알겠다는 듯 탄식을 한 쿠르가 웃었다.

“그 일 때문에 그러는군. 지난번 마취약을 탄 일……. 하하하!”

퍼쿵이 대답했다.

"그렇습니다. 우습게 들리실지는 모르지만 저희들은 왠지 이곳에서 주는 음식은 믿음이 가지 않아서요."

카르티가 몹시 민망한 표정으로 얼굴을 붉혔다. 그러자 쿠르가 다시 말했다.

"그래, 그럴 만도 하지. 지난번 일을 잊을 수는 없겠구먼."

피코가 냉랭하게 말했다.

"그래요. 혹시 모르죠. 지난번에는 약을 먹여서 가두어놓았지만 이번에는 잠든 사이에 목을 베어버릴지… 그걸 누가 장담하겠어요?"

"나를 믿지 못하겠나 보군."

"쿠르 장군님을 못 믿는 게 아니라 인간족을 믿을 수 없는 겁니다."

유코도 입을 삐죽거리며 말했다.

"그뿐 아니라구요. 독을 탔을지도 모르는 일이에요. 퍼쿵 오빠는 독 때문에 거의 죽었다 살아났는데 두 번이나 약을 탄 음식 때문에 봉변을 당하고 어떻게 또 음식을 먹어요?"

카르티는 여전히 얼굴이 벌게져 있었고 이번에는 쿠르도 웃지 않았다.

"그래, 그럴 수도 있겠군. 혹시 모르지. 내 음식에도 독이 있을지. 그럼 이렇게 하세. 내가 먼저 모든 음식을 다 먹어보겠네. 그리고 좀 기다렸다가 괜찮으면 식사를 하도록 하지."

그러자 카르티가 나서며 급히 말했다.

"아닙니다. 제가 먹어보죠. 제 동생들이니까요."

쿠르가 손을 내저었다.

"아냐. 자네도 기다리게. 항간의 소문에 듣자 하니 자네를 암살하려는 무리들도 있다더군. 자네도 그 소문은 들었지?"

"예, 들었습니다. 그래도 제가 먹어보겠습니다."

퍼쿵이 말했다.

"그러실 필요없습니다. 저희가 먹지 않으면 되니까요. 카르티 형의 숙소에 두고 온 짐에 먹을 것이 좀 있습니다."

그러나 쿠르는 벌써 음식을 하나씩 집어 먹고 있었다. 그러면서 진지한 표정으로 말했다.

"아니야. 내가 먹어본다니까. 자네들이 여기 있는 동안 자네들의 짐에 독을 바를지 누가 알겠나?"

곧 쿠르 장군은 모든 접시에 담긴 음식을 다 끌어다가 하나씩 입에 넣고 씹어 삼켰다.

다른 사람들은 물끄러미 그 모습을 바라보고 있었다.

모든 음식을 다 먹은 쿠르가 숟가락을 내려놓고 물까지 마신 뒤 가만히 앉아서 천장을 바라봤다.

잠시 천장만 바라보던 쿠르가 눈썹을 찌푸렸다.

"억! 커어억!"

쿠르가 입으로 손을 가져가며 앞으로 고꾸라졌다.

퍼쿵 일행은 놀라 눈이 동그래졌고 카르티가 급히 고꾸라지는 쿠르 장군을 부축했다.

"장군님! 장군님! 어디 안 좋으십니까?"

쿠르는 고개를 숙인 채 카르티의 팔에 상체를 기대고 있다가 서서히 고개를 들었다. 그리고 구겨진 얼굴로 카르티를 바라봤다.

"장군님, 왜 이러십니까?"

"너… 너……."

“예? 뭐라고요?”

카르티가 쿠르의 입에 귀를 가져가자 퍼쿵 일행도 경악하는 표정으로 쿠르를 바라보고 있었다.

피코가 소리쳤다.

“역시 독을 탔군! 이 나쁜 놈들, 가만두지 않겠다!”

벌써 검을 뽑아 들고 문밖으로 달려가려는 피코를 퍼쿵이 잡아 세웠다.

“잠깐, 피코! 흥분하지 말고 좀 기다려!”

카르티가 외쳤다.

“어서 웅가 원장을 좀 불러와!”

그때 쿠르가 손을 들어서 모두의 행동을 멈추게 한 다음 천천히 상체를 완전히 일으키며 말했다.

“너무 맛있어. 어서 들게. 독은 물론이고 아무 약도 타지 않았네. 자, 들어. 괜찮으니 어서 들게.”

“예에?!”

“……?”

“……!!”

카르티와 퍼쿵 일행 모두 어이가 없다는 듯 멍청해져서 다시 식사를 하고 있는 쿠르를 바라보았다.

카르티가 소리쳤다.

“뭐, 뭡니까? 지금 장난하신 겁니까?”

“자네들이 너무 심각해하길래 분위기 좀 띄우려고. 아주 맛이 좋아. 안심하고 먹어도 돼.”

카르티와 퍼쿵 일행은 한참을 더 어이없어하다가 쿠르가 재차 권하자 마지못해 숟가락을 들고 식사를 시작했다.

카르티가 말했다.

"장군님이 그런 장난을 하실 줄은 정말 상상도 못했습니다. 어떻게 그런 생각을 다 하셨죠?"

그러자 쿠르가 미소를 지었다.

"응, 이 젊은이들과 함께 있다 보니까 왠지 나도 젊어진 것 같은 생각이 들어서 장난 좀 쳤지. 나 괜찮았어?"

그러자 유코가 양 볼에 터질 듯이 음식을 집어넣은 채 말했다. 맛있는 음식으로 배가 채워지자 기분이 좋아진 것 같았다.

"호호, 깜짝 놀라긴 했지만 재미있었어요. 아저씨는 군인보다 광대가 더 잘 어울릴 것 같네요."

"하하하, 그래? 고마워, 아가씨. 그럼 지난번 일은 용서해 주는 거지?"

"호호호, 괘씸하긴 하지만 마음 넓은 제가 특별히 용서해 드리죠 뭐."

기분이 좋아진 유코는 연신 조잘거리며 깔깔거렸다. 그녀와 쿠르의 웃음으로 좀 전의 무겁던 분위기가 많이 가시고 있었다. 그래서 모두의 표정이 많이 가벼워졌다.

퍼쿵이 생각했다.

'생각보다 밝은 성격인지도 모르겠군, 이 사람. 광대 같다는 말을 듣고도 화를 내지 않는 걸 보니…….'

치요도 밝게 웃으며 유코와 농담을 주고받는 쿠르를 바라보며 생각했다.

'이 아저씨, 어쩌면 원래는 밝은 성격이었을지도 모르겠구나. 전쟁으로 모든 가족을 다 잃고 혼자 살아남았다고 했지? 그 때문에 웃음을 잃어버린 것은 아니었을까? 어? 그런데……!!'

미소 짓는 쿠르를 가만히 바라보던 치요가 놀라는 표정을 지었다. 그리고 뚫어지게 쿠르의 얼굴을 들여다봤다.

"왜 그러나? 내 얼굴에 뭐가 묻었나?"

"아, 아니에요."

쿠르가 마주 보며 묻자 치요가 고개를 저었다.

'이상하네. 저 아저씨 웃는 얼굴이 퍼쿵과 많이 닮았어. 정말 이상한 일이군.'

잠시 퍼쿵과 쿠르의 얼굴을 번갈아 바라보며 비교하던 치요가 고개를 저으며 다시 식사를 했다.

음식은 아주 맛이 좋았다. 게다가 허기가 많이 져 있어서 모두 바닥을 싹싹 핥아먹었다.

"오오! 이 젊은이들 굉장히 먹는군. 좀 더 가져다 줘야 될 것 같은데?"

퍼쿵이 손을 내저었다.

"아닙니다. 이제 더 못 먹습니다. 원래 모두들 음식을 남기지 않는 성격이라서요."

"그래? 더 먹지 않아도 괜찮겠나?"

"예."

다른 아이들도 배를 두드리며 만족해하고 있었다.

빈 접시들이 다 치워지고 나자 다시 얘기가 진행되었다.

먼저 쿠르가 아까보다 좀 더 편안해진 표정으로 말을 시작했다.

"내 모든 것을 솔직하게 얘기하겠네. 난 궁금한 것이 있어. 자네들이 들개족과 우리 인간족에 대해서 어떻게 생각하는지 알고 싶네."

"뭘 말입니까?"

"어쩌면 자네들이 들개족에 대해서 우리보다 더 우호적이지 않을까 하는 생각을 하게 되네."

"글쎄요, 저는 특별히 어느 종족을 더 좋아하고 싫어하고 그런 것은 없습니다. 생각해 본 적도 없고요."

"그래?"

카르티가 불안한 표정으로 대화하는 두 사람을 살폈다. 쿠르가 워낙에 들개족에 대해서 나쁜 감정을 가지고 있기 때문에 퍼쿵이 말실수라도 하면 안 좋은 결과가 올까 염려하는 중이었다.

쿠르가 다시 말을 이었다.

"난 자네가 어떤 생각을 가지고 있는지 대충 알 것 같네. 우리와 들개족이 모두 다치지 않고 서로 공존하길 원하는 것이 아닌가? 이 주변 종족과 우리가 무역을 통해 공존하는 것처럼 말이야.'

퍼쿵이 잠시 생각하다가 말을 이었다.

"잘 알고 계시는군요. 사실입니다. 전 어느 종족도 다치거나 서로 멸망시키는 것을 원하지 않습니다."

"자네의 말이 맞아. 그래, 모두 맞는 말이지. 하지단 그것도 힘이 어느 정도 비슷할 때에만 가능한 얘기네."

"그런가요? 하지만 제가 보기에는……."

쿠르가 가만히 퍼쿵의 얘기를 끊었다.

"지금 보니 자넨 지금 우리 인간족에 대해서 뭔가 대단히 커다란 오해를 하고 있는 것 같군. 오랫동안 이 성을 드나들면서 보고 느낀 것이 없나?"

"뭘 말입니까?"

"자네처럼 여길 드나들며 무역을 하는 타 종족 말이야. 그들은 모두 약소 종족이고 소수 민족이네. 우리가 마음만 먹었다면 그 종족을 모조리 멸종시키거나 노예로 만들 수도 있었단 말이야. 자네 말대로 우리가 힘을 가진다고 다른 종족을 멸망시킬 거라면 왜 그동안 우리가 다른 약소 종족들을 무력으로 다스리지 않고 자유로운 상업을 통해서 관계를 맺고 있었겠나? 거기에 대해서는 한 번도 생각해 보지 않았나?"

"그건……!"

퍼쿵은 할 말을 잃었다. 기억을 더듬어보니 쿠르의 말도 맞았다. 이 주변에서 인간족만큼 강한 종족은 없었다. 무력으로 보나, 기술로 보나, 또 인구로 보나 들개족을 제외하고는 모든 면에서 인간족이 최고 강자였다. 하지만 인간족은 주변 종족에 대해서 무력을 행사하지 않았다. 자유로운 상업을 권장하며 상호 간에 도움을 주며 살아왔던 것이다.

퍼쿵이 말을 못하자 쿠르가 다시 말을 이었다.

"그래, 어때? 내가 무슨 말을 하는지 알겠나?"

"예, 그렇군요. 그런 생각은 하지 못했습니다."

퍼쿵은 인정할 수밖에 없었다. 사실이 그랬으니까 말이다.

쿠르가 이번에는 카르티에게 말했다.

"자네도 그래. 부르크 대신에 대해서 상당히 반감이 많은 모양이던데 내가 보기에는 꼭 그런 사람만은 아니라고 보네."

카르티가 당황하며 물었다.

"예? 저, 저요?"

"그래, 자네 말이야. 한번 생각해 보게. 우리가 이곳으로 이주한 지난 이십 년 동안 우리 종족을 위해서 부르크가 얼마나 애를 써왔나? 처음에는 주변 종족들이 우리 인간족을 몰아내려고 곧격하던 일이 빈번했었던 거 잘 알지? 자네가 제일 앞장서서 싸웠던 사람이니까 누구보다 잘 알고 있을 거야. 매일같이 일어나던 주변 종족과의 전투를 상업을 위주로 한 평화적인 관계로 바꾸게 한 사람이 누구야? 바로 부르크 대신이잖아? 그런데 그가 잔인하고 뭐 어쩌고……. 그렇게 함부로 얘기하는 게 아니네. 자네, 너무 속이 좁은 거 아닌가?"

"……."

카르티는 한마디도 대꾸를 못한 채 고개만 숙이고 있었다. 그의 머리 위로 쿠르의 말이 계속 이어졌다.

"부르크는 오늘 아침 폐하와 나와 셋이서 얘기할 때만 해도 자네를 해치려는 무리가 있으니 그들로부터 자네를 꼭 지켜야 한다고 나와 폐하께 신신당부를 했어. 그런데 어째 자네는 부르크 대신에 대해서 험담만 하고 있는 건가?"

퍼쿵과 카르티는 한마디도 대답을 못했다. 그렇게 두 사람이 쿠르 장군에게 혼이 나고 있는 가운데 나머지 아이들이 멍하니 그 광경을 바라보고 있었다.

그때 유코가 나섰다.

"이봐요, 아저씨. 너무 뭐라고 그러지 마세요. 우리 퍼쿵 오빠 얘기도 다 틀린 거 아니잖아요?"

갑자기 대드는 어린 계집아이의 공격에 쿠르가 잠깐 놀라며 말을 멈췄다.

"어? 내 말은 다른 뜻이 아니라……."

"됐어요. 우린 정보만 주고 가면 그만이에요. 오빠한테 그만 뭐라고 하세요!"

쿠르가 멍한 표정으로 입을 다물자 대신 보보와 치요가 유코를 말리고 나섰다.

"유코, 가만히 좀 있어. 어른들 얘기하는데……."

"그래, 쿠르 아저씨 말도 일리가 있잖아? 사실은 사실로 받아들여야지."

그러나 유코는 더 길길이 뛰었다.

"뭐야? 그럼 우리가 얘기하는 건 사실이 아니라는 거야? 부르크라는 아저씨가 독을 주어서 우릴 죽이려 했던 것도 사실이고, 인간족들이 들개족이라면 무조건 죽이려고 하는 것도 사실인데 왜 좋은 점만 꼬집어서 얘기해야 해? 그리고 카르티 아저씨를 제외한 다른 사람들은 모두 우리에게 거짓말을 했잖아! 왕이라는 사람도, 이 아저씨도 마찬가지고!"

"삐비비! 삐비비비!"

사람들이 무슨 얘기를 하고 있는지 내용이나 알고 그러는 것인지는 모르겠지만 우레가 옆에서 덩달아 삿대질을 해대며 유코의 편을 들었다.

소란이 계속되자 이번에는 퍼쿵이 유코를 말리고 나섰다.

"그만 해라, 유코. 쿠르 장군님 말씀도 맞는 말이야. 어쩌면 우리가 지난번 전쟁으로 인해서 인간족에게 나쁜 선입견을 가지게 되었는지도 모르는 거야."

"어머, 오빠… 저는 오빠의 편을 들어주려고……."

"고마워. 오빠도 네 맘은 알고 있어. 그러니 얌전히 있어야지, 우리 유코?"

"헤~ 알겠어요."

퍼쿵이 유코의 머리를 쓰다듬자 유코가 배시시 웃으며 그의 무릎에 앉았다.

다시 방 안이 조용해지자 퍼쿵이 쿠르에게 말했다.

"얘기 계속하시죠."

쿠르가 헛기침을 하더니 다시 말을 시작했다.

"험험! 아까 하던 얘기로 돌아가겠네. 자네도 알다시피 우린 들개족과 씻을 수 없는 원한을 가지고 있어. 누가 먼저 시작했든지 그게 중요한 것이 아니야. 중요한 것은 현재 들개족이 우리보다 훨씬 강한 힘을 가지고 있다는 것과 그런 그들이 호시탐탐 우리를 죽이려고 노리고 있다는 거야. 일단은 살아남아야 해. 무슨 일이 있더라도 살아남아야 한단 말이야. 다시 한 번 동족들을, 그리고 처자식들을 죽음과 고통의 구렁텅이에 빠뜨릴 수는 없단 말이야!"

쿠르의 얘기에 모든 사람들이 말을 잃고 생각에 잠겼다. 모든 것이 사실이기 때문이었다.

퍼쿵이 물었다.

"그럼… 역시 결론은 힘이 비슷해져야 한다는 말이군요?"

"그렇지. 적어도 비슷하거나 우리가 힘이 더 강해야 죽지 않고 살아남을 수 있다는 말이지."

"만일 힘이 더 세지면요?"

쿠르가 비장한 음성으로 대답했다.

"자네 말대로 원수를 갚으려 할 수도 있겠지. 하지만 모든 것은 우리가 살아남은 다음에 얘기가 될 수 있는 거야. 서로 해치지 않고 사이좋게 살 수 있다면 얼마나 좋겠나? 과거 따위는 잊고 말이야. 하지만 현실을 외면할 수는 없어. 우리가 죽은 다음에는 어떻게 사이좋게 살아남는다든지 싸운다든지 생각해 볼 수도 없으니까. 일단은 우리 목숨을 노리는 들개족을 쫓아버리든지, 아니면 포기하게 만들든지 하고 나서 사이좋게 살아갈 방법을 생각하는 것이 순서네.”

“그러면 어떻게 하면 힘이 강해져서 들개족과 비등해질 수 있겠습니까?”

퍼쿵의 질문에 쿠르가 대답을 않고 잠시 침묵했다. 그러자 퍼쿵이 답답하다는 듯 말했다.

“뭔가 생각하는 게 있을 것 아닙니까? 장군님 말씀대로라면 지금으로써는 들개족에게 멸망당하는 수밖에 없지 않습니까? 제가 듣기에는 그럴 것 같은데요.”

“자네 말이 맞네. 우린 지금 멸망을 기다리고 있다고 봐야 하지.”

쿠르뿐 아니라 카르티도 비통한 표정을 짓고 있었다.

퍼쿵이 다시 물었다.

“그럼 아무런 대책도 없단 말입니까?”

카르티가 대답했다.

“지금으로써는 단 한 가지 방법 외에는 없어.”

피코가 물었다.

“그게 뭔데?”

대답을 한 것은 보보였다.

“고대 도시를 찾아내는 것, 그것이군요?”

모든 사람들의 시선이 보보를 향해 모아졌다.

보보가 다시 말했다.

“개체별로도 힘이 월등히 강한 데다가 수적으로도 삼십 배나 되는 들개족과 힘의 균형을 맞추려면 그 방법밖에는 없지 않나요? 갑자기 애를 한 백 명씩 숨풍숨풍 낳고 그 애들이 순식간어 자라서 인구가 한 십만 명 정도로 늘어나지 않는 한 말이에요."

쿠르가 고개를 끄덕였다.

"역시 머리가 빨리 회전하는군. 그래, 보보 말이 맞아. 고대 도시를 찾아서 무력을 키우는 수밖에 없어."

치요가 물었다.

"그걸 어떻게 찾을 생각이죠?"

피코도 물었다.

"그게 실제로 있기나 한 거야?"

잠시 후 쿠르가 무거운 음성으로 말했다.

"도와주게. 자네들이 도와준다면 찾을 수 있을 것 같네."

퍼쿵 일행이 어안이 벙벙해서 바라봤다.

"예에?"

"우, 우리보고 찾아내라고요?"

"무슨 말씀이세요? 우리가 왜 그걸 찾아요?"

"말도 안 돼요. 또 무슨 일을 시키려고 그래요? 남 일에는 이제 끼어들지 않기로 했다고요!"

"삐빗!"

아이들이 일제히 소리치자 쿠르가 다시 고개를 숙이며 정중하게 부탁했다.

"제발 부탁이네. 우리는 지금 멸망을 눈앞에 두고 있어. 자네들이 도와준다면 우린 살 수 있네. 고대 도시만 찾아준다면 말이야. 그러면 절대로 그 힘을 나쁜 일에 사용하지 못하도록 하겠네. 내 명예를, 아니,

목숨을 걸고 말이야."

유코가 펄쩍 뛰며 말했다.

"뭐예요? 이거 또 남의 전쟁에 말려들게 생겼잖아?! 다시는 그러지 않으려고 했는데. 오빠, 어떡해요? 저 아저씨가 주는 밥 괜히 먹었나 봐요. 야, 보보! 치요! 뱉어, 뱉어! 우웩! 우웩!"

유코는 입 안에 손가락을 넣어 토하는 시늉을 해대며 요란을 떨었다. 그러자 영문도 모르는 우레가 괜히 유코를 따라 토하는 시늉을 했다.

"우웩! 우엑!"

피코가 인상을 쓰며 꾸짖었다.

"야, 너희들 좀 가만히 있어! 얘기 좀 더 들어보자."

보보도 한마디 했다.

"그러게 말이야. 유코, 너 왜 자꾸만 우레랑 행동이 비슷해지냐?"

"삐빗?"

그 말에 우레가 불쾌하다는 듯 돌아보자 유코도 보보와 피코에게 잡아먹을 듯 눈을 흘겼다.

"뭐, 뭐라고? 우레랑 뭐가 어째? 자기들은 그보다 더한 짓도 해놓고서! 지난번에 숲에서……!"

꽈당!

"헉!"

"앗……!!"

"…웁!"

유코의 입에서 그 말이 떨어지기가 무섭게 피코와 보보가 천장에 닿을 듯이 펄쩍 뛰더니 번개처럼 유코에게 달려와 입을 막았다. 그들의 동작은 화살보다도 더 빨라 보였다. 앉아 있던 자세에서 사람이 어떻게 천장까지 솟아오를 수 있는지 의문스러울 정도였다.

"뭐, 뭐야, 너희들?"

"왜 그래?"

사람들이 깜짝 놀라서 쳐다보니 유코를 둘러싸고 매달려 있는 피코와 보보의 얼굴이 불이 붙은 것처럼 새빨개져 있었다.

"읍! 읍!! 읍읍!"

"삐비비~ 삐비~"

우레가 유코를 도와주겠다고 달려들고 유코도 발버둥쳐 댔지만 피코의 팔에서 빠져나올 수는 없었다.

다른 모든 사람들이 의아함과 놀라움이 뒤섞인 표정으로 한데 뒤엉켜 있는 아이들에게 주목했고, 피코가 유코와 그녀에게 매달린 우레를 통째로 질질 끌고 나가는 사이 보보가 뒷걸음질로 그들을 따라 나가며 변명을 했다.

"하하, 아하하, 별일 아니에요. 신경 쓰지 마세요. 얘가 가끔 헛소리를 하거든요. 그래서요. 계속 얘기들 나누세요. 하하!"

꽈당!

보보까지 나가고 나자 문이 요란한 소리를 내며 닫혔다.

모두 멍한 표정으로 나가 버린 세 사람을 바라봤다.

쿠르가 놀라서 물었다.

"뭐, 뭐지, 저 애들? 갑자기……?"

카르티도 말했다.

"글쎄요, 저도 무슨 영문인지… 통……."

그러자 역시 어리둥절하긴 했으나 아이들이 요란한 행동을 하는 것을 많이 보아온 퍼쿵과 치요가 말했다.

"그저… 신경 쓰지 마십시오. 가끔 저럽니다. 저도 왜 그러는지 이유는 알 수 없지만……."

"휴, 그래요. 하던 얘기나 마저 하세요."

쿠르가 고개를 테이블로 돌렸다.

"그럴까? 어디까지 얘기했더라?"

"예, 저희가 뭘 어떻게 도와줄 수 있단 말씀이신지요?"

"그게 말이야, 자네들이 고대 도시에 대해서 알고 있지 않을까 하는 생각이 들어서 말야……."

"그건 잘못된 생각입니다. 저희는 고대 도시에 대해서 전혀 모릅니다. 들개족들보다도 늦게 알게 되었다고 이미 말씀드렸지 않습니까?"

"그건 알고 있네만… 솔직히 말을 해야겠군. 자네가 부르크 대신에 대해 너무나 좋지 않은 생각을 가진 것 같아서 이 말은 하지 않으려 했지만 피차 솔직해지는 게 좋을 것 같으니 내 솔직하게 모든 것을 말하겠네."

"그러십시오. 뭔가 하나라도 석연치 않은 점이 있으면 더 좋지 않습니다."

"그래, 이건 부르크 대신이 한 말이야. 보보와 유코에 대한 말인데……."

"그 애들이 뭐요?"

"고대 도시와 관련이 있지 않을까 하는 말이네."

"고대 도시와?"

퍼쿵과 치요는 물론 카르티까지 놀라는 표정이었다.

"그래, 부르크 대신의 얘기로는 보보와 유코는 우리 시조와 같은 종

족의 일원이라고 하더군. 우리 시조는 고대 도시의 직계 후손이라고
했네. 엄청난 기술을 가지고 계셨고. 그런데 유코가 우리 시조인 요시
코님의 이름을 알고 있다고 하더군. 그건 알고 있지?"

치요가 고개를 끄덕이며 말했다.

"그래요. 뭔가 알고 있는 것 같기는 했어요."

퍼쿵도 당시의 기억을 떠올렸다. 인간족 왕과 함께 나누었던 대화
말이다.

또 퍼쿵은 냉동되어 있어서 몰랐던 일이지만 치요는 그 외에 서쪽
해안에 퍼쿵을 치료하러 갔을 때 있었던 복어 사건에 대해서도 떠올렸
다. 여러 가지를 종합해 볼 때 유코는 요시코라는 소녀를 알고 있음이
분명했다.

"그래, 그래서 부르크는 보보와 유코가 우리의 시조와 같은 동족이
고 고대 도시도 알고 있을 거라는 결론을 내렸다네."

"정말 머리가 좋은 사람이군요. 우리와 함께 지난 일도 없는데 그런
것까지 유추해 내다니……."

"그렇지. 아주 머리가 좋은 사람이야. 두 사람은 기억을 잃었다고
했지?"

"예, 그건 또 어떻게 아셨어요?"

"그건 폐하께서 얘기하신 거야."

"아, 그때!"

쿠르가 진지한 표정으로 말했다.

"부탁이네. 우리를 도와주게. 아까 약속한 대로 절대 다른 목적, 나
쁜 목적으로 사용하지 않겠네."

퍼쿵과 치요가 얼굴을 마주 보며 생각에 잠겼다.

쿠르가 다시 부탁했다.

"제발 부탁이야. 이건 우리 인간족의 생사에 관련된 일이야. 이대로 가면 머지않아 들개족에 의해서 우린 멸망하고 말아. 반드시!"

한참 말이 없던 퍼쿵이 입을 열었다.

"좀 생각할 시간을 주십시오. 저희 둘이서 결정할 문제가 아닙니다. 모두와 상의를 해야 합니다. 한 사람이라도 반대 의견이 있으면 저는 협조해 드릴 수 없습니다."

"그래, 심사숙고해서 결정해 주기 바라네. 내가 하고 싶은 얘기는 이게 다일세."

카르티가 말했다.

"그럼 생각할 시간을 주어야 하니까 오늘은 이만 쉬도록 할까요? 아이들이 많이 지쳤어요. 벌써 반나절이 지났으니……."

쿠르가 고개를 끄덕이더니 자리에서 일어났다.

"그게 좋겠군. 자네 나 잠깐만 볼까? 우리도 할 얘기가 좀 있어."

"그러죠. 퍼쿵, 먼저 내 숙소에 돌아가 있어. 내 곧 갈게."

"그래, 먼저 나갈게. 쿠르 장군님, 그럼 다음에 뵙겠습니다."

"그래, 아무쪼록 잘 부탁하네."

퍼쿵과 치요는 돌아서서 문쪽으로 걸어갔다. 밖에서는 피코와 보보, 유코와 우레가 싸우는지 뭘 하는지 툭탁거리며 떠들고 있었다. 그때 쿠르가 퍼쿵을 불렀다.

"잠깐!"

"예?"

돌아서는 두 사람에게 쿠르가 말했다.

"저기 말이야… 혹 우리 폐하와 부르크를 만나볼 생각 없나? 모두가 모여서 한번 상의하면 어떨까 생각하는데…….”

“글쎄요? 나쁠 것은 없지요. 하지만 지금은 대답해 드릴 수 없습니다. 먼저 아이들과 상의를 해야 하거든요.”

“결정되면 알려주게. 자리는 내가 마련해 보겠네.”

“예, 카르티 형을 통해 알려 드리겠습니다.”

“또 보세.”

퍼쿵과 치요가 문을 열고 쿠르의 응접실에서 나갔다.

그 뒷모습을 가만히 바라보던 쿠르가 말했다.

“카르티, 어떻게 생각하나?”

“글쎄요, 정말 저 애들이 고대 도시를 찾을 수 있을까요?”

“찾아내야만 해. 그렇지 않으면 우리는 가망이 없어. 시간이 급하네.”

“어쩌다 일이 이렇게 되어버렸을까요? 이곳으로 이주한 뒤 다시는 들개족과 부딪치는 일이 없을 줄 알았는데…….”

“나도 예상 못했던 일이야. 이렇게 먼 곳까지 그들이 세력을 넓혀 올 줄은……. 한데…….”

쿠르가 고개를 들더니 카르티에게 물었다.

“자네 혹시… 퍼쿵의 과거에 대해서 알고 있었나?”

“그건…….”

“괜찮으니 솔직하게 말해 주게.”

쿠르의 눈빛은 매우 진지했다. 그러나 화가 난 표정은 아니었다. 카르티가 조그맣게 한숨을 내쉬고 대답했다.

“흠, 사실은 지난가을 전쟁이 있었을 때 알았습니다.”

“왜 말하지 않았나?”

“그건… 들개족과 관계가 있는 사람이라는 것이 알려지면 피해를 입게 될까 봐 걱정이 되어서 그랬습니다. 게다가 쿠르 장군님도 들개족에 대한 원한이 너무 크셔서……. 죄송합니다."

"아니, 내게 죄송할 필요는 없어. 나라도 자네와 같은 처신을 했을 테니까."

"이해해 주셔서 감사합니다."

"자네가 보기에는 어떤가? 퍼쿵이 우리 인간족과 들개족 중에서 어느 쪽에 더 우호적인 것 같나?"

"그런 것은 없습니다. 그 아이들은 완전히 중립이라고 할 수 있죠. 지금은 말입니다. 음, 이건 좀 말씀드리기가 그런데……."

"괜찮네. 비밀을 지키겠네."

"실은 지난 전쟁이 끝난 후에 우리가 거짓말을 하고 그들과 싸움을 하게 되기 전까지만 해도 퍼쿵 일행은 인간족에 대해서 확실히 더 우호적이었습니다. 그와 피코 역시 들개족의 지도자 터치에게 깊은 원한이 있는 아이들이니까요. 그런데……."

"이를 테면 그 일 때문에 이제는 들개족에게 더 우호적이 되었다…는 말인가?"

"꼭 그렇다는 것은 아니고요. 이제 우리 종족에게도 우호적이지 않게 되었다는 거죠."

"그런데 왜 우리에게 정보를 주러 온 거지?"

"이대로 두면 인간족이 멸망할 것 같아서 그걸 막아보겠다는 거죠."

"별로 좋아하지 않는 종족이 멸망하지 않도록 돕는다고?"

"좋아하지는 않지만 멸망해서도 안 된다는 거죠. 그들이 사랑하는 사람도 많으니까요. 게다가 우리 성에 소속되어 있지는 않지만 그 아이들도 분명한 인간족입니다."

쿠르가 고개를 끄덕였다. 그리고 다시 물었다.

"하지만 어떤 방법으로? 고대 도시 이외에 다른 방법이 있다는 말인가?"

"그들도 고대 도시에 대해서는 전혀 아는 바가 없답니다. 그들이 얘기하는 것은 전쟁을 하지 않도록 하자는 겁니다."

"전쟁을 않다니? 어떻게 그럴 수 있단 말인가? 지금도 들개족의 군대가 우리를 감시하며 호시탐탐 노리고 있는데?"

"그건……."

카르티는 자꾸만 말을 얼버무리며 주저하고 있었다. 그러자 쿠르가 답답하다는 듯이 다그쳤다.

"뭐야? 왜 그렇게 겁쟁이 어린애처럼 우물쭈물하는 거야? 자네 카르티 장군 맞아? 무슨 말이든 상관없으니 해보게. 말을 해야 내가 어떤 판단이라도 할 거 아닌가?"

쿠르의 다그침에 카르티가 결심한 듯 입을 떼었다.

"예, 말씀드리겠습니다. 퍼쿵의 말에 의하면 현재 들개족들은 수십 개의 부족이 통합되어서 하나의 왕권 아래 모여 있다고 합니다. 그래서 순식간에 인구가 삼만으로 불어났다는 겁니다."

"그래? 부르크 대신이 모았다는 정보와 일치하는군. 대단한 일이야. 불과 이십 년 만에 그만한 세력으로 불어나다니……."

"부르크가 그걸 알고 있어요?"

"아까 그 얘기를 했네. 나름대로 정보를 모으고 있었던 모양이야. 대단한 사람이지."

"그렇군요. 역시 치밀한 사람이에요."

쿠르가 말했다.

“그래서 어떻게 되었나? 더 말해 보게.”

“예, 그리고 그들의 왕으로 되어 있는 자는 커우의 아들인 푸치랍니다.”

“그럼 푸치가 들개족의 군대를 움직이는 것인가?”

“아닙니다. 실권을 잡고 전쟁을 주도하는 자는 푸치의 아들인 터치라는 놈이랍니다.”

“뭐가 그리 복잡해?”

“바로 그 복잡한 점이 퍼쿵이 얘기하는 부분입니다. 터치가 군을 장악하고 세력을 확장하는 주범이라는군. 현재 우리를 공격하고 고대 도시를 차지하려는 것도 터치고요. 그러니까 왕인 푸치는 껍데기일 뿐이라는 겁니다.”

“그래?”

“그런데 터치에게 모든 들개족이 호응하는 것은 아니랍니다. 반대하는 세력이 꽤 있다고 하더군요.”

“그래? 그게 누군데?”

“다른 들개족은 대부분이 전쟁을 원하지 않는다고 합니다. 터치의 힘에 눌려서 군사를 빌려준다든가 뭐 그런 관계랍니다. 그리고 아주 소수이긴 하지만 터치를 제거하려는 비밀 조직도 있다고 합니다.”

“그럼 그들과 퍼쿵이 연관이 있다는 건가?”

“예, 퍼쿵이 만나는 들개족은 터치의 반대 세력이랍니다. 그래서 그들과 인간족이 접촉을 하고 서로 협조하여 터치만 제거하면 전쟁이 일어나지 않을 거랍니다.”

쿠르가 손으로 턱을 괴며 생각에 잠겼다.

“부르크의 예상과 정확히 맞아떨어지는군.”

“부르크가 그것까지 예상을 하고 있습니까?”

“그렇다네. 한데 그게… 있을 수 있는 일인가? 들개족과 손을 잡다니……?”

“우리 쪽에서 공격하지 않으면 그들은 결코 싸움을 걸지 않을 거라는데요?”

“그걸 어떻게 믿지?”

“다른 방법이 없으니까요.”

쿠르의 얼굴이 심각하게 찡그려지고 있었다. 고민하는 표정이었다.

“그래서 그들과 손을 잡으면 어떻게 된다는 것인가?”

“터치라는 놈은 유난히 욕심이 많고 야심에 가득 찬 놈이라더군요. 그놈만 제거하면 각 부족은 제 영토에서 그저 조용히 사냥이나 하고 살아갈 거라고 합니다. 누가 공격하지만 않으면 말입니다.”

“그럴까? 하지만 예전에 우리가 겪어보기로는…….”

“예전에 겪었던 들개족이 바로 커우, 푸치, 그리고 터치로 이어져 오는 그 부족이랍니다. 유난히 머리가 좋고 야심도 많은 커우의 핏줄이라는 거죠. 다른 들개족은 지금도 거의 원시인이나 다름없다고 하던걸요?”

“그들을 믿을 수 있겠나?”

“저는 다른 도리는 없다고 생각합니다. 게다가 전쟁을 하지 않을 수 있다면 더욱 좋고요. 고대 도시라는 것은 실제로 있는지 없는지도 잘 모르는 것이지 않습니까?”

“그렇긴 해. 하지만 부르크의 말에 의하면 보보와 유코가 기억만 되찾는다면 반드시 찾을 수 있을 거라고 했네.”

카르티가 조심스럽게 물었다.

“부르크 대신 말인데요, 장군님은 그 사람을 어디까지 신뢰하십니까?”

쿠르가 흘끔 카르티를 바라보더니 고개를 돌렸다.

"솔직히 여태까지 그 사람에 대해서 그리 좋은 인상을 가지고 있지는 않았네. 하지만 오늘 아침 얘기해 본 바로는 꽤 괜찮은 사람일지도 모른다는 생각을 하게 되었지."

"저도 그 사람의 능력은 높이 평가합니다. 우리 중에서 그보다 더 머리가 좋은 사람은 없어요. 하지만 그 사람은 너무 냉정해요. 언제나 그랬어요. 여태 우리 종족을 이만큼 발전시킨 공은 인정하지만 그는 어떤 일을 이루어내기 위해서라면 사람의 목숨도 아까워하지 않습니다. 그게 제가 마음에 들지 않는 점입니다."

쿠르가 양 손바닥을 펴서 자신의 얼굴을 덮더니 위에서 아래로 훑어 내려갔다. 그리고 탄식하듯 혼잣말을 내뱉었다.

"아아~ 정말 힘들구나. 왜 이렇게 힘든 일이 많은 건지……. 하나부터 열까지 다 힘이 들어. 도대체 어떻게 해야 하나……."

"저도 모르겠습니다. 도대체 어떤 게 옳은 길인지… 우리가 살아남기 위해서 어떻게 해야 할지……."

두 사람은 그렇게 근심에 싸여 잠시 말이 없었다. 그러다가 쿠르가 입을 열었다.

"아무튼 알겠네. 퍼쿵이 뭘 원하는지… 그가 원하는 게 뭔지 말이야."

"장군님은 들개족과의 공존을 어떻게 보십니까?"

쿠르가 제 머리를 긁어대며 말했다.

"어떻게 보고 자시고가 어디 있나? 죽느냐 사느냐 하는 판에. 나는 철이 들면서부터 들개족과 싸우기 시작했고 스물댓 살이 되었을 때 그들에게 모든 것을 잃었네. 사랑하는 모든 가족을 말이야. 그리고 지금껏 이 나이가 되도록 그들에게 복수할 생각만을 하며 살아온 사람이야.

하지만 현실은 그렇지가 못해. 복수는커녕 죽느냐 마느냐, 종족의 미래가 죽음 앞에 놓여 있으니… 여태 헛살아온 것 같은 생각만 들어."

커다란 손에 잡혀 있는 쿠르의 머리에는 검은 머리보다 흰머리가 훨씬 더 많았고 검게 그을린 얼굴은 온통 굵은 주름살로 깊은 골이 패여 있었다. 고생스러운 세월의 흔적이 그의 얼굴과 머리에서 역력히 드러나고 있었다.

카르티가 그런 쿠르를 말없이 내려다보다가 입을 열었다.

"결정을 하셔야지요. 어떻게 하실지……."

"나 혼자서 결정하는 것은 아니지. 우선 폐하와 부르크 대신과 상의를 해야겠네. 다른 신하들에게 아무 말도 하지 말게. 그자들은 하는 일도 없이 사고만 치면서 너무 말이 많아. 이번 일에 대해서 폐하와 나, 부르크, 그리고 자네 넷이서만 상의를 하기로 했네. 퍼쿵 일행과 터놓고 얘기할 수 있는 것은 자네뿐이니까 자네가 힘을 많이 써야 해."

"제가 뭘 하면 좋겠습니까?"

"우선 퍼쿵 일행이 우리와의 회의석상에 참여하도록 설득해 주게. 그들이 얘기한 평화적인 들개족과의 접촉에 대해서는 우호적으로 내가 말씀드려 놓겠네. 폐하와 부르크의 반발이 심할지도 모르겠지만 어떻게 다른 도리가 없으니……. 폐하의 허락이 떨어지면 그때는 퍼쿵이 주선해 주겠지. 양측이 만날 수 있도록 말이야."

카르티가 놀란 표정으로 물었다.

"그, 그게 정말이십니까? 그렇게 해주실 겁니까?"

그가 알기로 쿠르는 평생을 들개족을 멸종시키는 목적으로 살아온 사람이었다. 그런 그가 퍼쿵의 제의를 받아들여 그들과 평화적인 관계를 맺어보자는 말을 했으니 카르티가 놀라는 것은 당연한 일이었다.

쿠르가 놀라는 카르티를 흘끔 바라보더니 엄한 표정을 지으며 말했다.

"그 대신 자네는 퍼쿵에게, 아니, 보보와 유코가 고대 도시를 찾아낼 수 있도록 설득해 주게. 두 가지 방법을 다 추진하는 수밖에 없어. 아까 듣기로는 들개족에서는 거의 모든 힘을 터치라는 놈이 다 가지고 있는 것 같은데 나머지 몇 명 되지도 않는 원시인들과 협조를 한다고 무슨 뾰족한 수가 나올 것 같지도 않고……. 게다가 들개족도 고대 도시를 노리고 있다니 만일 그들이 그것을 차지하게 된다면 그야말로 모든 것은 끝장이 나는 거야. 어떤가? 그렇게 해줄 수 있겠나?"

카르티가 힘주어 말했다.

"물론입니다. 최선을 다하겠습니다. 걱정 마십시오."

"좋아. 그만 가보게. 퍼쿵 일행과 얘기가 잘되었으면 좋겠군."

"그럼 나중에 뵙겠습니다."

카르티가 인사를 하고 방을 나가자 방 안에 혼자 남은 쿠르가 턱을 괴고 고민에 빠졌다.

'어떻게 하면 좋단 말인가? 두 가지 중 하나라도 성공하면 좋을 텐데……. 만일 고대 도시도 찾지 못하고 들개족과의 협조도 실패하면… 그때는 부족을 이끌고 다시 더 먼 곳으로 이주를 해야 하나? 이주할 여유나 있을지 모르겠군. 몇천 명이나 된다는 터치의 군대가 추격해 오면 도망치지도 못하고 다 죽을 텐데…….'

고민하던 쿠르가 머리가 아픈 듯 의자에 기대 눕더니 한숨을 내쉬었다.

'이제 우리는 싸울 힘도 없어. 이젠 다 끝났어. 나도 많이 늙었나 보군. 자꾸만 약한 생각이 드는 걸 보니……. 휴~'

제9장 합의

피코에게 번쩍 들려서 끌려 나오는 유코가 마구 몸부림을 치며 소리를 쳤다.

"읍! 우읍! 으으읍!!"

그러나 입이 손으로 막혀 있어서 숨소리 외에는 들리지 않았다. 비단 입이 막힌 것은 유코뿐이 아니었다.

"빕! 비빕!!"

피코의 바로 뒤에서 보보가 우레의 입을 막은 채 따라가고 있었던 것이다. 우레는 유코를 도와준답시고 피코에게 덤벼들었다가 그녀의 손에 잡혀 힘도 쓰지 못하고 보보에게 넘겨졌다. 그래서 피코와 보보가 각각 유코와 우레를 체포한 채 뒷마당 창고 옆으로 달려가는 중이었다.

이동하는 내내 세 사람, 그리고 우레의 얼굴은 벌게져 있었다. 잡아가는 사람들은 창피함과 당황함에 벌겋게 달아올랐고 잡혀가는 둘은

숨이 막혀서, 또 몸부림을 치느라 얼굴이 시뻘겋게 상기되었다.

마침내 뒷마당에 도착하자 유코와 우레를 풀어주었다.

"헉, 헉!"

"캑캑! 헥헥헥!"

유코와 우레는 각기 숨을 몰아쉬느라 한동안 말도 잘 못했다. 그 옆에서 피코와 보보가 난감한 표정으로 주저앉은 채 식식거리는 둘을 내려다보고 있었다.

잠시 후 정신이 돌아왔는지 유코가 발딱 일어서며 소리쳤다.

"이게 무슨 짓이야? 숨 막혀서 죽는 줄 알았잖아!!"

"헥헥! 삐비빗! 빼빗?"

우레도 삿대질까지 해가며 보보에게 달려들었고 보보가 손을 내저어 우레를 막으며 사과를 했다.

"미안, 미안. 미안해."

피코도 벌건 얼굴로 일단 유코에게 사과를 했다.

"아, 미안해. 갑자기 네가 그 얘기를 꺼내는 바람에……."

"얘기? 무슨 얘기? 내가 뭐랬다고 그래요, 정말?"

유코가 도대체 무슨 소리냐는 듯 따지고 들었다.

"아까 한 얘기 말야. 저… 그러니까……."

"뭐? 아까 뭐요?"

그러나 피코는 얼굴이 더욱 벌게져서는 제대로 설명을 하지 못했다. 그러다가 보보의 옆구리를 쿡쿡 찔렀다.

"네, 네가 얘기해."

"내, 내가? 내가 어떻게……."

"그럼 내가 해? 나는 여자잖아? 여자가 어떻게 그런 말을……. 남자가 이럴 때 좀 나서주고 그러면 안 되냐?"

"하, 하지만……."

보보와 피코는 말을 더듬어가면서 서로 미루느라 정신이 없었다. 그러자 유코가 팔짱을 끼며 두 사람을 흘겨봤다. 그리고 전혀 이유를 모르겠다는 듯이 다시 따졌다.

"뭐야? 도대체 뭣 때문에 나를 이리로 끌고 온 거예요? 그래, 이제 어떻게 할 건데요? 뭐, 할 말이 있을 거 아니에요?"

이제 피코는 고개를 푹 숙였고 보보가 떠듬떠듬 변명을 했다.

"뭐, 하, 할 말이 있다기보다는… 저, 저기… 부탁이……."

"무슨 부탁? 너희가 먼저 내게 시비를 걸었잖아? 우레랑 똑같다느니 뭐라느니? 그랬어, 안 그랬어?"

보보가 머리를 긁적거리며 다시 한 번 사과를 했다.

"미안하다. 다신 그런 얘기 하지 않을게."

그러면서 피코의 옆구리를 툭 쳤다.

"피코! 뭐 해? 어서 사과하지 않고?"

화들짝 놀라 고개를 든 피코가 두 손을 모아 비는 시늉을 하며 말했다.

"응? 아, 그래. 미안하다, 유코. 다신 그런 말 하지 않을 테니 너도 제발 그 얘기만은 하지 말아줘. 부탁이야."

유코는 그대로 팔짱을 낀 채 잠시 어리둥절해 생각에 잠겼다. 방금 일어난 일이 워낙 순간적으로 일어난 것이라 자신이 무슨 말을 했는지 까먹었던 것이다. 그만큼 피코와 보보의 동작이 빠르기도 했지만 유코 자신도 홧김에 내뱉은 말이라 내용을 생각지 않았던 탓이기도 했다.

'내가 뭐라고 했더라? 도대체 얘들이 왜 이러는 거지? 뭔가 나에게 약점을 잡혀도 단단히 잡힌 것 같기는 한데……. 흠.'

유코는 일단 입을 꼭 다문 채 두 사람을 번갈아 노려보았다. 가능하면 최대한 자신이 화가 났다는 것을 알려주기 위해서였다. 그리고 생각했다.

'우선 내가 무슨 말을 했는지 알아내야겠어. 흠, 이런 기회는 좀처럼 없는 법이지. 기고만장해서 날 무시하던 이 두 사람이 내게 이렇게 비는 일이란……. 크크… 잘하면 이 두 사람이 앞으로 내게 까불지 못하도록 만들 수 있겠는걸?

그렇게 생각한 유코가 옆에 있던 우레에게 돌아섰다. 자신이 무슨 얘기를 했는지 물어보기 위해서였다.

"어머? 야, 너 뭐 하고 있어?"

"삣?"

우레는 바닥에 주저앉아 머리를 땅에 박고 뭔가를 하고 있다가 유코가 부르자 휙 돌아봤다. 자기가 왜 여기에 와 있는지 그새 다 잊어버린 것 같았다.

"대체 너 지금 뭐 하는 거니?"

유코가 허리를 숙이고 들여다봤다.

"어휴~ 일어나! 뭘 먹는 거야, 지금? 야! 안 일어나?"

"삐빗! 삐이잇!"

우레는 땅바닥에 주저앉아 길게 줄지어 기어가는 개미를 주워 먹고 있었다. 벌써 입 안에 개미가 가득했다. 그러다가 유코가 잡아당기자 더 먹겠다고 발버둥을 쳐 댔다.

탁탁!

"뱉어! 지저분하게."

"캑!"

유코가 우레의 뒤통수를 치자 우레가 비명을 지르며 개미들을 토해 냈다. 유코는 짐짓 화난 척하며 우레를 끌고 피코와 보보로부터 조금 멀리 떨어진 곳으로 걸어갔다. 그리고 아직도 아까워서 개미에게서 눈을 떼지 못하는 우레에게 최대한 목소리를 낮추어 귓속말로 물었다.

"야, 아까 내가 뭐라고 했니? 쟤들이 덤벼들기 직전에 말야."

"삐빗? 삐빗?"

우레는 벌써 모든 것을 잊어버린 것이 분명했다. 계속 개미만 바라보며 손가락질을 해댈 뿐이었다.

"어휴~ 너에게 물어보는 내가 바보지."

피코와 보보는 그들대로 벌건 얼굴로 뭔가 얘기를 주고받고 있었다. 유코가 우레를 놓고 그들에게 걸어갔다. 물론 우레는 유코가 손을 놓기가 무섭게 훨씬 먼저 달려가 다시 개미를 주워 먹기 시작했다.

난처한 얼굴로 바라보는 두 사람에게 유코가 화난 음성을 가장해서 말했다.

"너희들, 이리 와봐."

"응……."

"왜?"

두 사람은 예상대로 기가 죽은 표정으로 다가왔다.

'역시 뭔가 있어. 도대체 뭘까? 에라, 모르겠다. 무조건 윽박지르고 보는 거야. 이건 다시없는 절호의 기회야. 호홋!'

유코는 거만하게 두 사람을 위아래로 훑어봤다. 그리고 말했다.

"너희가 잘못한 거 인정하지?"

보보가 여전히 민망한 얼굴로 사과했다.

"그래, 다신 그러지 않을게."

그리고 딴청을 부리고 있는 피코의 팔을 잡아당겼다. 그러자 피코도 어색해하며 말했다.

"미, 미안해, 유코. 우리가 잘못했다. 대신 앞으로 그 얘기는 정말 하지 말아줘. 부탁이야."

유코가 슬쩍 콧방귀를 뀌며 말했다.

"흥, 맨입으로?"

어느새 유코의 말이 반말로 바뀌어 있었다. 피코는 순간 열이 확 올랐지만 꾹꾹 눌러 참았다. 그리고 물었다.

"그럼… 뭐 필요한 거라도……?"

유코가 속으로 환호성을 터뜨렸다.

'오홋! 정말 먹히네. 한번 떠본 건데……. 아유, 재밌어. 이걸 어쩌지? 이제 뭘 달라고 할까? 음…….'

유코는 너무 재미있어서 춤이라도 추고 싶은 걸 억지로 참으며 화가 풀리지 않은 듯 쌔근거리는 시늉을 했다.

"뭐야? 나에게 그렇게 해놓고 그냥 넘어갈 줄 알았어, 너희들? 내가 입만 열면 알지? 너흰 다 끝장이야. 알아?"

그 말에 피코와 보보가 다시 사색이 되었다. 그리고 다급하게 말했다.

"제발… 유코, 부탁이야. 뭐든지 다 들어줄게. 하고 싶은 거 말해 봐."

"그래, 뭐 필요한 거 있어? 어서 말해."

유코의 한쪽 입꼬리가 살짝 올라갔다. 그리고 대답했다.

"좋아, 그럼 우선 이제 너희들 내게 언니, 누나라고 불러!"

피코는 피가 거꾸로 솟는 기분이었다.

"뭐? 어, 언니?"

"누나라고? 그거 지난번에 써먹은 거잖아?"

“그래~ 그런데 그 이후로 네가 언제 내게 누나라고 한 적 있었어? 쓰으~ 얘들 안 되겠네 이거… 그냥 다 모아놓고 기자 회견을 해버릴까?”

“안 돼!”

“할게!”

피코와 보보가 동시에 소리쳤다.

유코가 회심의 미소를 지으며 말했다.

“진작 그럴 것이지. 그럼 일단 한번 불러봐. 언니, 누나라고 해봐. 어서!”

“…누나…….”

보보가 기어들어 가는 목소리로 말했다.

“어허! 목소리가 작다! 더 크게!”

“누나!”

“오호호호! 좋아, 좋아. 잘했어, 보보.”

그래도 전에 해본 적이 있어서인지 보보는 쉽게 유코를 누나라고 불렀다. 그러나 피코는 입을 굳게 다문 채 땅만 내려다보고 있었다. 그녀의 얼굴은 이제 붉어지다 못해 새까매져 버렸다.

유코가 못 본 척 시치미를 떼고 말했다.

“피코는 뭐 하니, 어서 부르지 않고? 이 언니 기다리잖니?”

“…….”

그래도 피코는 입을 떼지 않았다.

유코는 터져 나오려는 웃음을 억지로 참고 있었다.

‘오호호! 너무 재밌다. 저 얼굴색 좀 봐! 이렇게 재미있는 걸 나 혼자 봐야 하다니……. 가만, 너무 놀리다 쟤 폭발하는 거 아냐? 그러면 나만 피 보는데?’

피코의 불 같은 성격을 아는 유코는 속으로 슬그머니 겁이 나기도 했다. 그러나 여기서 그만두기에는 이 기회가 너무 아까웠다. 그래서 다시 한 번 용기를 내어 도전해 보기로 했다.

"피코, 어서 언니라 부르지 못하겠니? 확 동네방네 방을 붙여 버린다!"

"끄으으……."

피코의 얼굴이 울그락푸르락해지며 목 깊은 곳에서 신음 소리가 새어 나왔다. 엄청 화가 나는 것을 가까스로 참고 있는 것이 분명했다. 그녀의 두 팔이 잔뜩 부풀어 오르더니 부르르 떨리는 것이 보였다.

그 모습을 본 유코의 입이 살며시 다물어졌다.

'어머어머! 쟤 팔에 힘 들어갔어!'

피코는 땅을 바라보고 있었지만 아마도 그녀의 눈은 활활 타오르고 있을 것이 분명했다. 슬쩍 허리를 숙여 그녀의 얼굴을 들여다보니 마치 땅에 구멍이라도 뚫을 수 있을 것 같은 눈빛이었다.

'꺅! 저런 무서운 표정을!'

유코가 본능적으로 움찔하며 눈을 돌렸다.

'안 되겠다. 이러다간 무슨 일이 터질지 모르겠다. 이쯤에서 그만둬야지.'

순간적으로 등에 식은땀을 죽 흘린 유코가 목소리를 가다듬고 말했다.

"아유~ 됐어요, 됐어~ 그만두지 뭐. 뭐, 그런 일 가지고. 호홋! 착하고 교양있는 내가 화를 풀게. 자! 그만 기분 풀어요! 농담이었어. 피코! 보보! 다 내가 용서해 준다니까. 자, 갑시다. 호호호! 야, 그만 일어나, 우레!"

유코가 과장되게 너스레를 떨며 피코와 보보의 등을 토닥토닥 두드렸다. 그리고 아직까지 개미를 주워 먹고 있는 우레를 번쩍 안아 들고 앞서 걸어갔다.

그 뒤에서 돌연 태도가 변한 유코를 피코와 보보가 멍청한 표정으로 바라보고 있었다.

'휴~ 이쯤에서 그만두길 잘했어. 피코 성격에 미쳐 버리면 무슨 일이 일어날지…… 내가 똑똑하기에 망정이지 죽을 뻔했어. 아이고~ 아까 그 표정, 생각만 해도 끔찍하네. 꿈에 나타날까 무섭다.'

유코가 혼자 가슴을 쓸어 내리며 걸어가다가 모퉁이를 돌아설 때 반대 편에서 퍼쿵과 치요가 걸어오고 있었다.

"어머, 오빠! 벌써 얘기 다 끝났어요?"

"응, 어디 갔다 오니? 다른 애들은?"

"뒤에 와요. 신경 쓰지 말고 우리끼리 가요."

퍼쿵이 유코의 손을 잡으며 말했다.

"같이 가야지. 상의할 일이 있어."

"상의할 일요?"

치요가 뒤처져 걸어오는 피코와 보보에게 손을 흔들며 소리쳤다.

"어서 와봐! 할 얘기가 있어."

"뭔데?"

천천히 걸어오던 피코와 보보는 치요가 부르는 것을 보고 달려왔다. 그리고 다섯 사람과 우레는 다시 뭉쳐서 카르티의 숙소를 향해 걸어갔다.

봄 날씨가 제법 따스해져 있었다. 멀리 보이는 성 밖의 산에도 온통 새싹이 돋아나 전체가 초록빛으로 덮여 있었고 나무들도 물이 오르기 시작했다.

유코가 감탄한 듯 말했다.

“어머, 산이 정말 예쁘지 않아요? 한동안 하얀 눈이랑 누런 땅밖에 안 보이더니 이렇게 새로 생명이 돋아나는 게 정말 신비스러워요.”

퍼쿵이 대답했다.

“그래, 생명이란 신비스러운 거지. 알 수 없어. 죽은 것 같다가도 다시 살아나고, 그러다가 또 죽어버리고……. 식물이나 동물이나 다 마찬가지야.”

치요가 탄식을 했다.

“그런데 사람들은 서로 죽이려고 싸움질이나 하고 있으니… 정말 한심한 노릇이야. 쯧쯧.”

피코가 물었다.

“참, 얘기 어떻게 됐어?”

“응, 그래. 쿠르 장군이 정식으로 회의에 참석해 달라고 하는데… 너희들은 어떻게 생각하냐?”

“무슨 회의? 누구누구 오는데?”

“왕, 부르크 대신, 쿠르 장군, 그리고 카르티. 이렇게 네 사람만 온다더라. 그리고 우리들 여섯 명하고.”

유코가 고개를 저었다.

“싫어요. 난 그 부르크라는 사람 만나기 싫은걸요?”

보보도 유코 말에 동의했다.

“그래요. 나도 부르크는 만나고 싶지 않아요. 보면 너무 화가 날 것 같아요.”

의외였다. 보보가 감정적으로 무엇을 판단한 것은 처음 있는 일이었다. 그래서 모두 놀란 듯이 보보를 바라봤다.

피코가 물어왔다.

"보보, 너무 감정적으로 판단하는 거 아냐?"

치요가 말했다.

"그래, 어떻게 된 거야? 화가 난다고 사람을 만나지 않겠다니… 너답지 않구나."

그 말에 보보는 더 이상 말을 하지 않고 눈을 내리깔았다. 자신이 생각해도 말도 안 되는 이유이기 때문이었다.

아이들의 얘기를 아무 말 없이 가만히 듣고 있던 퍼쿵이 유코와 보보를 향해 말했다.

"알겠다. 너희가 싫다면 만나지 않겠어. 누구 한 사람이라도 반대하면 회의에 가지 않겠다고 애초에 생각하고 있던 일이니까. 이 일은 없던 것으로 하자."

치요가 퍼쿵에게 말했다.

"퍼쿵, 정말 그래도 되겠어? 좀 더 신중히 생각해야 하지 않을까? 정당한 이유도 아니고 그저 만나기 싫어서라고 하는데… 쿠르 장군이 우리 생각을 받아들였어. 잘만 하면 전쟁을 그만두고 들개족과 평화로운 관계를 맺을 수 있을지도 모른다구. 이대로 우리가 모른 척해 버리면 두 종족은 전쟁을 피할 수 없어. 그리고 일단 그렇게 되면 인간족은 멸망이야."

퍼쿵을 올려다보던 치요가 유코와 보보를 향해 돌아섰다.

"너희들도 좀 더 신중하게 생각해 주길 바래. 어쩌면 우리 손에 인간족 전체의 목숨이 걸려 있을 수도 있는 일이야."

피코가 보보에게 다가와 어깨에 손을 얹었다.

"보보, 정말 싫어서 그래? 그 이유뿐이야?"

"그게……."

보보는 말을 얼버무렸다. 순간 자신의 어린애 같은 행동에 할 말이 없어져 버린 탓이었다.

'내가… 왜 그랬지? 화가 날 것 같아서 회의를 거절하다니……. 하지만 뭔지 모르게 느낌이 좋지 않아. 부르크라는 사람… 뭔가 또 흉계를 꾸밀 것만 같은 느낌이…….'

치요가 피코에게 물었다.

"좋아, 그럼 애들은 그렇다 치고 피코의 생각은 어때?"

"나? 글쎄……. 솔직히 말해서 처음에는 남의 싸움에 다시는 끼어들고 싶지 않았어. 그런데 가만히 생각해 보니 우리가 도움을 주지 않으면 인간족은 멸망할 것 같고… 그래서 직접 전쟁에 관여하지 않는 범위 안에서 할 수 있는 일은 도와주는 게 좋을 것 같아. 하지만 이 애들이 이렇게 반대하면 역시 어쩔 수 없다고 생각해. 우리 가족이래야 몇 명 되지도 않는데 싫은 일을 억지로 시킬 수는 없는 거잖아?"

"그럼?"

"그냥 결정되는 대로 따를 생각이야."

치요가 한숨을 쉬더니 말했다.

"휴~ 그래, 할 수 없구나. 그렇다면 나도 어쩔 수 없지. 그만두자 그럼."

퍼쿵이 고개를 끄덕였다.

"좋아, 모두 결정한 거지? 그럼 카르티 형에게 회의에 참석하지 않겠다고 얘기할게. 어차피 우리가 할 얘기는 다 했으니까 오늘 중으로 떠나자."

그때 보보가 손을 들었다.

"잠깐만요! 저 다시 생각할래요."

“응?”

“생각이 바뀌었니?”

보보가 가만히 일행을 돌아보더니 입을 열었다.

“아까는 그만 감정이 앞서서……. 미안해요. 나가 잘못 생각한 것 같아요. 역시 도와주는 게… 좋을 것 같아요.”

치요의 표정이 밝아졌다.

“그래. 잘 생각했어, 보보.”

퍼쿵이 물었다.

“왜 생각이 바뀌었냐?”

“그건… 우선 내 생각이 짧았고요, 진짜 우리가 도와주지 않으면 여기 이 성의 많은 사람들이 죽게 될 것이 분명하니까요. 어떻게 비슷하게라도 싸움이 되어야 말이죠. 그러니까… 우리가 도와주는 것이 좋을 것 같아요.”

피코도 씩 웃으며 보보의 어깨를 툭 쳤다.

“역시 보보야. 후후…….”

퍼쿵이 다시 결정된 것을 발표했다.

“좋아! 그럼 모두가 찬성하는 것으로 알고 회의에 참석기로 한다!”

모두 웃고 있는데 유코가 인상을 찌푸리며 소리쳤다.

“뭐야, 모두? 나는 안중에도 없어요? 보보만 찬성하고 나는 아무 얘기 안 했는데 어떻게 모두 찬성하는 거예요? 이건 언어도단이야! 인권침해야!”

갑자기 소리치는 유코에게 모두 깜짝 놀라서 시선을 돌렸다.

“어? 유코… 가 있었네?”

“하하, 이거 어떡하지? 유코를 빠뜨렸잖아?”

“그래, 너는 어떻게 할 생각인데?”

유코가 토라져서 획 돌아섰다.

“몰라요! 이제 와서 내 말은 뭐 하러 들어요? 벌써 자기들끼리 다 결정해 놓고!”

퍼쿵이 유코의 어깨를 두 손으로 감싸며 달랬다.

“아냐. 실수야, 실수. 오빠가 실수했어. 유코가 있었다는 걸 그만 깜빡했다. 미안해~”

“됐어요! 아까부터… 보보가 싫다고 하니까 뭐 네가 감정적인 판단을 하다니… 라느니, 너답지 않다라느니… 그럼 난 뭐예요? 보보는 이성적이고 나는 바보예요? 흥!”

치요가 다가와 유코의 팔을 잡았다.

“미안해. 그런 뜻이 아니라니까……. 우리가 잠깐 실수한 거야. 화 풀어.”

“몰라! 나는 바보야 그래. 나는 저기 가서 우레랑 개미나 주워 먹고 있을 테니 자기들끼리 알아서 회의도 하고 맘대로 해.”

“삐빗!”

멍청히 졸고 있던 우레가 자기 얘기가 나오자 입이 찢어져라 좋아하며 유코에게 달려왔다.

“저리 가! 신경질나 죽겠는데 왜 달라붙어?”

“삐비비~ 삐비~”

“확! 누가 너랑 개미 주워 먹겠대? 아유! 진짜 신경질나네.”

“꺅!”

유코가 우레에게 꿀밤을 한 대 쥐어박았다. 그러자 우레가 비명을 지르더니 흘겨보려다가 유코의 화난 눈초리를 보고 비슬비슬 눈치를 보며 다시 조는 척을 했다.

퍼쿵이 유코를 번쩍 안아 들었다. 그러자 유코가 비명을 질렀는데 놀라서 지르는 건지 좋아서 그러는 건지 잘 분간이 안 되는 목소리였다.

"꺄아아~"

"우리 유코, 계속 화낼 거야? 그럼 오빠는 너무 미안해서 슬퍼지는데? 어쩌지?"

"뭐, 계속 화낼 건 아니고요… 그냥 좀… 그래서요."

퍼쿵이 안아줘서 이미 기분이 좋아진 것 같은데도 유코는 계속 뾰로통한 표정을 짓고 있었다. 옆에서 보기에는 자존심 때문에 금방 화를 풀지 못하고 계속 삐친 척하는 것 같았다. 아님 금방 화를 풀었다가 또 바보처럼 보일까 봐 겁내는 건지도…….

피코가 모처럼 달래는 투로 말했다.

"네 맘 알았으니까 그만 하고 네 생각을 말해 봐. 어서."

유코가 모두의 시선에 할 수 없다는 듯 입을 열었다.

"뭐… 화가 풀려서가 아니라 내가 좀 교양이 있고 그러니까 참는 거예요."

퍼쿵이 귀여워 죽겠다는 듯 웃으며 물었다.

"하하하! 그래, 알았어. 유코는 어떻게 하고 싶니?"

"음, 오빠가 목말 태워주면 얘기할래요."

눈가에서 웃음이 뚝뚝 떨어지려고 하는 거 보면 이미 화가 싹 풀린 것이 분명했다. 게다가 이번 기회에 퍼쿵에게 더 어리광을 부리려는 속셈도 엿보였다.

"그래? 그럼 태워주지 뭐. 자!"

퍼쿵은 안고 있던 유코를 번쩍 위로 들어 올리더니 자신의 머리 뒤로 돌려서 목에 앉혔다.

"꺄하하! 와아~ 되게 높다!"

유코는 한마디로 좋아서 죽으려고 했다. 그걸 보고 보보가 생각했다.

'너 진짜 단순하긴 단순하다. 그렇게 쉽게 감정이 왔다 갔다 하니……. 그래도 웃는 게 귀엽긴 하네.'

치요가 말했다.

"이제 말해 봐. 어떻게 했으면 좋겠어?"

"응, 나야 뭐 하자는 대로 할게. 퍼쿵 오빠 마음대로 해요. 난 무조건 오빠가 하라는 대로 할 거야. 호홋!"

그녀의 대답에 피코와 치요, 보보가 속으로 한숨을 쉬었다.

'휴우~ 그럴 걸 그렇게 난리를 부렸냐?'

'어휴, 내 참! 어휴~'

'묻지 말 걸 그랬어. 후~'

퍼쿵이 걸음을 옮기기 시작했다. 그리고 일행에게 말했다.

"자, 어서 가자. 가서 좀 쉬었다가 일정이 잡히는 대로 왕을 만나러 가야지."

"그래."

카르티의 숙소로 걸어가는 내내 유코는 퍼쿵의 목에 걸터앉아서 내려오지 않았다. 계속 조잘거리며 주변을 구경하고 웃고 떠들어댔다.

그런데 한 가지 이상한 점이 있었다. 간혹 계단을 오르거나 장애물을 피하려고 퍼쿵이 심하게 흔들릴 때마다 그녀의 표정이 묘하게 변하곤 했던 것이다. 게다가,

"응!"

하고 들릴 듯 말 듯한 콧소리를 내거나,

"어멋!"

하고 간드러지는 탄성을 지르는가 하면,

"흑!"

하며 끊어질 듯 숨을 몰아쉬기도 했다. 그리고 그런 소리를 낼 때마다 무슨 이유에서 그러는지 볼이 빨개져서는 퍼쿵의 머리를 힘껏 껴안는 것을 볼 수 있었다. 떨어지지 않으려고 그러는 건지…….

어쨌든 그런 상태로 길을 걷던 일행은 어느덧 성안에서 굴곡이 가장 심한 비포장 언덕에 도달하게 되었다. 그곳은 원래 풀밭이었는데 겨우내 맨땅이 드러나 있다가 봄이 무르익어 가는 요즘 파릇파릇한 새싹이 마구 돋아나 온통 언덕을 초록으로 뒤덮어가는 중이었다.

매애애애~

"엇?"

갑자기 들려오는 소리에 눈을 들어보니 언덕의 반대쪽 끝에서 한 떼의 양이 나타났다.

보보가 물었다.

"어? 웬 양이죠?"

치요도 고개를 갸웃거렸다.

"글쎄? 이 성에 양이 있었나?"

퍼쿵이 대답했다.

"응, 저거 전쟁을 대비해서 기르는 양들이야. 오랫동안 사냥을 못하게 되는 경우에만 잡아먹는다고 하더라고."

치요가 알겠다는 듯 말했다.

"아항~ 그래서 양을 기르는 거군. 전에는 한 번도 본 적이 없는데……. 어쨌든 머리 잘 썼는데? 저러면 당분간은 사냥을 못해도 고기를 먹을 수 있을 테니까.”

“수가 얼마 없어서 그리 오래 먹지는 못해. 정말 비상시에만 쓸 수가 있지.”

그때였다. 서서히 다가오던 양들 중 맨 앞에 있던 뿔이 커다란 숫양이 별안간 요란하게 울며 펄쩍 뛰더니 퍼쿵 일행을 향해 돌진해 왔다.

“어어? 저거 왜 저래?”

피코가 웃음을 터뜨렸다.

“허허! 저게 겁도 없이 용도 잡는 사냥꾼에게 달려드네! 좋아, 오늘 저녁에는 널 먹어주지!”

신이 나가지고 벌써 검을 뽑아 드는 피코에게 퍼쿵이 말했다.

“안 돼! 저건 함부로 잡는 게 아냐. 정말 위급한 때를 위해서 기르는 거라고. 저걸 잡으면 사람들이 싫어할걸 아마?”

치요도 말리고 나섰다.

“그래, 죽이지 마. 괜히 시비 붙을 일 만들 필요없잖아?”

“쳇! 그럼 어쩌란 말야? 저놈이 죽고 싶다고 달려드는데? 쩝쩝…….”

피코가 아깝다는 듯 입맛을 다시며 검을 도로 집어넣었다. 그러는 사이에 우두머리 숫양을 비롯해 몇 마리 겁없는 양들이 퍼쿵 일행이 서 있는 곳까지 당도했다.

“그냥 피해!”

“우왓!”

“어이쿠!”

퍼쿵 일행은 잡을 수도 없고 해서 그냥 사방으로 뛰어 달아나기 시작했다. 물론 유코는 여전히 퍼쿵의 목말을 타고 있었다.

“꺄아앗~!”

달리는 퍼쿵이 심하게 흔들리자 유코가 비명을 질러댔다. 그러나 왠지 그 비명은 절박하게 들리기보다는 어딘지 모르게 환회의 느낌이 배어 있는 것처럼 들렸다. 참 희한한 일이었다.

“어머어머! 으응~ 오빠~”

영문을 모르는 퍼쿵은 유코가 떨어지지 않도록 더욱 꽉 잡으며 펄쩍펄쩍 뛰어 양의 뿔을 피했다. 그리고 그때마다 유코의 콧소리처럼 들리는 비명이 빠지지 않고 이어졌다.

“아흑! 웅! 아앙! 오빠!”

“미안, 유코! 많이 흔들리지? 꽉 잡고 있어. 어엇! 이거 이놈, 끈질기게 따라오네! 어이쿠!”

“웅! 나, 나 좀… 오빠! 좀 더… 좀 더 세게… 오빠!”

“뭐?”

“아, 아니에요. 계속 달려요! 오빠~ 더 세게 달려요! 아앙~ 뿔에 찔리겠어요. 더 빨리! 앙~”

“좋아! 꽉 잡아! 그, 그런데 목 뒤가 왜 이렇게 뜨겁냐? 유코, 열있구나! 감기 걸린 것 같은데?”

“아, 아니에요, 그, 그 열이……. 모, 몰라요, 몰라! 어서 달리기나 해요!”

“그래, 꽉 잡아!”

“나, 난 몰라! 아아앙~”

그렇게 일행은 거의 반 시간 동안이나 겁을 상실한 양 떼에게 쫓기다가 겨우 빠져나올 수 있었다.

보보가 숨을 몰아쉬었다.

“헉헉, 어휴, 숨차! 겨우 따돌렸네. 헉헉! 저 양들 미친 거 아냐? 왜 저렇게 덤벼드는 거지?”

“하하, 아마 자기 영역이라고 시위하는 걸 거야. 사냥을 당하지 않으니까 사람 무서운 줄 모르는 거지 뭐.”

웃으며 대답하는 피코는 혼자 뛰어다녀서 그런지 거의 변함이 없었다. 이마에 약간 땀이 배어 나왔을 뿐 숨도 고르고 표정도 괜찮았다. 치요는 우레와 함께 하늘로 날아올라서 역시 아무렇지도 않았다.

피코가 보보에게 손으로 부채질을 해주며 물었다.

“괜찮아? 너도 내가 업고 달릴 걸 그랬나?”

“헉헉! 아냐, 괜찮아. 운동 한번 잘했는데 뭘……. 헉헉, 앞으로도 종종 와서 달리면 좋겠는걸?”

보보는 땀을 질질 흘리며 숨을 헐떡거리면서도 미소를 지어 보였다. 그렇게 마주 보며 웃던 피코와 보보가 퍼쿵에게 고개를 돌렸다. 평소의 퍼쿵이라면 뭐 그 정도 달린 것으로 표도 나지 않았겠지만 오늘은 왠지 얼굴이 벌겋게 상기되어 있었다.

치요가 걱정스레 물었다.

“퍼쿵, 몸이 안 좋아? 왠지 안색이 좋지 않네?”

피코도 걱정이 되는 모양이었다.

“아직 회복이 덜 되어서 그런가?”

그러나 퍼쿵은 왠지 민망한 표정을 지으며 손을 내저었다.

“아, 아냐. 아무렇지도 않아. 단지…….”

“응?”

머리를 긁적이는 퍼쿵이 이상해서 다가가던 아이들이 멈칫했다.

“뭐, 뭐야?”

"쟤 왜 저래? 어디 아픈 거 아냐?"

"유코, 왜 그래?"

퍼쿵의 뒤에는 유코가 새빨개진 얼굴로 쭉 뻗어 있었다. 그런데 그녀의 표정과 포즈가 약간 이상했다.

"유코?"

그러나 유코는 뭔가에 취한 듯 아직도 몸을 비비 꼬며 떨고 있었다. 그녀가 모여드는 아이들의 시선을 피해 얼굴을 가리며 몸을 일으키다가 다시 힘없이 쓰러졌다.

"앙~ 나, 난 몰라~ 잉~"

유코는 온몸이 벌겋게 상기되어 있었고 그녀의 뽈은 말 그대로 빨간 사과처럼 보였다.

보보가 흠칫 놀라며 생각했다.

'엇!! 저 표정은 어디선가……!!'

잠시 갸웃거리던 보보가 무릎을 쳤다.

'그래! 저건 그날 밤 자리코의……. 그리고 바닷가에 갔을 때 피코에게서도 본 적이 있어! 그렇다면?!'

"이잉~ 보지 마~ 나 어떡해? 어떡해?"

유코가 사람들의 시선에 더욱 몸을 비틀며 아예 얼굴을 가리고 엎드려 버렸다. 그리고 그런 그녀를 바라보는 피코의 얼굴도 당혹감과 함께 벌겋게 물들고 있었다.

퍼쿵은 이미 벌게진 얼굴로 먼 산을 바라보며 딴청을 부리고 있었고 우레는 뭐가 그렇게 흥분되는지 식식거리며 안절부절못하는 중이었다.

보보가 생각했다.

'그래, 우레야 선수니까 대충 감 잡았겠지.'

다만 치요만이 어떻게 된 영문인지 몰라서 숨을 쌔근거리며 쓰러져 있는 유코와 덩달아 벌게진 세 사람, 그리고 길길이 뛰는 우레를 번갈아 보며 어리둥절해했다.

"뭐야? 모두들 왜 그래? 무슨 일 있었던 거야? 유코, 일어나 봐. 다쳤니? 양에게 받히기라도 했어?"

"풋!"

"쿡! 쿠쿡! 푸하하하!"

순진한 치요의 물음에 보보와 피코가 웃음을 터뜨리자 퍼쿵과 유코는 더욱 민망해서 어쩔 줄을 몰랐다.

"몰라몰라! 보지 말란 말이야~ 아앙~"

소동이 진정이 된 후 다시 걸음을 옮기기 시작했는데 유코는 아직도 다리가 풀려서 비틀거렸고 그런 그녀를 부축하는 퍼쿵도 걸음걸이가 이상하게 어색했다.

두 사람을 걱정스레 바라보던 치요가 갑자기 고개를 갸우뚱거리더니 물었다.

"어? 퍼쿵! 목이 왜 그래? 뭐가 묻었지? 왜 젖었어?"

치요의 질문이 끝나기도 전에 퍼쿵, 유코, 보보, 피코, 우레가 차례로 한마디씩 신음성을 토했다.

"헉!"

"꺅!"

"엥?"

"허걱!"

"삣!"

모두 걸음을 멈춘 채 그대로 퍼쿵의 젖은 목덜미를 바라보고 있었다. 그리고 그들의 시선은 천천히 유코의 아랫도리로 옮겨갔다.

이윽고 치요가 다시 물었다.

"유코, 너 오줌 쌌니? 너도 젖었잖아?"

"……?"

"……!"

"꺄아아~ 난 몰라! 이젠 끝장이야~ 아앙~"

유코가 비명을 지르며 다시 얼굴을 감싸더니 비틀거리면서도 엄청
난 속도로 먼저 달려가 버렸다.

먼지를 날리며…….

…….

그 뒤로 남겨진 다섯 일행은 망연히 유코가 일으키는 먼지를 바라보
고 한참을 서 있어야 했다.

해가 떨어지자 목욕을 하고 새옷으로 갈아입은 퍼쿵 일행이 탁자에
둘러앉았다.

여전히 약간 어색한 표정들을 하고 있었지만 낮의 얘기는 하지 않았
다. 뒤늦게 우레에게 설명을 듣고 나서야 무슨 일이 일어났던 건지 깨
달은 치요도 민망한 표정으로 묵묵히 빈 의자를 흘끔거렸다. 짐승한테
설명을 듣다니…….

카르티가 물었다.

"유코는 어디 갔어? 저녁 안 먹는다니?"

아무도 대답을 하지 않자 보보가 조그맣게 말했다.

"그게… 몸이 좀 안 좋은가 봐요."

"몸이? 왜? 아까 점심때까지만 해도 괜찮았잖아? 그리고 몸이 안 좋

다는 애가 어디 갔어? 아프면 저기 자리에 누워 있어야지. 어서 불러와. 같이 식사하고 일찍 재우도록 하자."

"예……."

대답은 했으나 아무도 선뜻 일어서지를 않았다. 유코의 얼굴을 보기가 민망해서였다. 계속해서 서로 눈치만 보고 있자 카르티가 다시 말했다.

"너희들 왜 그래? 싸웠어?"

"아니… 그런 게 아니고……."

의아한 표정으로 바라보던 카르티가 순간 자신의 이마를 손바닥으로 치며 고개를 끄덕였다.

"아하! 유코가 그게 시작했나 보구나? 벌써 그럴 나이가 되었나? 하긴… 그럼 피코가 데려오면 되겠네. 피코 너는 벌써 시작했지? 네가 데려와. 부끄러운 일도 아니잖아? 언니가 가서 잘 설명하고 데려오면 되지."

오해를 하고 있는 카르티에게 피코가 말했다.

"바보! 그게 아니라니까……. 그리고 그런 얘기 좀 크게 하지 마. 창피하게……."

"뭐가 창피하냐? 여자가 어른이 되면 당연히 하는 건데. 너 그런 생각 하고 있으면 결혼도 못한다. 어휴, 이럴 때 자리코가 있어야 하는데……. 쯧쯧."

카르티는 여전히 오해를 하고 있었다.

퍼쿵이 부스스 일어섰다.

"…내가 데려올게."

카르티가 놀라며 바라봤다.

"네가? 피코가 가는 게 나을 텐데?"

"아냐, 내가 가는 게 나아."

그렇게 말하고 퍼쿵이 느릿느릿 문을 열고 밖으로 나갔다.

카르티가 놀란 눈으로 나머지 아이들에게 물었다.

"야, 쟤네들 무슨 일 있었냐? 결혼한다고 떠들더니 혹시… 벌써 한 거야?"

치요가 고개를 저었다.

"결혼은 무슨……. 그런 거 아냐."

"그럼 왜 그 일에 퍼쿵이 나서? 남자가 나설 일이 아닌 것 같은데."

피코가 짜증을 냈다.

"아니라니까 그러네! 그거 아냐. 좀 가만히 있어. 있다가 유코 들어오면 괜히 엉뚱한 거 묻고 그러지 마. 알았어?"

버럭 화를 내며 말하는 피코에게 카르티가 기가 죽어서 대답했다.

"아, 알았어. 계집애, 성질은……."

"흥! 노총각이 엉뚱한 상상이나 하니까 그렇지. 징그럽게……."

그렇게 신경질을 내면서도 피코의 얼굴은 벌써 벌겋게 달아올라 있었다. 낮의 일이 다시 떠올랐고 또 카르티가 부끄러운 얘기를 꺼냈기 때문이었다.

그때 문이 열리며 퍼쿵이 유코를 데리고 들어왔다. 유코는 고개를 푹 숙인 채 퍼쿵에게 손이 잡혀 끌려 들어오는 중이었다.

모두 무슨 말을 해야 할지 몰라서 잠자코 앉아 있었다. 우레만이 헐떡거리며 음식을 집어 먹느라 바빴고, 영문을 모르는 카르티만 멀쩡했다.

"여어, 유코! 어서 밥 먹자. 너 기다리느라 배고파서 죽을 것 같아."

"예… 죄송해요……."

"어서 이리로 앉아."

카르티가 의자를 당겨주자 유코가 그 옆으로 앉았다.

“내일은 폐하를 만나야 하니까 오늘은 일찍 자도록 해. 하루 종일 고생했어.”

“형도…….”

“자, 먹자!”

모두 식사를 시작했고, 식사가 끝난 후 바로 잠자리에 들었다. 모두들 너무나 정신없던 하루라는 생각이 들었다. 별로 한 일도 없지만…….

특히 유코는 너무나 부끄러운 생각에 머리가 다 아팠다. 또한 처음 접해본 충격적이면서도 묘하게 황홀하던 그 느낌이 머리와 온몸에서 떠나지 않아 통 잠을 이룰 수가 없었다.

다음날 아침 일찍 일어나 식사를 마친 퍼쿵 일행은 카르티와 함께 왕을 만나러 갔다. 이 회의를 위해서 매일 아침 하던 신하들과의 모임은 하루 쉬기로 한 상태였다. 때문에 왕궁의 회의실에 도착하자 그곳에는 왕과 쿠르 장군, 그리고 부르크 세 사람만 앉아서 기다리고 있었다.

회의실 문 앞에 도착하자 보초를 서던 병사들이 카르티에게 경례를 했다.

“어서 오십시오. 벌써부터 폐하가 기다리고 계십니다.”

“그래, 다른 분들은 도착하셨고?”

“예, 이미 와 계십니다.”

그때 친위대장이 문을 열고 나왔다.

“아, 오셨습니까? 어서 들어오십시오. 그런데…….”

그는 카르티에게 인사하다 말고 퍼쿵 일행을 흘낏 보더니 말을 끊었다.

퍼쿵 일행이 아는 척을 했다.

“안녕하시오? 오랜만입니다.”

피코도 반말로 건들거리며 인사했다.

“어이, 아저씨! 잘 지냈어? 오랜만에 보니 반갑군.”

친위대장은 약간 기분이 상한 얼굴을 했으나 고개를 까딱하며 인사를 했다.

카르티가 들어서고 퍼쿵 일행도 들어가려는 찰나 친위대장이 약간 주저하며 퍼쿵을 잡았다.

“저… 그런데…….”

“뭐요?”

“왜 그러는데, 아저씨?”

“그게… 저…….”

친위대장은 좀 망설이며 좀처럼 말을 못했다. 그러자 보보가 말했다.

“또 무기 놓고 들어가야 한다고 말하려는 거죠?”

“그게… 규칙이라서요.”

친위대장은 지난번에 크게 당한 경험이 있는지라 말투가 상당히 공손해져 있었고 지난번처럼 당당하게 막아서지는 못했다. 그는 그러면서 중간에 서 있는 유코를 흘끗 보았다.

‘쟤였지? 지난번에 나보고 빤쓰 보인다고 놀린 애가? 특히 쟤를 조심해야 해.’

그러나 유코는 고개를 빼꼼 내밀어 한번 쳐다보더니 다시 시선을 돌리며 가만히 서 있었다

‘어라? 어떻게 된 거지? 또 빈정거리며 놀릴 줄 알았는데? 몇 달 사이에 철이 들었나?’

친위대장이 겁을 먹는 것과는 달리 유코는 얌전했다. 그러나 철이

들은 것은 아니었고 어제의 창피했던 일이 아직도 가슴에 남아서 함부
로 나대지 못하는 것뿐이었다. 그걸 친위대장이 알 리가 없었으나 내
심 맘속으로 한숨을 내쉬었다.

퍼쿵이 말했다.

"분명히 말하지만 우린 무기를 몸에서 떼어낼 생각이 없소. 어차피
이 회담도 당신네 왕이 요청한 것이오. 그런데 이것저것 따질 생각이
라면 우리는 그냥 돌아가겠소. 알아서 하시오."

그 말에 친위대장이 문 안쪽에 한 발을 들이민 채 서 있는 카르티를
바라봤다. 도움을 원하는 시선이었다. 그러나 카르티는 모른 척하며
잠자코 바라보기만 했다.

그렇게 시간이 지연되자 피코가 일부러 목소리를 크게 하여 생색을
내며 돌아섰다.

"뭘 생각이고 뭐고 하고 그래? 그냥 돌아가자! 얘들아, 가자, 가!"

"잠깐! 잠깐만요!"

퍼쿵 일행이 돌아서자 친위대장이 크게 당황하며 달려와 그 앞을 막
아섰다.

"그러지 마시고… 잠시만 기다려 주십시오. 폐하의 허락을 받고 오겠
습니다. 무기를 지닐 수 없는 게 기본 규칙이라 저도 어쩔 수 없습니다.
하지만 폐하가 허락을 하시면……. 그러니까 잠시만 기다려 주십시오."

친위대장은 딴청을 부리고 있는 카르티에게 다가와 급히 말했다.

"장군님, 제가 폐하의 허락을 받고 올 동안 잠시만 저분들을 가지 못
하도록 잡아주십시오. 부탁합니다."

"그럽시다. 걱정 말고 어서 다녀오시오."

"예."

친위대장은 도와주지 않는 카르티가 원망스러웠지만 어쩔 수 없는 일이었다. 퍼쿵 일행이 그냥 돌아가면 회담을 망친 책임이 자신에게 떨어질 것이 분명했다. 그렇다고 원칙을 어기고 무기를 소지한 사람을 그냥 들여보내는 것도 나중에 무슨 질책을 받을지 알 수 없는 일이기 때문에 그의 입장이 난처할 수밖에 없었다.

안으로 달려갔던 친위대장이 금방 돌아왔는데 아까보다 훨씬 부드러워진 얼굴이었다. 아마 고민이 해결된 모양이었다. 그가 침착해진 어조로 말했다.

"폐하의 허락을 받았습니다. 어서 이리로 들어오십시오."

퍼쿵이 간단하게 인사를 하고 걸음을 옮겼다.

"수고하셨소."

그 뒤로 나머지 아이들이 죽 따라 들어갔다. 마지막에 들어간 피코가 친위대장의 어깨를 툭툭 치며 말했다.

"아저씨, 그런 눈으로 보지 말라고. 우리도 뭐 당신들이 예뻐서 자청해서 온 거 아니니까. 불쌍해서 도와주려는 것뿐이라고. 그러니까 고맙게 생각하는 게 당신들 도리야. 알겠어?"

"……."

친위대장은 아무 말 하지 않고 있다가 모두가 다 들어가고 나자 혼자 부르르 떨었다. 저 어린것들에게 그런 말을 들으니 화가 치밀어서였다. 하지만 그가 덤빌 상대가 아니라는 것은 잘 알고 있었다.

길다란 탁자는 족히 사십 명은 넘게 앉을 수 있을 만큼 컸다. 매일 아침 그곳에서 왕과 모든 중신들이 모여서 회의를 하는 모양이었다.

왕이 부드럽게 웃으며 말했다.

"어서 오게. 오랜만에 보는군."

"그렇군요. 그동안 잘 지내셨습니까?"

"그래, 보다시피……. 자, 앉게."

"예."

퍼쿵 일행이 죽 일렬로 앉았다. 맞은편에는 부르크와 쿠르, 그리고 카르티가 앉았고 긴 탁자의 한쪽 끝에는 왕이 자리하고 있었다. 퍼쿵을 제외한 다른 아이들은 고개만 까딱하고 인사했을 뿐 전혀 입을 열지 않았다. 그리고 무엇보다 부르크 대신과 눈을 마주치는 아이는 한 사람도 없었다. 무표정한 얼굴로 시선을 다른 곳에 두고 있을 뿐이었다.

그것은 이곳에 오기 전 퍼쿵과 카르티 장군이 몇 번씩이나 주의를 주었기 때문이다. 모두들 부르크에게 엄청나게 화가 나 있었으므로 자칫 감정이 드러나 싸움이 붙거나 하면 회의고 뭐고 될 리가 없었다.

잠시 동안 간략하게 서로 인사치레의 말을 주고받은 후 왕이 말했다.

"대충 벼락 장군으로부터 얘기는 전해 들었네. 그래, 그 얘기에 대해서 좀 더 자세히 말해 줄 수 있겠나?"

"어디까지 들으셨는지 모르겠지만 저의 기본적인 생각은 그렇습니다. 이대로 싸움을 해서 멸망을 당하는 것보다는 서로 싸우지 않고 살 수 있는 방법을 찾는 게 좋다는 겁니다."

왕이 물었다.

"들개족과 싸우지 않고 살 수 있겠나?"

"왜 그럴 수 없다고 생각하시죠? 이 주변 종족들과는 장사를 하면서 잘 지내고 있지 않습니까?"

"그야… 그들이 우릴 공격할 리는 없으니까……. 하지만 들개족과는 뿌리 깊은 원한이 있어서 말이야."

"제가 듣기로는 처음 이곳으로 이주했을 때만 해도 하루가 멀다 하고 주변 종족들과 싸움을 했다고 하던데요? 주변 종족들과는 서로 죽이고, 다치고 한 과거가 있어도 결국 평화를 이루어냈지 않습니까?"

퍼쿵은 시선을 왕에게 고정시킨 채 말했다.

"여기 계신 부르크 대신께서 그런 업적을 이룬 장본인이라고 하던데요. 아닙니까?"

왕이 고개를 끄덕였다.

"자네 말이 맞네. 부르크 대신이 바로 그 일을 계획하고 추진해 완성시킨 공훈자지."

부르크가 겸손한 표정으로 고개를 숙이며 말했다

"과찬의 말씀이십니다. 폐하의 뒷받침이 없었으면 절대 이루지 못했을 겁니다."

"아니야. 모두가 다 고생을 했어. 그중에 자네가 일등 공신이고."

퍼쿵이 말을 끊었다. 여전히 시선은 왕에게 두고 있었다.

"그것 보십시오. 전쟁을 겪은 다른 종족과는 평화를 이루어냈지 않습니까? 그런데 왜 들개족과는 그런 일이 불가능하다는 말입니까?"

"그, 그건……."

왕은 말을 못했다. 그 자신도 그 점에 대해서는 생각해 본 적이 없었다 그저 늘 들개족과는 평화롭게 살 수 없다는 생각을 하며 살아왔지 다른 종족과 들개족을 특별히 비교 대상에 놓았던 적은 없었다.

"제가 말씀드리죠."

왕이 말문이 막혀서 쩔쩔매자 부르크가 나서서 설명했다.

"다른 종족과도 전쟁을 했던 것은 사실이지요. 하지만 그들은 우리보다 약합니다. 그래서 우리에게 큰 피해를 주지 못했고 앞으로도 우리에게 위협이 될 수 없습니다. 그러나 들개족은 다릅니다. 우리보다 훨씬 강하기 때문에 언제든지 마음만 먹으면 우리를 멸망시킬 수가 있어요.”

퍼쿵이 쿠르 장군에게 시선을 돌리며 말했다.

“장군님, 그러면 다른 종족들은 힘이 없어서 인간족과 전쟁을 했어도 조금도 피해를 입히지 않았나요? 죽은 사람도, 다친 사람도 없다는 말입니까?”

대답은 계속 부르크가 했다.

“아니, 그런 얘기가 아니고 상대적으로 피해가 적었다는 얘기입니다. 물론 많은 사람이 죽고 다쳤죠. 하지만 똑같이 전쟁을 했다고 해도 들개족과 다른 종족과는 경우가 아주 다릅니다.”

치요가 입을 열었다.

“뭐가 다르다는 거죠?”

부르크가 눈을 살며시 돌려 치요를 바라봤다.

‘어린 녀석이……. 그래, 저 아이가 하늘을 날며 불을 던져 댄다는 놈이지. 그렇다면 미족이겠군.’

치요가 다시 물었는데 이상하게 시선은 부르크를 바라보지 않고 자기 손등을 보고 있는 것 같았다.

“어떻게 다릅니까?”

부르크는 아이들의 시선이 자꾸만 자신을 피해가는 것을 이상하게 생각하며 대답했다.

“우리가 이곳에 이주해 왔을 때 이곳은 그들의 터전이었죠. 우리는 살기 위해서 이곳이 꼭 필요했지만 엄밀히 말해서 그들의 땅을 침범해 빼앗은 격이 됩니다. 그들로서는 정당한 싸움이었죠. 하지만 들개족은 그 반대입니다. 우리가 서쪽 바닷가에 정착하고 있을 때 그곳은 분명 우리의 터전이었고 그들이 침입자였죠. 지금 이곳도 우리의 터전이 되었고 그걸 빼앗으려는 들개족은 여전히 침입자입니다. 그런 차이죠."

치요는 가만히 들으며 반박하지 않았다. 틀린 말이 아니었기 때문이다.

그때 피코가 빈정거리듯 말했다.

"하~ 그럼 싸워서 지키면 되겠네. 뭐, 얘기 끝난 거 아니에요? 그럴 힘이 있는 모양인데 우린 그만 일어나지, 퍼쿵? 더 얘기할 것도 없겠어."

그런데 피코 역시 그렇게 말을 하면서도 부르크를 바라보지 않고 다른 곳만 쳐다보았다.

카르티와 쿠르가 당황하며 말렸다.

"잠깐! 잠깐만 기다려. 그런 얘기가 아닐 거야."

"그래, 그렇게 무작정 떠난다고 얘기하지 말게. 좋은 방향으로 풀어야 할 거 아닌가?"

피코가 몸을 일으키며 말했다.

"지금 다 얘기했잖아요? 우린 평화적으로 해결하자는 것이고 저 허여멀건한 아저씨는 싸워야 한다는 얘기 아닙니까? 뭘 더 어떻게 얘기해요? 어이, 아저씨! 당신 혼자서 잘 싸워보라고. 우린 도와주지 않을 테니까. 아, 뭐 해? 일어서지 않고!"

그러면서 피코가 옆에 앉은 아이들에게 일어서라며 툭툭 치기 시작했다.

왕을 비롯한 인간족 대표들이 당황하자 부르크의 얼굴도 흙빛으로 변했다. 그리고 급히 떠듬떠듬 변명을 했다.

"아… 저… 오해하지는 말아주시오. 바, 반드시 전쟁을 해야 한다는 뜻으로 한 말이 아닙니다. 게다가 우린 지금 그들과 전쟁을 할 만한 힘이 없어요. 그래서 도움을 청하고 있는 겁니다. 제발 진정하고 앉아주세요."

퍼쿵이 피코에게 말했다.

"피코야, 일단 앉아라. 더 얘기해 볼 필요가 있어. 그렇게 흥분하지 말고."

"그러지 뭐. 흥!"

피코가 자리에 앉으며 콧방귀를 뀌더니 옆으로 돌아앉아 부르크의 시선을 피했다.

피코에 의해서 회의실은 일순간 찬물을 끼얹은 듯 조용해졌다.

카르티가 생각했다.

'어휴, 저 녀석, 성질은 급해 가지고……. 아까 그렇게 주의를 주었는데…….'

부르크도 생각했다.

'휴, 진땀 뺐네. 이거 만만치가 않군. 그런데 저 녀석들, 왜 모두 나와 시선을 마주치지 않는 거야? 아까부터… 왜 나한테 얘기를 하면서 다른 곳을 쳐다보지?'

죽 둘러보니 정말 퍼쿵으로부터 시작해서 아무도 자신에게 눈길을 주지 않고 있었다. 왕과 쿠르, 카르티는 바라보면서 자신을 향해서는 마치 무시하는 듯이 굴고 있는 것이다.

유코가 탁자 위에 얹은 제 손을 바라보며 입을 비쭉거렸다. 어제 부끄러운 일이 있었던지라 오늘은 얌전히 앉아만 있겠다고 마음을 먹었는데 막상 부르크를 보니 그게 뜻하는 대로 잘되지 않았다. 자꾸만 화가 치밀고 부르크가 얘기를 할 때마다 울컥울컥 뭔가 목구멍까지 치밀어 오르는 게 영 심사가 뒤틀리고 있었다. 그럴 때마다 퍼쿵이 당부한 말을 생각하며 꾹꾹 눌러 참는 중이었는데 영 쉽지가 않았다.

그런데 피코가 먼저 제 성질대로 공격을 퍼부었으니 유코의 입은 점점 더 근질근질해져 곧 터질 것처럼 움직거렸다. 그래서 애써 참으며 입속으로만 하고 싶은 말을 중얼중얼하고 있는 것이다.

'…나쁜 아저씨, 자리코 언니를 죽게 만든 원흉! 가만두지 않을 거야. 언제까지 여기 앉아서 참고 있어야 하지? 어유, 답답해!'

왕이 물을 한 잔 들이켰다. 놀라서 갈증이 나는 모양이었다. 그리고 말을 했다.

"모두 진정들하게. 내 자네들 말이 무슨 뜻인지 잘 알겠네. 부르크 대신이 한 말이 틀린 것은 아니야. 그리고 자네들의 말도 맞는 말이고. 둘 모두 맞는 말이지. 솔직히 말해서 나는 어제 벼락 장군이 전해주는 얘기를 듣고 많이 놀랐다네. 자네들이 들개족과의 평화적인 관계를 맺자는 얘기를 했다는 것 말이야."

"저… 말입니다……."

왕의 얘기 도중에 퍼쿵이 불쑥 끼어들자 쿠르와 카르티, 부르크가 깜짝 놀라서 퍼쿵을 바라봤다. 원래 왕이 얘기할 때 끼어들거나 허락 없이 얘기하는 것은 큰 무례였기 때문이다. 그러나 퍼쿵 일행으로서는 알 바가 아니었다.

"하지만 현실을 받아들여야 하지 않습니까? 제가 보기에는 지금 인간족과 들개족이 전면전으로 붙는다면 하루도 안 걸려 끝장이 날 것 같은데요? 아무리 보보가 가르쳐 준 폭탄을 사용한대도 말입니다."

"그, 그런……."

"음……."

인간족 측 사람들의 입에서 낮은 신음 소리가 새어 나왔다. 모두 맞는 말이라고 생각하기 때문이었다.

잠시 침묵이 이어졌다. 그리고 이어서 부르크가 침통한 음성으로 말했다.

"그렇소. 그래서 당신들의 도움을 청하는 것입니다. 제발 도와주시오. 우리가 멸망하지 않도록 당신들이……."

"폐하, 솔직하게 말씀드리겠습니다. 이미 알고 계시겠지만 우리는 사실……."

부르크가 말을 하다 말고 깜짝 놀라 퍼쿵을 바라보았다. 자신이 한 말에 아무도 대답을 않고 시선도 돌아오지 않는 것은 진작에 느꼈지만 이번에는 자신이 말을 하는 도중에 퍼쿵이 다른 얘기를 하기 시작했기 때문이다.

'엉? 뭐, 뭐야? 내 말을 못 들었나?

그런 부르크에게 아랑곳하지 않고 퍼쿵이 왕을 바라보며 얘기를 계속했다.

"어제 쿠르 장군님에게 대충 얘기 들었습니다. 저희보고 고대 도시를 찾아달라고 하시더군요."

왕도 부르크의 얘기를 끊은 퍼쿵에게 좀 당황하며 대답했다.

"그, 그래. 자네들이라면 찾을 수 있을 거라고 하더군."

부르크가 한 얘기라는 것을 이미 들은 퍼쿵이었지만 시치미를 떼고 말했다.

"누가 그런 소릴 합니까?"

"바로 부르크 대신이 한 말이네."

그러자 퍼쿵이 말을 빙빙 돌렸다.

"우리가 어떻게 그것을 찾는다는 말입니까? 우린 그 고대 도시인지 뭔지에 대해서 들은 지 이제 겨우 한 달도 되지 않았습니다. 그런데 어째서 그런 생각을 했는지 알 수 없군요. 아마 부르크 대신 혼자만의 생각이겠죠. 물론 누가 엉뚱한 소리를 하든지 상관할 바는 아니지만 그 사람보고 직접 찾으라고 하십시오.”

왕이 다시 부르크의 얘기를 꺼냈다.

“부르크 대신이 말하기로는…….”

그러나 이번에는 얌전히 앉아서 제 손가락만 바라보던 유코가 갑자기 발딱 일어나며 소리쳤다.

“아, 할아버지! 모른다니까 왜 자꾸 그러세요? 왜 말귀를 못 알아듣고 그래요? 부르큰지 부르노인지 그 사람이 그렇게 똑똑하고 다 알면 자기가 찾으라고 하면 되잖……?!”

이번에는 인간족 대표뿐만 아니라 퍼쿵 일행도 깜짝 놀라서 유코에게 시선을 집중했다. 어제 그 사건 이후로 거의 말을 하지 않았던 유코가 갑자기 소리를 질렀기 때문이다.

유코는 얼굴이 빨개져서 얼른 자리에 앉아 고개를 푹 숙였다.

‘아유~ 내가 왜 또 나서지? 여태까지 잘 참고 있었는데 갑자기……. 어휴, 창피해.’

그런데 순간 왕과 쿠르, 부르크의 표정이 놀라움으로 물들었다. 퍼쿵 일행은 유코를 바라보다가 얼어붙은 듯 굳어버린 왕의 시선을 느끼고 고개를 돌렸다.

퍼쿵이 의아해서 물었다.

“무슨… 일입니까? 왜 그렇게 놀라시는 거죠?”

왕이 떠듬떠듬 물었다.

“지, 지금… 뭐라고 했느냐? 유코… 너 지금 부르… 노라고 했느냐?”

왕의 질문에 유코가 슬쩍 눈을 들어 바라보며 되물었다.

“예?”

“지금 분명히 부르노라고……. 너 그 이름을 어떻게 알고 있느냐?”

“내, 내가 언제 그랬어요?”

유코가 시치미를 뗐다. 아니, 아무 생각 없이 한 말이라 기억을 못하고 있었다. 그러나 다른 사람은 모두 그녀가 ‘…부르큰지 부르노인지…’ 라고 말했던 것을 분명히 기억하고 있었다.

모두의 시선이 자신에게 향해 고정된 채 움직이지 않자 얼굴이 빨개진 유코가 탁자에 엎어지며 손으로 얼굴을 가렸다.

“몰라요, 몰라! 난 그런 말 한 적 없어요. 쳐다보지 마요, 모두들!”

유코가 탁자에 엎드린 채 귀를 틀어막자 모두 더 이상 말을 붙일 수가 없었다.

그때 부르크도 남몰래 눈을 빛내며 유코를 바라보고 있었다. 어차피 아무도 그에게 시선을 주지 않아서 숨길 필요도 없었지만 말이다.

‘분명해. 저 아이, 우리 시조와 관련이 있는 거야. 요시코님을 알고 있고 부르노님까지 알고 있다면……. 그래, 저 아이와 보보만 잘 이용하면 고대 도시를 찾는 것은 시간문제야.’

그런 생각을 하며 내심 쾌재를 부르고 있는 부르크에게 또 다른 걱정이 떠올랐다.

‘그런데 어떻게 설득하나? 지금 상황으로 봐서는 저 일행은 내게 매우 심한 반감을 가지고 있는 것 같은데……. 하긴 자신들에게 독을 먹이려 했던 사람이 나라는 것을 알고 있으니 안 그럴 수 없겠지. 그럼… 다른 방법을 찾아야 하는데…….’

쿠르가 남의 속도 모르고 부르크에게 물었다.

“이봐요, 부르크 대신. 어째서 아무 말도 않고 계시오? 무슨 말이라도 해야 회의가 진전될 거 아니오?”

부르크가 퍼쿵 일행이 듣지 못하도록 목소리를 낮추어 쿠르에게 속삭였다.

"아, 그렇지요. 한데… 저분들이 저와 얘기를 하고 싶지 않은 것 같아서요."

"그래요? 역시 그 오해라는 것 때문인가요?"

"글쎄요, 잘은 모르지만 그런 것 같군요. 아마도 제가 무슨 말을 하면 더 역효과가 날 겁니다. 이번 회의는 쿠르 장군님이 진행해 주시는 게 어떨까 싶네요."

"음……."

쿠르도 더 이상 추궁하지 않고 생각에 잠겼다.

'그래, 만일 부르크가 저들에게 독을 먹이려 했던 것이 사실이라면 절대 부르크와 상의하고 싶지 않겠지. 그렇다면 차라리 내가 얘기를 진행하는 것이 낫겠군.'

결정을 내린 쿠르가 나서서 얘기를 시작했다.

"폐하, 저의 생각으로는 다른 방법이 없을 것 같습니다. 두 가지 방법을 다 병행하는 것이 가장 좋을 듯합니다."

그제야 왕이 유코에게서 시선을 떼고 고개를 돌렸다.

"두 가지라면 무엇무엇을 말하는 것인가?"

"예, 하나는 고대 도시를 찾아내는 데 최선을 다해야 하고 또 하나는 퍼쿵의 말대로 다른 들개족과 평화 협정을 맺고 터치라는 놈을 처단하는 방법입니다."

"음, 두 가지 다 확실한 방법은 아닌 것 같군."

"하지만 지금으로써는 선택의 여지가 없습니다. 다른 방법은 없으니까요."

왕이 근심스런 얼굴로 퍼쿵에게 물었다.

"이보게, 퍼쿵. 들개족과 협정을 맺으면 평화를 보장할 수 있겠는가?"

퍼쿵이 대답했다.

"지금 전쟁을 하는 주체는 터치의 들개족이고 다른 들개족들은 그의 힘 아래 눌려 복종을 강요당하고 있습니다. 때문에 어쩔 수 없이 협력을 하고 있기는 하지만 분명히 터치를 싫어합니다. 그의 압제에서 벗어나고 싶어하죠. 그러니 다른 들개족과 평화를 유지하는 게 도움이 될 겁니다."

"그러나 그들도 들개족이지 않은가?"

"이쪽에서 공격하거나 그들의 영역을 침범하지 않는다는 보장만 있으면 그들 역시 전쟁을 하지는 않습니다. 천성이 산속에서 조용히 사냥을 하며 사는 소수 부족들이니까요."

"그런가? 그럼 만일 우리가 그들과 협정을 맺으려 한다면 자네가 도움을 줄 텐가?"

"제가 주선해 드릴 수는 있습니다. 하지만 그 이상은 당사자들의 몫이죠. 서로 어떻게 말을 하고 약속을 지키느냐의 문제 아닙니까?"

"그런가?"

"예, 지난번 저희들에게 한 것처럼 신의를 저버리고 거짓말을 한다면 오히려 모든 들개족들의 공적(共敵)이 되는 결과를 초래할 겁니다."

퍼쿵이 지난번 자신들을 속인 것에 대해서 꼬집자 왕을 비롯해 쿠르와 부르크가 민망한 표정을 지으며 낯을 붉혔다.

카르티가 왕에게 말했다.

"폐하, 어떻게 하시겠습니까? 결정을 내려주십시오."

잠시 고민하던 왕이 천천히 입을 열었다.

"좋다. 들개족에게 사절을 보내도록 하겠다. 부르크 대신은 잘 생각하여 적절한 인물을 선정해 보고하도록 하라."

"예."

왕이 퍼쿵을 불렀다.

"퍼쿵."

"예."

"내가 지난 전쟁 때는 자네들의 은혜도 모르고 큰 잘못을 저질렀다. 그 점에 대해서 진심으로 미안하게 생각한다. 원망을 하려거든 우리 부족이 아니라 나에게 해주게. 내가 무슨 대가를 치르더라도 꼭 신세를 갚겠다. 하지만 그전에 우리 인간족이 멸망하지 않고 평화롭게 살 수 있도록 도와주길 부탁한다. 이 늙은이의 마지막 소원이야. 들어주겠나?"

"저는 들개족이나 인간족 그 누가 다치거나 멸망하는 것도 바라지 않습니다. 될 수 있는 한 성의를 다해서 도와드리겠으니 걱정 마십시오."

퍼쿵은 진지한 표정으로 대답했다. 그러나 그 옆에 있는 피코는 여전히 불만이 가득한 표정을 짓고 있었다.

피코가 퉁명스럽게 내뱉었다.

"만일 이번에도 우릴 속이면 그냥 두지 않을 겁니다. 알아서 잘들 하십시오!"

치요도 말했다.

"분명히 말씀드리지만 저희가 전쟁에 직접 관여하는 일은 없을 겁니다. 그 점을 잊지 마십시오."

왕이 대답했다.

"잘 알겠네. 그리고… 또 한 가지 부탁이 있는데……."

모두가 의아한 시선으로 왕을 바라봤다.

"뭐죠?"

"고대 도시… 를 찾는 것에 대해서 도움을 줄 수 없겠나?"

퍼쿵 일행이 서로 얼굴을 마주 보았다. 인간족이 보보와 유코에게 고대 도시를 찾도록 부탁하려 한다는 것은 어제 쿠르에게 들어서 알고 있었다. 간밤에 퍼쿵 일행은 그 점에 대해서 상의를 했고 고대 도시를 찾지 않기로 결정을 본 상태였다.

퍼쿵이 말했다.

"그건 도와드릴 수가 없습니다. 저희도 모르는 일이니까요."

"하지만 유코와 보보는 분명 찾을 수 있을 거라고 생각하네. 부르크 대신의 분석에 의하면 유코와 보보는 분명히 고대 도시와 관련된 아이들이야."

퍼쿵이 침착하게 한 자 한 자 끊어가며 대답했다.

"아까도 말씀드렸지만 그건 부르크 대신 혼자만의 생각입니다. 저희는 그 고대 도시가 실제로 있을 거라는 생각도 하지 않는단 말입니다. 실제로 있지도 않은 것에 희망을 거는 것보다는 차라리 다른 방법으로 문제를 해결하려고 노력하는 것이 더 낫지 않을까요?"

보보와 유코도 불쾌한 표정으로 탁자를 내려다보고 있었다. 그러다가 보보가 중얼거렸다.

"우리는 절대로 따로 떨어져 행동하지 않을 거예요. 그러니 우릴 떼어낼 생각은 아예 하지도 마세요."

유코도 따라서 중얼댔다.

"맞아요. 만일 우리에게 다른 수작을 부리면 그냥 두지 않을 거예요. 그리고 도와주지도 않을 거예요."

두 아이의 말은 투정하는 듯한 말투였지만 분명한 의지를 담고 있었다. 그래서 왕은 더 이상 아무 말 하지 않고 고개를 끄덕였다.

"알겠다, 무슨 말인지. 그럼 그 얘기는 더 하지 않으마. 어차피 고대 도시는 지금도 찾아다니고 있으니⋯⋯. 그럼 자네들은 들개족을 만나는 일에 대해서만 신경을 써주게. 사절단이 구성되는 대로 바로 출발하도록 하지."

퍼쿵이 고개를 숙이며 대답했다.

"그렇게 하십시오. 연락 기다리고 있겠습니다."

그의 대답이 끝나기가 무섭게 피코가 벌떡 일어서며 물었다.

"그만 가도 됩니까?"

왕이 말했다.

"벌써 점심때가 되었으니 같이 식사라도 하고 가거. 그냥 가면 어떻게 하나?"

그러자 다른 아이들도 우르르 자리에서 일어서며 한마디씩 내뱉었다.

"됐습니다."

"그냥 가는 게 좋겠군요. 배고프지 않아요."

"싫어요. 여기서 주는 음식은 안 먹어요."

"한 번 속지 두 번 속나요?"

"이번에는 무슨 약을 탈 줄 알고요?"

심지어 우레까지 소리를 지르며 고개를 설레설레 흔들었다.

"삐비비~"

너나없이 지껄여 대는 아이들의 말에 왕의 얼굴이 수치심으로 달아올랐고 그건 당시에 그 아이디어를 내었던 부르크와 쿠르도 마찬가지였다.

카르티가 서둘러 양측의 어색한 분위기를 무마시켰다.

"하하. 폐하, 아침 식사 때 과식들을 해서 아직 배가 고프지 않을 겁니다. 좀 늦게 먹어야 하니까 제가 데려가서 먹이도록 하겠습니다."

“그, 그래. 그게 좋겠군.”

어색해하며 겨우 대답하는 왕에게 두서없이 인사를 한 아이들이 들어온 문으로 우르르 몰려나가자 이내 회의실은 쥐 죽은 듯 조용해졌다.

퍼쿵 일행이 나간 후 살펴보니 그들이 앉았던 자리에 있는 음료수 잔들은 손가락 하나 대지 않은 채 그대로 놓여 있었다.

그 모습에 왕과 쿠르, 부르크는 할 말이 없어서 입맛만 다시고 앉아 있었다.

〈6권 끝〉